Späte Zeit des Glücks

des Glücks

Kitzingen Krimi 1

3.Auflage 2022

© 2022, Haen Son
Herstellung und Verlag: BoD – Books on Demand,
Norderstedt
ISBN: 9783755748090

Vom Autor erschienen oder in Planung:

Never give up – Ratgeber gesundes Leben

Never give up Teil 2 - Ratgeber gesundes Leben

Im Wendekreis des Virus – Tatsachen Krimi

Das Virus schlägt zurück – Tatsachen Krimi

Der Cranach Komplott – Roman

Späte Zeit des Glücks – Thriller 3. Auflage

Ein Leben lang – Roman (wird neu aufgelegt)

Back- und Lachgeschichten - Humor (Vergriffen)

Saisonarbeit – Roman (Vergriffen)

Ende der Weinlese – Fantasy (Vergriffen)

Todholz – Hatterer Krimi (Vergriffen)

Deadly Running – Hatterer Thriller (Vergriffen)

Prolog

Der Krimi wurde in einer Zeit geschrieben wo Corona noch kein Thema war. Die Menschen noch unbeschwert feiern konnten, der Diesel noch bezahlbar war, die Russen noch nicht die Ukraine bedrohten, der Begriff Querdenker noch nicht das ausdrückte was er in der heutigen Zeit bedeutet, Begriffe wie Omikron- oder Deltavariante waren völlig unbekannt und überhaupt war es einfach eine entspanntere Zeit, wenn es auch nicht als solche von den meisten Menschen empfunden wurde. Die Demut fehlte bei vielen Menschen

Tag 1

Gottfried riffelte das Brezelsalz von seiner Laugenstange. Er liebt es, am frühen Morgen in so eine ofenheiße, dampfende Spezialität zu beißen. Er ließ sie im Mund stecken und drehte den Zündschlüssel herum und startete den Motor des Citroen Jumpy. Er hatte sehr schlecht geschlafen und war noch ziemlich müde. Er fuhr wie so oft die ersten hundert Meter gegen die Einbahnstraße und dann den Rosenberg hinunter, um seine Tour am Königsplatz zu starten.

Morgens um vier sind sehr wenige Menschen unterwegs, manchmal trifft er Gustav, den Zeitungsauslieferer, der mit seinem fast 40 Jahre alten golden lackierten T4 täglich so um die 200 Zeitungspakete an Wiederverkäufer in Mainfranken ausliefert. Über 500000 km hat er schon auf seinem Bock, aber für einen Neuen reicht die Kohle auch als Multijobber nicht und so flickt und schraubt er sein geliebtes Gefährt immer wieder aufs Neue zusammen. „Mehr als 800kg kann ich nicht laden, sonst macht er mir noch die Grätsche. Wenn man ihn stets mit den nötigen Flüssigkeiten versorgt, die er braucht, fährt er bestimmt noch etliche Meilen", erzählte er einmal Gottfried, der sich in motortechnischen Dingen nicht so gut auskennt.

Es ist neblig, eine dicke Suppe hängt im Maintal, ungewöhnlich dicht für Mitte Oktober, am Marktplatz sieht er den Ausfahrer einer großen Backfabrik, die im Namen eines Frankenapostels ihre Industrieware ausliefert. Weiter geht die einsame Fahrt durch die Fischergasse, in der Johann Rudolph Glauber von 1651 bis 1656 wohnte und arbeitete. Essig und Weinstein stellte er dort her, bevor er wegen einem Rechtsstreit nach Amsterdam weiterzog, um dort dann das nach ihm benannte, berüchtigte Glaubersalz zu entwickeln. Am Bootshaus vorbei geht es in den schönsten Kreisverkehr Kitzingens. Die 20 Birken, die dort von den Stadtgärtnern gepflanzt wurden, sind schon recht üppig angewachsen. Ausfahrt Nordbrücke und wie jeden Tag steht die Ampel auf Rot. Überhaupt ist die Ampelschaltung in der kleinen Kreisstadt sehr nervig. Gottfried muss an einen Artikel in der Mainpostille denken, in dem beschrieben wird, dass schon Heerscharen von Gutachtern versucht haben, die Ampelschaltungen in Kitzingen zu optimieren. Aber vergebens. Dabei wäre es doch so einfach: (jedenfalls nachts) einfach die Ampeln ausschalten, viel Strom und Sprit würde gespart werden. Böse Zungen behaupten das der damalige Stadtrat von der Ampelfirma Geld bekommen hätte damit diverse Kreisverkehre nicht gebaut würden. Das ist natürlich nur ein Gerücht. Aber egal, die Ampel schaltet um. Er fährt über die im Nebel verhangene Nordbrücke weiter zur Nordtangente, die aber nach 2 km schon wieder abrupt endet, sie wurde einfach nicht weiter gebaut, aus was für Gründen auch immer. Über eine üppige Linkskurve geht es in einer Abfahrt auf die Straße Richtung Autobahn und Volkach.

Es nieselt vor sich hin und viele LKWs sind unterwegs. Man merkt, dass ein großer Discounter sein

Verteilzentrum für Nordbayern an der Straße zur Autobahn gebaut hat. Hunderte von LKWs rollen so in den Morgenstunden über den Asphalt um Tomaten aus Holland, Bier aus Norddeutschland, Wein aus Chile, Waschmittel, Zahnpasta, Toilettenpapier, Magerquark, Biotofu, Mineralwasser und tausend andere Artikel anzuliefern. In Kitzingen zwischengelagert, werden sie dann wieder auf andere LKWs verteilt und in die süddeutschen Filialen des Discounters gefahren. Nachhaltiger Umgang mit unserer Umwelt sieht anders aus! Auch die Post hat ein Paketverteilzentrum gleich um die Ecke gebaut, und die vielen Subunternehmer rollen mit ihren LKWs dann auch noch über die Straßen. Time is Money! Bei so einem Job und so wird auch gefahren, was das Zeug hält. Es werden nicht die letzten Logistikzentren in Kitzingen bleiben. Um vier Uhr sind auch schon einige Pendler unterwegs, die zum Beispiel ihren Job in Nürnberg oder Frankfurt haben. Im Radio läuft der düstere Song Hollow Talk von Choir of Young Believers einer dänischen Band. Es ist der Titelsong der dänischschwedischen Co-Produktion „Die Brücke – Transit in den Tod".

Gottfried muss gerade dran denken, wie er in den unbeleuchteten bulgarischen Laster reingefahren ist, der an der Abzweigung nach Mainsondheim, kurz vor der Autobahnauffahrt rückwärts in dem gegenüberliegen Platz einfahren wollte, den früher die Amis benutzten, wenn sie mit ihren Konvois vom Truppenübungsplatz Grafenwöhr zurückkamen. Der Unfall war für Gottfried ein ganz schöner Schock. Er hatte Glück und ihm ist nicht viel passiert, wie man so schön sagt. Ein mulmiges Gefühl hat er seit der Zeit aber immer noch, wenn er mit dem Auto nachts unterwegs ist. In einer Zeitung hat er mal gelesen, dass im Verhältnis zur hellen Tageszeit überproportional viele Unfälle in der Nacht passieren, vor allem, wenn die Straßen nass sind. Einer der wichtigsten Gründe dafür sei, dass der Mensch an sich nicht dafür geeignet ist, in der Nacht ein Auto zu steuern.

Weiter geht die Fahrt durch die Dunkelheit an Hörblach und Schwarzach vorbei, am Mainkanal entlang bis zur Abzweigung Richtung Nordheim, kurz vor Volkach. Bei der Brücke über den Mainkanal sieht er oft die großen Fluss- Kreuzfahrtschiffe, die nachts in voller Beleuchtung ihre Gäste zum nächsten Anleger schippern. Der Nebel ist hier am Altmain noch dichter geworden, Rehe springen über die Straße mit den tiefen Spurrillen. Roadkill liegt auf der Straße: "War das gerade ein Fuchs?" Es hat ganz schön gerumpelt als er über das tote Tier fuhr.

Weiter vorne sieht er einen Lichtstrahl und ein Blinklicht. Den halb im Graben liegenden PKW erkennt er erst, als er aus der langgezogenen Rechtskurve unmittelbar bei der Unfallstelle eingetroffen ist. Das Auto liegt auf dem Dach, ein Rad dreht sich noch, der Kühler dampft und auf dem Boden liegt ein Mann, der stark aus dem Gesicht blutet, er war wohl nicht angeschnallt gewesen und ist durch die Frontscheibe geschleudert worden, alles liegt voller Glassplitter und anderen Trümmern. Gottfried stellte den

Motor ab und stieg langsam aus seinem Wagen. „Hallo", rief er, bekam aber keine Antwort. Es herrschte Totenstille. Nur ein Geräusch eines Vorderrades war zu hören das sich mit einer Unwucht drehte. Der Unfall dürfte erst vor wenigen Minuten passiert sein. Gottfried schaute ins Auto, ob dort Verletzte lagen, denen er vielleicht noch helfen konnte, überall jede Menge Blut auf dem Boden, auf den Scheiben, Armaturen und einfach überall. Es knirschte, als er über die Glassplitter lief. Er sieht nur einen großen Alukoffer und es riecht nach einem teuren Parfüm. Er ging zu dem am Boden liegenden Mann und langte ihm an die Schläfe. Er spürte nichts mehr: der Mann war tot. Er war sehr gut gekleidet und hatte teure, aus mehrfarbigem Leder gefertigte Schuhe an den Füßen. Dandy Style.

Wieso Gottfried den Alukoffer an sich nahm und einfach weiterfuhr, kann er bis heute nicht genau erklären. Sein Leben änderte sich dadurch schlagartig, was er zu dem Zeitpunkt noch nicht wissen konnte. Er schaute sich um, es war niemand zu sehen und zu hören. Er stellte den Koffer in den Fußraum des Jumpy, das leise Klicken eines Smartphones hörte er dabei nicht. Leise pfeifend sog er die feuchte Herbstluft in seine Lungen, stieg ins Auto ein und fuhr ins einige Kilometer entfernte Dorf weiter. Es roch nach Traubenmaische und Federweißer, dieses heimtückische Gesöff, das wegen der Gärung entstehender Kohlensäure recht spritzig schmeckt. Solange noch reichlich Zucker vorhanden ist, wird durch dessen Süße der bereits entstandene Alkohol kaschiert, so dass dieser beim Trinken relativ unbemerkt in den Organismus aufgenommen wird. Man ist dann ziemlich schnell beschwipst. In Franken sagt man zum Federweißen, Federrose oder Federroten, je nach Farbton einfach Bremser.

Er hat einen Schlüssel für den Laden in Nordheim und muss nur die Körbe reinschieben und das Leergut mitnehmen, das Ganze dauert eine gute Minute. An jeder Ecke des Winzerdorfes stehen die Traktoren, mit großen Planen ausgelegte Anhänger für die Weinlese des Tages bereit. Im ganzen Ort sind bunte Fähnchen über die Dorfstraßen gespannt, die im Wind flatterten. Nachdem er die Backwaren korrekt ausgeliefert hatte, setzte er sich in den Lieferwagen und fuhr über Sommerach zurück. Im Katzenkopf mit seinen gut 300 ha, eine der größten Weinlagen in Franken, fuhr schon oder noch immer ein voll beleuchteter Vollernter, um die reifen Weintrauben zu lesen, er sah nur das bewegte Licht im Weinberg. Als er den Bus über die Kanalbrücke bei Gerlachshausen steuerte, sah er Notarztwagen, Polizei und einen Krankenwagen, die im Konvoi Richtung Volkach fuhren. Tatü, Tata, Tatü, Tata das Lied von Seiler und Speer lief gerade dazu passend im Radio. In Höhe von Hörblach kam ihm noch ein Streifenwagen entgegen.
In Kitzingen angekommen, lud er erneut den Jumpy voll und fuhr zur Filiale nach Sommerhausen und wieder auch zurück. Auch hier auf der langen Abfahrt nach Sommerhausen begegnete er einem Vollernter mit gelbem Rundum-Licht. Nach dem Ausladen des Leerguts

überlegte er, wie er möglichst unauffällig den Alukoffer in sein Auto bekam. Er stellte den weißen Jumpy einfach neben seinem blauen Caddy ab und hievte den Koffer durch die Seitentür auf die Rücksitze und sperrte ab. Dann ging er zurück zur Bäckerei und holte sich ein paar frische Brötchen und die Mainpostille und zuckelte durch die noch menschenleere Falterstraße, auf die schon gut befahrene Bundesstraße 8. Hinter einem großen LKW, der riesige Baumstämme aus dem Steigerwald geladen hatte und mit gut siebzig Sachen durch den frühen Morgen düste, fuhr er bis zur Abzweigung Kaltensondheimer Straße. Es war inzwischen hell geworden und der Nebel hatte sich auch gelichtet, so dass er den Alukoffer noch im Caddy ließ. Die neugierigen Nachbarn brauchen das nicht zu sehen, dachte er so im Stillen. Er ging ins Schlafzimmer, um ein wenig zu schlafen, später wollte er dann in den Weinbergen um Sulzfeld schöne Herbstbilder aufnehmen. Das Wetter war gut gemeldet und die Bäume und das Laub der Weinstöcke begannen sich eben gerade zu verfärben, er brauchte für seinen Sulzfeld Bildkalender noch ein schönes Kalenderblatt für den Oktober.

Gottfried war eigentlich Fotograf, aber seit das iPhone 5 auf den Markt kam und Selfies ab 2012 in Mode gekommen waren, hatte er fast keine Aufträge mehr im Portraitsektor zu verzeichnen. Auch Passbilder und Bewerbungsfotos waren nicht mehr so stark gefragt, seitdem es präzise Anleitungen im Internet und auch entsprechende Apps dafür gab, um die eigenen Passfotos selber mit dem Smartphone zu erstellen. Sein Fotostudio hatte er verkauft, obwohl er nur eine sehr geringe Miete dafür bezahlen musste. Es machte ihm keinen Spaß mehr, weil eben zu wenig Betrieb war. Früher organisierte er an Freitagabenden oder Samstagnachmittagen, wenn er nicht gerade eine Hochzeit fotografierte, sehr oft ein Modelsharing, zu dem er ein Aktmodel engagierte und 4-5 Fotografen dazu einlud. Da gab es die unterschiedlichsten Typen unter den Fotografen. Manche, die nur kamen, wenn das Model Körbchen Größe 85D und mehr vorweisen konnte. Andere zogen Modelle vor, die angaben, gerade mal 18 Jahre alt zu sein und dabei ein sehr jugendliches Aussehen hatten. Aber drei Jahre 18, das fällt dann halt auch auf. Es gibt die Fetishfreaks, die auf Latex standen oder auf ein tätowiertes „Alternativmodel" mit vielen Piercings. Es waren aber auch Fotografen dabei, die künstlerisch wertvolle Bilder machen wollten. Dann war Gottfried gefragt, um eine schöne Lichtführung aufzubauen. Diese Jungs bevorzugten dann langbeinige Modelle mit einem schönen Body. Eigentlich gibt es nichts Schöneres, als einen zauberhaften Frauenkörper mit schönen Kurven in einem spannenden Licht zu fotografieren. Er hat da auch immer ganz gut dabei verdient mit diesen Veranstaltungen. Es ist halt alles eine Preisfrage. Modelle aus Tschechien waren so um 2005 noch sehr günstig zu haben, mittlerweile haben alle nachgezogen, selbst die Mädels aus Weißrussland lesen die Zeitung. Diese Art der Fotografie hat sehr wohl ihre Reize, wenn man das Spiel mit dem Licht beherrscht. Gottfried war es aber mittlerweile zu langweilig geworden. Nach dem 300. Modelsharing löste er das Studio auf. Er hatte genug von Aktfotos, aber auch aus den schon erwähnten Schwierigkeiten im Portraitbereich. Er orientierte sich neu, verkaufte das gesamte Inventar samt Blitzanlagen und Hintergrundrollen und stieg wieder in die Sportfotografie ein. Er hatte ja schon früher in der Zeit, als er selber noch Radrennen gefahren ist, sehr viel Sport fotografiert. Irgendwo in einem großen Umzugskarton hatte er noch die ganzen belichteten Filme, „Ob ich jemals die Muse finde, sie zu sortieren?", fragte er sich oft. Aber wegschmeißen wollte er sie nun auch nicht, es klebte zu viel Schweiß und Engagement an Ihnen. Fußball ist es nun geworden. Im Fußball wird halt immer noch am meisten Geld verdient und nicht nur die Spieler merken das. Obwohl man als Fotograf im Fußballprofibereich auch am meisten verdienen kann, stand es für Gottfried nie zur Debatte, 1. – 3. Bundesliga zu fotografieren. Das war ihm zu viel Business, die ganzen Steueraffären, die gigantischen Einkommen der „Stars" und deren geldgierigen Berater, die Wettmanipulationen und auch die Holligan- Szene, das war es nicht, was er wollte. Manche Fans vergöttern ja ihre Stars.

Gottfried stand im Weinberg, die Sonne im Rücken, vor ihm die Reben, die Blätter strahlten goldgelb im Licht, er drückte ab: wow, great shot, das ist das Bild, das er noch für seinen fränkischen Weinbergs Kalender brauchte. Er watschelte wieder zu seinem Auto und fuhr nach Hause, im Autoradio liefen nach Madonnas „La Isla, Bonita" die Nachrichten. Vom Verkehrsunfall (in der Nähe von Nordheim am Main) am Morgen, brachte der kleine Lokalsender, dass der Tote ein hochrangiger irischer

Banker war und die Überlebende sei mit einem Hubschrauber in ein Krankenhaus nach Würzburg geflogen worden. Überlebende hat er doch gar keine gesehen, dachte er. Zum damaligen Zeitpunkt wusste er noch nicht, was diese Tatsache einmal für ihn bedeuten würde. Ihm lief es eiskalt den Rücken runter und er bekam eine Gänsehaut. Über Segnitz ging es zurück nach Kitzingen in seinen Carport. Im Haus holte er sich einen Kaffee in der Küche. Er trank gerne kalten Kaffee, am liebsten aber, wenn er noch etwas lauwarm war, wie dieser hier, den er gerade aus der Thermokanne einschüttete. Er ging die Treppe hinunter, stellte den Kaffee ab, zog seine dicke Jacke aus, nahm die Speicherkarte aus dem Kartenslot seiner Kamera und stecke sie in den Card Reader. Klasse sah das Herbstbild vom Weinberg aus. Er zog in Photoshop die Kontraste noch ein wenig hoch und fertig war der Lack. Abspeichern, hochladen und den fertigen Kalender online zur Jury schicken.

Mittlerweile war es draußen dunkel geworden, er ging hinaus und klebte den Bewegungsmelder ab, dann wartete er eine weitere Stunde, in der er die neuesten Posts in Facebook anschaute. Die
Seite „Blaulicht Mainfranken" schrieb zu dem Unfall bei Nordheim, dass die schwer verletzte Beifahrerin eine Prostituierte aus Polen gewesen sein soll und das Auto war ein Maserati Ghibli. Ach, war jetzt nicht mehr von einem Banker die Rede, sondern von einem Hedgefonds Manager? Wieso strömte plötzlich ein wohliges Gefühl durch seinen Körper und er merkte eine deutliche

Linderung seiner Frustrationstoleranz, die ihn seit einigen Jahren plagte, aber dazu später mehr.

Gottfried ging hinaus und holte den Koffer aus seinem Wagen. Kaum hatte er ihn in seinem Office abgestellt, klingelte es an der Tür. Durch das Seitenfenster sah er, dass es zwei Streifenbeamte waren, die da vor seiner Tür standen. War er zu schnell gefahren, hatte er jemand angerammelt, oder hat ihn gar jemand in Nordheim am Unfallort gesehen?? Er machte die Türe auf.
„Grüß Gott, mein Name ist Polizeihauptwachtmeister Franz Hell und das ist Polizeimeister Herbert Gebhardt. Sind sie der Halter des Fahrzeugs KT-HS 330?" „Wieso?" fragte Gottfried; und Franz Hell, ein kleiner, dicker Mittfünfziger schaute jetzt etwas düsterer und sagte im lauten Tonfall: „Sind sie es oder sind sie es nicht?" Gottfried sagte nur, dass er es nicht sei, die Beamten verabschiedeten sich und verschwanden in der Dunkelheit. „Was wollten die Beiden?", fragte er sich und nahm die Klebestreifen von dem Bewegungsmelder wieder ab. „Ob die das bemerkt hatten?", dachte er. Egal. Er ging ins Haus und wollte endlich diesen Scheißkoffer aufmachen. Nachdem, was er bis jetzt gehört hatte, waren da bestimmt nur irgendwelche Zertifikate oder ähnlicher Scheißdreck drin! Zahlenschloss, toll!

Er überlegte kurz, dann setzte er sich ins Auto und fuhr durch die hell beleuchtete Stadt nach Etwashausen, einem Stadtteil von Kitzingen. Sein Freund Ansgar hatte dort eine kleine Halle zur Autoreparaturwerkstatt umgebaut.

Sie waren jetzt nicht so eng befreundet, eigentlich waren sie nur gute Bekannte. Er nahm ihn ab und zu zum Knipsen mit. Ansgar war ein Schrauber, der oft bis spät in die Nacht an irgendwelchen Autos rumfummelte. „Hoffentlich hocken nicht wieder die ganzen Subberexperten (Mainfränkisch für neugescheite Leute) bei ihm drin!", dachte Gottfried. Sie ließen sich oft das gut gekühlte Bier von Ansgar schmecken, ein kleiner Nebenverdienst von ihm (sozusagen), was gerade so seinen hohen Zigaretten-Konsum finanzierte, wie er einmal Gottfried erklärt hatte. Von der Straße sah er schon die ganze Bande, die sich oft über ihn lustig machte, weil er sich mit Autos nicht so gut auskannte, wie er es ihrer Meinung nach wissen sollte. Eigentlich kannte er sich überhaupt nicht mit Autos aus. „Scheiße", dachte Gottfried, fuhr aber trotzdem hin, stieg aus und fragte Ansgar gleich, ob er ein Stemmeisen hatte. Dann, die blöde Leier der Subberexperten: "Für was brauchst du denn ein Stemmeisen?" Normalerweise hätte Gottfried ihnen den passenden Text verpasst, jetzt sagte er aber nur, dass sein Nachbar den Schlüssel für sein Gartenhaus verloren hätte. Deswegen brauchte er das Stemmeisen, um dieses damit zu öffnen, damit er den Laubsauger für seinen Garten holen könnte.

„Okay, das haben sie geschluckt!", dachte Gottfried und er hatte auch gleich das Stemmeisen von Ansgar in der Hand, der nur noch sagte: „Wiedersehen macht Freude." Mit einem höhnischen Gelächter und dem hintennach gerufenen Spruch. „Tu dir nicht weh!", stieg er ins Auto.

„Arschlöcher!", dachte er im Stillen. Zu Hause im Vogelspinnweg, ging er schnurstracks in sein Büro, ließ die Rollos der drei Fenster seines Arbeitszimmers runter, schaltete das Licht an und versuchte den Metallkoffer aufzustemmen, was ihm aber auf Anhieb nicht gelang. Beim zweiten Versuch, den Koffer aufzuhebeln, hatte er mehr Glück, eigentlich mehr Glück als Verstand oder so ähnlich. Es war keiner der neuartigen Sicherheitssystemkoffern mit automatischer Tinteneinspritzung beim Versuch, ihn gewaltsam zu öffnen. Er hatte keinen GBS- Signalgeber und auch keine elektronisch geschützten Scharniere und Schlösser, was im Anbetracht des Inhalts leicht hätte möglich sein können. Das Ding war auf und er hob die Oberseite hoch. Wooooooooooow,..oh mein Gott! Er verfiel sofort in eine Art Schockstarre bei dem Anblick des Inhalts. Es waren nur lila 500 Euro Geldscheinbündel zu sehen, er nahm ein Bündel heraus und zählte die Scheine. Hundert Scheine in einem Bündel, er zählte die Bündel, es waren genau 98 Stück. Er war so aufgeregt, dass er keinen klaren Gedanken fassen konnte. Er setzte sich an den Computer und rechnete mit dem Online Taschenrechner 50000 mal 98. Das sind sage und schreibe 4,9 Millionen Euro. Wahnsinn, kalt lief es ihm den Rücken runter. Soviel! Er zitterte am ganzen Körper und bekam Angst. Was sollte er jetzt machen? Er setzte sich auf seinen uralten, durchgesessenen Bürostuhl und überlegte sehr lange, dann ging er in den Garten und holte zwei feste, gelbe Laubsäcke und die weißen Baumwollhandschuhe, die er bei einer Bilderausstellung in einer Bank bekommen hatte.

Zum Glück hatte er die noch Original verpackten Handschuhe nicht verschenkt! Die zuständige Mitarbeiterin der Bankfiliale hat damals eine 50 Stück Packung für 19 Cent das Stück gekauft.

In den einen Sack schlichtete er, mit zittrigen Händen, das Geld, nicht ohne vorher einen 500 Euro Schein zu entnehmen. Gottfried wischte den Plastiksack sehr gründlich ab.

„Scheiße", er brauchte Kabelbinder, „die wird er morgen unbedingt im Baumarkt besorgen müssen!" Mittlerweile war es 20 Uhr geworden und Gottfried nahm die Herausforderung innerlich an. „Wäre doch gelacht!", dachte er sich. Er verstaute den Plastiksack mit dem Geld in der Wohnung seines Nachbarn, der erst vor einigen Wochen verstorben war. Die Doppelhaushälfte hatten beide vor mehr als 20 Jahren gekauft, während sein Nachbar bar bezahlte, hatte er immer noch 50000 Euro bei der Bank stehen. Er ging öfters durch den Hintereingang über die gemeinsame Terrasse ins Haus des Verstorbenen. Deshalb hatte er die Wohnungstüre auch nicht abgesperrt. Es gab ja auch nichts mehr zu holen, außer einer Tiefkühltruhe voll Fertiggerichte und einem Regal voller Ravioli- Dosen und Hering in Tomatensoße. Seit Wochen ernährte er sich von dem Zeug.

Das ganze Haus roch noch nach kaltem Zigarettenrauch. In der Bude wurde zu Lebzeiten des Nachbarn sehr viel geraucht. Seine beiden Kinder hatten es auf die Schnelle nicht nötig, das Häuschen zu versilbern. Ulf, der ältere Sohn war mit einer Brasilianerin verheiratet und lebte in deren Heimatland. Er war einer jener Typen der deutschen Automobilindustrie, die dafür sorgten, dass es unseren Planeten immer schlechter ging und die den Dieselmotor plötzlich in die Schlagzeilen brachte. Mit seiner Frau und den drei Kindern wohnt er in einem abgeschotteten Wohnviertel in Rio de Janeiro. Dessen jüngere Schwester lebt in Hamburg und hat zwei Töchter großgezogen, ließ sich irgendwann einmal scheiden und hat sich seit geraumer Zeit in einen Banker aus Basel verliebt, der jedes Wochenende mit dem Flieger nach Hamburg kommt.

Er verstaute den Sack mit dem Geld in einen zweiten Sack. Nachdem er auf den Spitzboden geklettert war, legte er ihn in eine Kiste mit den alten Sporttrikots seines Nachbarn, der in seiner Jugend einmal Deutscher Hallenmeister über 1500m war.
Erledigt!
Aber das Adrenalin war noch sehr hoch und irgendwie war er total aufgeregt. Darum setzte er sich ins Auto und fuhr über die Bundesstraße 8 nach Würzburg. Es war in den Abendstunden nicht mehr viel Verkehr sodass er zügig vorankam. Bei einem Verbraucher- Großmarkt fuhr er auf den Parkplatz. Er ging hinein und kaufte zwei Flaschen Domina Spätlese vom Wiesenbronner Wachhügel Jahrgang 2013 und bezahlte mit einem 500.- Euro Schein. Er war ziemlich angespannt, als die Verkäuferin den Geldschein in einem Cash Tester auf seine Echtheit prüfte. Es hätte ja auch leicht Falschgeld sein können, und die Reise hätte hier dann schon zu Ende sein können. Doch das Schicksal meinte es gut mit ihm, dachte er zumindest.

Er bekam genau 475,80 Euro Wechselgeld zurück. „Ganz schön viel Asche!", dachte er, stieg in seinen Caddy und fuhr wieder nach Hause. Er hatte eine unruhige Nacht mit wenig Schlaf und schlimmen Träumen.

Tag 2

Er hätte im Nachhinein nicht mehr sagen können, wodurch er eigentlich geweckt worden war. Er lag plötzlich hellwach in seinem Bett. Das helle Licht seiner LED-Lampe strahlte auf ihn herab. Der Wecker hatte noch nicht geläutet. Er zog sich an, fuhr mit seinem Auto in die Bäckerei, lud an der Laderampe seine Backwaren ein und fuhr Richtung Nordbrücke. Heute steuerte er den Lieferwagen aber nicht so wie sonst über Volkach, sondern über Sommerach und auch genauso wieder zurück. Von Kitzingen dann wieder nach Sommerhausen und retour, nur nicht auffallen und keine großen Sprünge machen. Dann geht das schon! Dass er schon längst aufgefallen war, sollte er bald merken - und nicht nur bei den Polizeiermittlern!

Sein Nachbar heizte mit Holz, hackte dieses auch selber in handliche Scheite und stapelte sie akkurat an die Hauswand. Er half ihm oft dabei und hinterher tranken sie immer ein Fläschchen Wein und rauchten ein paar Peter Stuyvesant auf der Terrasse. Er griff sich das Hackbeil, um damit den Koffer zu zerkleinern. Er wollte ihn in kleine Stücke hacken und in den Main schmeißen. nicht in den Staustufen hängen blieb. Gottfried pfiff vor sich hin und war guter Laune, als er in sein Auto stieg. Im Autoradio lief Fatboy Slim: „Praise You". „Der Videoclip dazu ist immer noch eines der besten Clips der Rockgeschichte der Welt!", dachte Gottfried, als er in Richtung des ehemaligen Truppenübungsplatzes der Amerikaner, in der Nähe von Kaltensondheim, fuhr. Vorher schaute er bei Ansgar vorbei, und gab das Stemmeisen bei ihm ab, dass er vorher gründlich abgewischt und in eine Plastiktüte gesteckt hatte. Ansgar lachte, als er unter einem 40 Jahre Golf hervorkroch. „Na, alles geklappt, mein Freund?" schwadronierte er. „Logo, kennst mich doch!", sagte Gottfried, Ansgar lachte und sagte: „Ja, genau, weil ich dich kenne!" „Scheiße!", dachte Gottfried, als er den Caddy startete, „Ich hätte mit dem Stemmeisen doch das Schloss am Gartenhaus von meinem Nachbarn wegrupfen sollen! Aber egal, das mache ich heute Abend!" Nun ging es zuerst zum Baumarkt, um die Kabelbinder zu holen. In der Einfahrt wäre er beinahe mit einem alten, roten Ford Granada zusammengestoßen. „Du Penner!", schrie Gottfried, nur konnte das der Andere nicht hören. Dann ging es weiter über die Südtangente, Richtung Kaltensondheim. Kurz vor dem Dorf, bog er links Richtung Klingenwald ab, um in der so genannten Hinkelsteinlichtung den Koffer zu zerhacken. Er war tief im Gedanken, was eigentlich passiert war und bekam immer noch eine Gänsehaut, wenn er über das Geschehene nachdachte. Dabei merkte er nicht, dass ihm ein Auto folgte und ebenfalls hinter ihm abbog. Der Mann stieg aus seinem alten Ford Granada und folgte Gottfried zu Fuß, was ziemlich einfach war, denn die Straße, die sich hinauf zum Klingenwald schlängelt, stammt noch aus der Zeit der US-Army und ist mit tiefen Schlaglöchern übersät, sodass Gottfried im Schritttempo fahren musste. Oben angekommen, stieg Gottfried aus seinem Auto und machte erst einmal ein paar Dehnübungen. Dann legte er den Koffer auf einen großen Stein, der wie ein Opferstein einer Prähistorischen Zeit eines Druidentreffpunktes aussah. Er zog sich die Jacke aus, und fing mit dem Zerhacken des Koffers an, was mit dem scharfen Beil keine große Schwierigkeit darstellte. Plötzlich und von Gottfried unbemerkt, stand der bullige Mann, der ihm zu Fuß gefolgt war, hinter ihm und schlug Gottfried mit der Faust mit voller Wucht in den Rücken. Der Schlag war so fest ausgeführt, dass Gottfried für einen kurzen Moment die Luft wegblieb! Dann rappelte er sich wieder hoch, doch der Fremde war schnell und schon über ihm. Er zog Gottfried hoch und versuchte erneut, ihm einen mit der Faust mitzugeben! Gottfried konnte sich aber losreisen und griff nach seinem Beil, in diesen Moment hatte der Fremde aber auch schon eine Glock 22 in der Hand und feuerte auf ihn! Der Schuss streifte nur seine gelbe Sicherheitsjacke, die an einer alten Eiche hing und die Kugel blieb in irgendeinem Baumstamm hängen. "Wo hast du Geld??", sagte der Fremde und zielte auf die Beine von Gottfried. In einer wahnsinnig schnellen Reaktion schleuderte Gottfried das Beil auf den Fremden, der zwar noch einen Schuss aus seiner Glock abgeben konnte, der aber Gottfried nicht mehr gefährlich werden konnte. Das geschleuderte Beil dagegen schlug voll in den Schädel des Fremden ein und spaltete sein Gesicht. Der Körper des Fremden zuckte nur noch einmal kurz, bevor er tot zusammenbrach. „Scheiße!" dachte Gottfried, doch erschießen wollte er sich auch nicht lassen, und seine Kniescheiben brauchte er auch noch. Er wunderte sich über die Wucht seines Wurfes, aber da war viel Adrenalin im Spiel! Und er war nicht umsonst Divisionsrekordhalter im Kugelstoßen und Speerwerfen in der vor Jahren aufgelösten Panzerdivision 4 gewesen, als er dort seinen Wehrdienst als ehrlicher W15 abgeleistet hatte, aber das war lange her.

Es war jetzt 10 Uhr in der Frühe. „Was sollte er tun?" Zuerst zog er sich Gummihandschuhe an, die er immer im Auto liegen hatte und durchsuchte den Mann, was gar nicht so einfach war, bei dem vielen Blut. Er nahm die Geldbörse und das Smartphone an sich und steckte Beides ein. Er schaute sich auf dem Handy um und fand in der Galerie ein Bild eines weißen Citroën Jumpy. Beim Autokennzeichen konnte man nur die Anfangsbuchstaben KT – und ein halbes H erkennen. Das Bild war gestern von einer Zinaida Vidanava verschickt worden, um genau 4:15 Uhr. „Okay", dachte er, „dann muss ich dieser Zinaida Vidanava auch noch einen Besuch abstatten!"

Er zitterte plötzlich am ganzen Körper und musste sich erst einmal beruhigen, um einen klaren Gedanken fassen zu können. Er atmete tief durch, die kalte Herbstluft tat ihm gut und er konnte langsam wieder klar denken.

Im herbstlichen Klingenwald kannte er sich sehr gut aus und er überlegte, was zu machen ist und schnaufte dabei noch ein paar Mal ganz tief durch. Er zog den bulligen Toten erst mal ins nahe Brombeergestrüpp. „Dann war er erst mal weg!", dachte er. Der Waldboden war noch weich und noch nicht gefroren, er setzte sich in sein Auto, fuhr einige hundert Meter, vorbei am NATO Gate wo noch die

Bunker der Pershings standen, zu der kleinen Waldhütte, von der er wusste, dass dort die Waldarbeiter des südlichen Teils der Klinge ihre Geräte und Werkzeuge aufbewahrten. Sie war einen guten Kilometer entfernt und mit einem Spaten und einer zweizackigen Weinbergshacke im Transportraum kam er wieder zurück zur Hinkelsteinlichtung und schaufelte ein großes Loch, zehn Meter hinter den großen Steinen. Das Dornengestrüpp riss sogar die Gummihandschuhe auf. Diese Art von körperlicher Anstrengung war er schon lange nicht mehr gewohnt und so musste er mehrmals eine kleine Pause einlegen. Nach fast drei Stunden war es geschafft und er schleifte den Koloss an den Rand der Grube und ließ ihn hinein plumpsen. Dann schaufelte er Laub auf den Leichnam. Die Wildschweine werden den Rest erledigen! Spaziergänger, Waldarbeiter und Forstleute kamen noch recht selten in diese Gegend.

In einigen Jahren würde das anders aussehen da führt dann der Traumrunden Pfad Kitzingen-Sulzfeld vorbei.

Die Lichtung kannte er auch nur, weil er mal für ein Modelsharing einen Platz suchte, wo man ungestört Aktaufnahmen mit einer größeren Anzahl von Fotografen in einem Waldstück machen konnte. Er nahm das Handy, die Glock und den Geldbeutel des Toten, schnaufte tief durch und überlegte was er machen sollte.

Er fuhr zuerst die wenigen Kilometer nach Hause und zog sich um, die Klamotten die er zum Graben getragen hatte schmiss er in die graue Restmülltonne.

Er hatte Hunger und fuhr frisch geduscht und in frischer Garderobe nach   Sommerhausen. Er stellte den Wagen auf einen Parkplatz am Ortseingang, neben einer Sparkasse ab und achtete darauf, dass ihn die Videoaufzeichnung der Bank nicht erfassen konnte und ging, bepackt mit einer Plastiktasche, Richtung Mainbrücke. Nachdem er die Mitte der Brücke erreicht hatte, warf er das Handy schön abgeputzt und die SIM- Card, getrennt voneinander, von der menschenleeren Mainbrücke in den Main und die Glock hinterher. Alles lief wie in einem Film vor seinen Augen ab. Dann schlenderte er Richtung Dorfmitte und setzte sich gegenüber dem Torturmtheater erstmal auf eine Bank und steckte sich eine Zigarette an. Beim Rauchen kann er immer gut nachdenken und das war jetzt das Wichtigste für ihn.

Auf der Straße hatten es die Winzer des Ortes ziemlich eilig, geschäftig fuhren sie mit ihren Traktoren an denen meistens zwei Anhänger hingen, in die Weinberge, um die gelesenen Trauben abzuholen. Nach einiger Zeit machte er sich auf, um weiter in den Ort zu gehen, von weitem sah er den Ausleger des Sterne- Restaurants
„Mannis", er war schon ewige Zeit nicht mehr beim Essen gewesen, genauer gesagt, seit der Zeit als ihn sein Steuerberater Raymund Müller und der Vermögensberater Leo Maier um sein ganzes erspartes

Geld, seine Lebensversicherungen, seine Pensionskasse und auch eine Erbschaft gebracht hatten. Er hat sich von den Beiden verarschen lassen, und beide lachen wahrscheinlich heute noch über das Vertrauen, das er ihnen entgegengebracht hatte. Das war aber jetzt seine geringste Sorge, er wollte einfach das Geld nicht mehr hergeben, koste es was es wolle! Er fühlte sich im Recht. Sozusagen ausgleichende Gerechtigkeit und sein früherer Kampfgeist stieg wieder in ihm hoch.

Auf der, außerhalb des Gastraumes liegenden Toilette des Gasthauses, machte er sich abermals frisch und zog sich den Scheitel nach, er schnaufte abermals tief durch und da kam dann auch schon die Bedienung, wies ihm einen schönen Platz an und nahm dann auch zügig die Bestellung auf. Er hatte sich aus der Karte ein Filet vom Wagyu-Rind mit Cafe de Paris Butter und einem Wildkräutersalat ausgesucht, dazu eine schöne Silvaner Spätlese, trocken ausgebaut vom nahe liegenden Sommerhäuser Ölspiel, das Steak hatte er sich rare bestellt und es schmeckte vorzüglich. Ein Zwetschenwasser hinterher, und dann zahlte er auch schon und gab 10 Euro Trinkgeld. Wann konnte er sich das zum letzten Mal leisten? Er konnte sich nicht erinnern. Die Bedienung strahlte ihn an und hätte mit ihrem üppigen Dekolleté fast sein Gesicht gestreift. Er schaute sich jetzt den dicken Geldbeutel des Fremden an und sah einen litauischen Pass, der auf den Namen Maxim Vidanava ausgestellt war. Dies war wohl der Bruder oder Mann der Frau, die ihn mehr recht als schlecht fotografiert hatte, besser gesagt einen Teil des Jumpys. Ungefähr 1000

Euro bar waren im Geldbeutel und einige Karten, die Euros nahm er raus und steckte sie in seinen Geldbeutel und das andere ließ er alles drin, das interessierte ihn nicht. Beim Hinausgehen überlegte er sich, dass er irgendwas brauchte, das zum Anfüttern für die Wildschweine gut wäre.

Er ging hinter das Hotel und sah wie ein Jungkoch (jedenfalls hielt er ihn für einen) Speisereste und Küchenabfälle in zwei Eimern in einen angrenzenden Schuppen tragen wollte. „Wieso tragen plötzlich alle Köche schwarze Jacken und Hosen?", fragte er sich im Stillen. Der junge Mann hatte die Eimer abgestellt und zündete sich eine Zigarette an und nahm einen tiefen Zug. „Hallo, Feierabend?", fragte Gottfried, „Mal `ne Frage: könnte ich die Eimer da von dir bekommen, meine Hasen würden sich freuen?" „Nein, wir dürfen nichts hergeben, wie sind sie überhaupt hier reingekommen?" „Pass auf, ich habe hier 10 Euro, die bekommst du für die Eimer!" „Kaaaay," sagte der Koch, „her mit dem Scheinchen!" Gottfried bedankte sich höflich, nahm die zwei Eimer und ging auf die Straße in Richtung seines Autos. Er stellte die Eimer in den Fußraum des Beifahrersitzes und fuhr los. Zuerst über die Brücke nach Winterhausen und weiter nach Goßmannsdorf. Dort fuhr er einen kleinen Weg hinunter zum Main dort waren einige Abfallcontainer aufgestellt. Er schmiss den leeren Geldbeutel, den er vorher sorgfältig abgewischt hatte, hinein. Die Karten hatte er alle mit einer Schere (die er im Herbst immer im Auto hatte, um sich im in den Weinbergen ein paar Träubel abzuschneiden) in ganz kleine Stücke geschnitten und sie dann während der Fahrt aus dem Autofenster geworfen. Er fuhr dann weiter durch den Ochsengrund bei Kleinochsenfurt, Richtung Zeubelrieder Moor. Dort bog er an der Kuppe nach links ab, am Sommerhäuser Tierpark vorbei, zurück über Erlach und dann nach Kaltensondheim auf einem wenig befahrenen Beton Weg. Von dort fuhr er wieder zum Klingenwald, unten stand immer noch das alte, rote Granada mit litauischem Nummernschild. Gottfried hielt an, schaute sich um und nahm die Autoschlüssel des Toten, die er immer noch in der Tasche hatte. Sie passten in das Schloss des Newtimers, er zog die Gummihandschuhe an und öffnete den Kofferraum. Eine kleine Tasche und einen Baseballschläger konnte er sehen und den üblichen Kleinkram, der auch in Litauen in einem Kofferraum herum lag. Er nahm den Baseballschläger heraus und überlegte, wie er den doch auffälligen Wagen verschwinden lassen könnte. Er wunderte sich über sich selber, dass er so ruhig und gelassen blieb, dann fuhr er weiter. Bei der Lichtung angekommen, schüttete er die Speisereste in die Grube, in der der Tote Litauer lag. Jetzt musste die Karre weg. Er rief Kaschtil an, einem ihm bekannten Kosovaren, der schon mehr als 30 Jahre in Deutschland lebte und wahrscheinlich wiederum die Leute kannte, die so was schnell erledigen konnten. Kaschtil sagte zu ihm am Telefon: „Machst du eine Spende für die U15 Fußballmannschaft von meinem Sohn, die brauchen wieder neue Trikots und alles ist okay. Hast du einen Schlüssel für das Auto? Lege ihn auf den hinteren rechten Reifen."

In einem der leeren Blecheimer des Gasthofes schüttete er aus seinem Ersatzkanister ein bisschen Diesel hinein, sowie die restlichen Papiere und Karten des Toten und auch die Gummihandschuhe. Dann zündete er sie an, es dauerte nicht lange und alles war verbrannt. Die Asche schüttete er später von einer Wirtschaftsweg- Brücke auf die A7. Er fuhr dann Richtung Sulzfeld und der Wind tat dann sein Übriges. Mit „I was born to love you" von Freddie Mercury im Radio, trat er die Heimfahrt an und ging noch mal auf den Spitzboden seines Nachbarn, entnahm zwei Scheine und verschloss die beiden Säcke jeweils mit einem Kabelbinder. Dann ging er in dessen Gartenparzelle und stemmte mit dem Spaten, den er von der Hinkelsteinlichtung mitgenommen hatte, die Türe des Gartenhäuschens auf. Im Häuschen machte er dann den Spaten sauber und stellte ihn in die Ecke der Veranda zu den anderen Gartenutensilien seines verstorbenen Nachbarn, der immer gerne alles parat haben wollte. Dann machte er sich auf den Weg nach Segnitz, er stellte sein Auto auf einen Parkplatz an der Brücke ab, schmiss die Metalleimer in die dafür vorgesehenen Sammelcontainer für Metall. Er nahm Stativ und Fototasche aus dem Laderaum und watschelte auf die Brücke, stellte Stativ und Kamera auf und schmiss in einem Moment, wo kein Auto auf der Brücke war, die letzten Teile des Koffers in den Main. Die Nachtaufnahme, die er machte, sah klasse aus: Main und Autobahnbrücke mit feinen, typischen Leuchtstreifen, die bei Langzeitbelichtungen von den fahrenden Autos entstehen, sehr schön!

Wieder zu Hause machte er sich eine Flasche Domina Kabinett vom Wiesenbrönner Wachhügel Jahrgang 2013 auf und goss den Wein in einen Dekanter, damit dieser Sauerstoff bekommt. Nach dem ersten Schluck schmeckte er den erdigen, mineralischen Gipskeuperboden an den geschützten Hängen am Fuße des Schwanbergs.

„Echt subber!", dachte er. Etwas angeschickert legte er sich ins Bett und hatte einen guten Schlaf. Er träumte von kleinen Engelchen mit nackten Popos und einem Petrus, der sich einen Schoppen Frankensilvaner schmecken ließ.

Tag 3

Beim Aufwachen hatte er das Kopfkissen zwischen den Beinen und die Zudecke unter dem Kopf. Er stand wie jeden Tag um 4 Uhr in der Frühe auf, um wieder seine Touren nach Nordheim und Sommerhausen zu fahren. Auf dem Weg zum Carport schmiss er letzte kleine Teile des Koffers in einen Mülleimer in der Würzburger Straße.

In der Kitzinger Kaiserstraße fuhr vor ihm Gustav in seinem goldenen T4, er hupte kurz und Gustav fuhr rechts ran, um ihm eine druckfrische Ausgabe der Mainpostille durch das Fenster zu reichen. Gottfried sprang aus dem Jumpy, machte hinten die Ladeklappe auf und revanchierte sich mit einem Päckchen Käsekuchen vom Vortag, den Gustav so gerne mochte. Einmal in der Woche gönnte er sich das, sein hoher Zucker ließ leider nicht mehr zu. „Sonst alles im Lot?", hörte er noch Gustav fragen und schon trennten sich wieder ihre Wege, es war kälter geworden und Nebel stieg aus dem Main. Heute suchte er sich für seine Tour eine andere Route heraus. Es ging über Mainstockheim und Dettelbach und später weiter über Sommerach nach Nordheim, von weitem sah er schon die hell erleuchtete Vogelsburg und er erinnerte sich daran, wie gerne er immer da oben mit seiner Frau den Salatteller mit den gegrillten Putenstreifen gegessen hatte, aber das war nach dem September 2007 alles anders. Naja, er musste demnächst einmal zu einem Steinmetz fahren und endlich den seit langem erträumtem Grabstein zu bestellen. Er hatte sich einen Stein im Día-de-los-Muertos-Style vorgestellt, vielleicht reicht ja auch googeln, um was in der Richtung zu finden. Nach altmexikanischem Glauben kommen die Toten einmal im Jahr, zum Ende der Erntezeit, zu Besuch aus dem Jenseits und feiern gemeinsam mit den Lebenden ein fröhliches Wiedersehen mit Musik, Tanz und gutem Essen. Er musste sehr oft daran denken, wie seine Frau und er einmal eine Reise nach Mexiko machten und auf der Insel Cozumel ein bisschen zu viel Margarita erwischten und fast nicht auf ihr Kreuzfahrtschiff zurückfanden. Der kleine Stoffmexikaner, den sie als Andenken mitgebracht hatten, steht immer noch in der verwaisten Küche. Viva Meechiko!

Als er von Sommerhausen zurückkam, fuhr er mit seinem Caddy durch eine Waschstraße. Bei einem Baumarkt tankte er voll und fuhr nach Hause. Vor der Türe standen Polizeihauptwachtmeister Franz Hell und Polizeimeister Herbert Gebhardt von der Polizeistation Kitzingen. Der Dicke fing sofort mit aufgeplusterten Backen an: „Sie sind ja doch mit dem HS 330 gefahren!" Gottfried antwortete darauf: „Logo! Sie haben mich nur gefragt, ob der HS 330 auf mich zugelassen ist und das habe ich verneint." Hell fragte Gottfried dann in einen so auffallend, scheinheiligen Ton, den er eigentlich nur von katholischen Pfarrern kannte, wenn er eine Hochzeit fotografierte: „Sind sie an dem Tag, als der schwere Unfall in Nordheim passierte, an der Unfallstelle vorbeigefahren, sie waren ja zur selben Zeit unterwegs??" Gottfried antwortete: „Ja schon, aber da war es so nebelig, da habe ich nichts gesehen." Er lachte laut auf. Gerade als Hell die Backen erneut aufblies und noch was sagen wollte, sagte Gottfried: „Schmarrn, ich bin über Sommerach gekommen, wie ich immer fahre!" „Vielen Dank für ihre Auskunft, sie müssen in den nächsten Tagen aufs Revier zum Protokollieren kommen! Ihre Handynummer brauchen wir auch noch, auf Wiedersehen." Polizeihauptwachtmeister Franz Hell und Polizeimeister Herbert Gebhardt von der Polizeistation Kitzingen zogen wieder ab. Er hatte so das blöde Gefühl, das die Beiden sich mit seiner Aussage nicht zufriedengaben. Beruhigt war er aber, was das Bewegungsprofil seines Handys anging. Er hatte die Angewohnheit, sein altes Smartphone nur einmal am Tag einzuschalten, um zu schauen, ob er eine WhatsApp bekommen hatte und auch das könnte er sich sparen, er bekam so gut wie nie eine WhatsApp Nachricht. Von wem auch? Von da her gab es dann auch kein Bewegungsprofil. Irgendwie hasste er es, immer erreichbar zu sein. Er ist halt in einer Zeit groß geworden, wo es noch richtige Telefonzellen und Telefone mit Wählscheiben gab. Sein Smartphone verwendete er eigentlich nur zum Telefonieren, für WhatsApp und ab und zu zum Fotografieren, mit den zwei Linsen im Smartphone ließen sich auch schöne offenblendige Portraitaufnahmen machen.

Tag 4

Am nächsten Tag traf er Gustav an der Bäckerei und der erzählte, dass die Bullen ihn gefragt hätten, ob er wisse wie Gottfried nach Nordheim fährt. Sie hatten beide wohl schon öfters zusammen in der Kaiserstraße beim samstäglichen Morgentalk gesehen. Gottfried sagte zu Gustav: „Mehr wollten sie nicht wissen?" „Ne mehr ned!", antwortete Gustav im weichen, meefränggischen Akzent. Gustav war selbstständig und fuhr mit seinem T4 verschiedene Verteilstationen an, also Geschäfte, wo man Zeitungen kaufen konnte und legte mehr oder weniger große Zeitungspakete vor die Türen und nahm die bereitgestellten Remittenden mit zurück. Gottfried war beruhigt und dachte, dass er heute Mittag einmal nach dem alten Granada schauen sollte, und vielleicht macht er mal von der Römermühle aus einem unauffälligen Spaziergang zu der Hinkelsteinlichtung im Klingenwald. Ihm ging der Tod des Unbekannten doch ziemlich nahe, aber es war Notwehr! Und noch was beunruhigte ihn: Zinaida Vidanava! Er war heute ein bisschen später dran und hätte bei der Einfahrt nach Nordheim beinahe die beiden Zeitungsausträger angefahren. „Warum müssen die aber auch immer in dunklen Klamotten ihre Zeitungen austragen?", dachte er. Die Chefin des Ladens stand auch schon breitbeinig in der Tür und deutete auf die Uhr, dabei war in dem kleinen Weindorf noch niemand unterwegs. Aber die Tante ist von Haus aus immer schlecht gelaunt! „Ihr Mann kann einem echt leidtun!", dachte sich

Gottfried. Eine Aushilfsverkäuferin, die immer kam, wenn die Chefin in Wien war, um sich von ihrem Loverboy verwöhnen zu lassen erzählte ihm diesen Umstand einmal und er hörte ein wenig Neid in ihren Worten mitschwingen.

Die Gebäudereinigungskolonnen türkischer Mitbürgerinnen versammeln sich immer morgens (kurz vor sechs Uhr) in der Nähe des Taxistandes, um dann in Fahrgemeinschaften zu ihren Objekten zu fahren. Jeden Morgen dasselbe und jeden Morgen kam Gottfried vorbei. Ein bisschen Orient, und vereinzelte Frauen winkten ihm manchmal zu. „Die Frauen haben es auch nicht leicht", dachte er dann immer. Er fuhr mit dem Caddy hinaus zum Klingenwald, der Granada war verschwunden und oben angekommen parkte er seinen Bock ein Stück vor der Hinkelsteinlichtung. Eigentlich wollte er ja von der anderen Seite über die Römermühle anfahren. Doch dann hätte er nicht sehen können, ob das Granada noch an dem Platz stand. Er nahm seine Kamera aus der alten Fototasche, die immer mehr zerfledderte, pflanzte das 24 – 70 mm Objektiv auf die Arretierung seines Apparats und machte von dem sonnendurchfluteten Eichenwald ein paar schöne Aufnahmen, für die er vielleicht in einem Mainfranken Kalender Verwendung finden konnte. Er latschte in den Wald und ging von hinten in Richtung Hinkelsteinlichtung. Er schaute durch den Sucher seiner Kamera und sah, dass sich auf der Lichtung etwas bewegte. Als er näherkam, sah er sehr bunt gekleidete Menschen. Es war eine Gruppe Mountainbiker, einer von ihnen hatte wohl einen Platten und so wie es aussah, wechselten sie gerade den Schlauch. Er ging nicht hin zu ihnen, hörte aber einen von ihnen sagen: „Mann, da stickt es aber gewaltig!! Seid ihr nicht bald fertig?" Gottfried, der früher in seiner aktiven Zeit das erste Mountainbike Unterfrankens gefahren hatte, (ein weinrotes Cannondale Handmade damals noch in Bethel Connecticut gebaut, mit der alten Deore XT Bremse und einem Aluminium Rahmen. So um 1984), dachte an eine Tour, die er hier durch die Klinge vor vielen Jahren geradelt ist. Damals war dies noch amerikanisches Sperrgebiet, weil im unteren Teil des Klingenwaldes zwei Pershing Raketen mit Atomsprengköpfen, im sogenannten Cold War stationiert waren. Die Bunker stehen heute noch dort und das gesamte Gebiet um die Raketen wurde sehr stark bewacht. Jetzt sind sie ein beliebter Anziehungspunkt für Lost Place Fotografen, die sich mit Bolzenschneidern immer wieder Zutritt zum Gelände verschaffen.

Jedenfalls machte er damals durch den Klingenwald eine Mountainbike Tour, wie die Jungs eben auf der Lichtung. Er war damals ein wenig körperlich angeschlagen. Er erinnerte sich noch genau, wie es war. Es lag dünner Schnee, gerade so viel, dass der Boden hart war und man schön biken konnte. Er fuhr eine leichte Abfahrt hinab und hatte gut Speed drauf, als er einem heruntergefallenen Ast (vom letzten Sturm) ausweichen wollte und stürzte. Er lag mitten auf der kleinen Versorgungsstraße zwischen den Larson Barracks und der Militärhundeschule, er wollte aufstehen, doch das ging nicht, sein Rücken schmerzte höllisch! Später stellte sich heraus, dass ein winziges Stückchen von seiner Wirbelsäule abgebrochen war, das dann auf die Wurzel seines Ischiasnerv hin und wieder scheuerte und ihm lange Jahre große Schmerzen bereitete. Ein Chirurg in einer Fürther Klinik stellte dies nach Jahren des Leidens fest. Durch eine Operation wurde der Status quo wieder herstellt. Aber das ist wieder eine andere Geschichte. (Handys gab es damals noch nicht, mit den Füssen hing er noch mit den Pedalriemen festgezurrt an den Krallenpedalen fest.) Plötzlich kam eine Militärpolizeistreife mit einem Jeep. „Hey man, whats going on?" Er muss wohl ein so schmerz verzehrtes Gesicht gemacht haben, aber er merkte, dass sie ihm helfen wollten. Einer kam zu ihm rüber und sagte: „Hey man, do you have any pain?" Gottfried nickte, dann wurde er weiter gefragt: „Where do you live?" „Arschloch!", dachte Gottfried. „Helfe mir lieber mal auf, als blöde Fragen zu stellen!" „Kitzingen Vogelspinnweg two!" Die Streife gab ihm einen Stift und einen Zettel und sagte: „Just write!" Der Sergeant stampfte nun in die nur wenige Meter entfernte Militärhundestation, Gottfried hörte die Hunde, die an ihren langen schweren Ketten zerrten, bellen. Nach wenigen Minuten kam der Sergeant wieder zurück, es war ein baumlanger Kerl und auf dem Namensschild über seiner linken Brusttasche stand der Name Robinson und er sagte: „We bring you home!" Gottfried, der immer noch auf den Boden lag, war damals sehr erleichtert, dass die Amis ihn und sein Bike nach Hause brachten. Es führt hier zu weit, zu erklären, wie das damals alles von statten ging! Es dauerte jedenfalls eine Weile und war auch mit einigem

Papierkram verbunden. Er war so in Gedanken an die früheren Zeiten versunken, dass er gar nicht bemerkte, dass die Biker schon wieder weiter gefahren waren. Er trat auf die Lichtung und ging zu den Hinkelsteinen. Wieso die so hießen, wusste kein Mensch! Volksmund, seit den ersten Asterix Heften in den siebziger Jahren halt!

Er kletterte hinauf und sprang zur Seite, ab ins Gestrüpp und ging ein paar Meter und schaute in die Grube, vom Gesicht des Unbekannten konnte man nicht mehr viel erkennen. „Sind Wildschweine eigentlich Aasfresser?", fragte er sich. Das wird er später mal googeln! Es war jetzt 12 Uhr und er bekam langsam Hunger, er machte noch ein paar Aufnahmen von dem herrlichen Eichenwald, ging zu seinem Auto zurück und fuhr wieder nach Hause. Auf einer Webseite für Läufer war zu lesen, dass für Wildschweine in dieser Jahreszeit besonders das Essen wichtig ist. Sie sind Aasfresser und futtern sich die Fettreserven für den Winter an. Es fallen gerade Bucheckern und Eicheln von den Bäumen. Die sind ein wichtiger Energielieferant für die Wildschweine. „Passt doch!" dachte er, die Lichtung ist bestimmt ein wahres Refugium für die Wildschweine, es gibt dort viel Eichen und Buchen und jetzt auch noch den Unbekannten Mann aus Litauen.

Zu Fuß ging er über die Kaltensondheimer Straße in die Kitzinger Innenstadt, dabei kam er an der Gärtnerei Kehl vorbei, wo er immer Blumen für seine Frau kaufte. Jetzt ist sie bald 10 Jahre tot und er hat es immer noch nicht richtig verarbeitet! Er latschte durch die Eisenbahnbrücke an der B8 entlang, bis zum Schiefen Turm. Dort hatte Dschingis seinen Dönerladen. „Was darf es sein, Gottfried?" „Wie imma!" „Oder willst du mal den Dönerteller probieren?" „Nö, bring mir einen Döner mit alles, scharf und mit Knoblauchsoße!" Die Dose Bier holte er sich selber aus dem Kühlschrank. Der Fensterplatz war schön, er saß immer da, wenn nicht gerade jemand anderes ihn in Beschlag genommen hatte. Dschingis brachte den Döner: „Lass ihn dir schmeck!" sagte er in seinem fränkisch-türkischen Slang; und Gottfried wusste, dass er ihm schmecken würde, wie an all den anderen Tagen auch, wo er hier war. Döner mit Bier 4.50 Euro, das gönnte er sich oft. Er war fast fertig das setzte sich ein alter Bekannter von ihm an den Tisch. Es war Carl Hochstett. Er schätzte ihn sehr als Mensch und als Sportler. „Darf ich mich zu dir setzen? Na wie geht es so, wenn du magst können wir wieder einmal zusammen ein wenig Radfahren." „Hi, jetzt im Oktober fange ich nicht mehr an ist mir zu kalt." Nach dem Essen sah er auf die Straße und auf den Laden von Maria, die Frankenutensilien und anderen Souvenirkram verkauft. Er verstand nicht, wieso die Stadtführer von Kitzingen (seiner Meinung nach) mit ihren Gästen von den Flusskreuzfahrtschiffen, immer auf der falschen Seite zum Falterturm marschierten. Drüben bei Maria könnten die Touristen viel bessere Bilder vom Turm machen und bei ihr auch richtig schöne Andenken aus Mainfranken einkaufen. Sie hatte ja alle erdenklichen Souvenirs von Kitzingen und Franken im Angebot, unter anderem auch Postkarten von ihm. Dann sah er

Polizeihauptwachtmeister Franz Hell und Polizeimeister Herbert Gebhardt im Streifenwagen die Falterstraße hochfahren, er hatte plötzlich ein mulmiges Gefühl, sie bogen am Würzburger Hof in Richtung Taxistand ab. Er zahlte und gab auch wie sonst kein Trinkgeld. „Servus Carl, laß dir den Döner noch schmecken!" „Danke Gottfried!"

Seine Devise lautete nur nicht auffallen! Ein bisschen überlegte er schon, was er mit dem Geld anfangen könnte, er wollte Gutes damit tun, er selber brauchte nicht viel, er lebte sehr spartanisch und wollte und konnte dies nach zehn Jahren Enthaltsamkeit auch gar nicht mehr ändern. Aber er wusste, wem er dies alles zu verdanken hatte: Steuerberater Raymund Müller und Vermögensberater Leo Maier, die beiden Drecksäcke wollte er spüren lassen, wie das ist, wenn man plötzlich keine Kohle mehr hat! Aber er sah da keine echte Chance, es den Brüdern heimzuzahlen. Was er nicht wusste, war, dass er diesen Vorgang bereits eingeleitet hatte.

Zur gleichen Zeit ging Raymund Müller nervös in seinem protzigen Büro auf und ab, es war Freitagmittag und alle Mitarbeiter/innen waren aus dem Haus, er schenkte sich ein Glas Cragganmore twenty five ein, die Flasche für 380.- Euro und machte einen Schluck. „Okay", dachte er, „ich muss jetzt unbedingt Leo anrufen, was mit der Kohle ist?!" Leo meldete sich aber nicht am Telefon, nicht einmal der Anrufbeantworter war geschaltet. Er schickte ihm eine WhatsApp Message mit der Bitte, ihn dringend anzurufen. Dann ging er in seinen großen Garten, wo seine beiden tibetanischen Mastiffs schon auf ihn warteten.

Tag 5

Gottfried war ganz gut gelaunt aufgestanden und hatte schon einen Plan, was er heute machen würde. Den Kaffee wollte er sich am Bahnhof oder vom Minibarverkäufer in der Mainfrankenbahn holen. Nach dem Zähneputzen ging er in das Nebenhaus, wie immer in der letzten Zeit durch den Garten, die Terrassentür hatte bei seinem letzten Besuch wieder nur angezogen, ohne sie zu verschließen, schnell war er auf dem Spitzboden und nahm vierzig Scheine aus seinem Versteck, er legte sie zusammen und steckte sie in den Kompressionsstrumpf seines rechten Beines. Er hatte den Fahrplan im Kopf und war pünktlich um 7:58 Uhr am Bahnhof, zog eine Fahrkarte der VGN für 19 Euro und ging durch die Unterführung auf den Bahnsteig 3 Richtung Nürnberg. Nach einer guten Stunde hielt der Zug am Nürnberger Hauptbahnhof. Er machte sich gleich auf den Weg durch die berüchtigte Königstorpassage über die Pillenreuther Straße zum Aufsetzplatz zu Fotoleibnitz, um sich die neue DS 1 II und das 400 2,8 IS zu holen. Er konnte nicht anders, war er doch Fotograf mit Leib und Seele!
Insgesamt musste er knapp 15 Riesen hinlegen. „Scheiß drauf!", er ließ sich noch ein Gitzo 5542OLS Carbonstativ mit einem Novoflex Kugelkopf einpacken. Er legte die vierzig Scheine auf den Tresen und ein Raunen ging durch den Laden. Das übliche Prozedere folgte. Ihm reichte eine schriftliche handgeschriebene Quittung. Er mochte dieses analoge Shopping. Dann watschelte er wieder zum

Bahnhof, um den 11 Uhr Zug Richtung Heimat zu erwischen. Um 12.30 Uhr war er wieder in seinem Häuschen. Er freute sich auf morgen, wenn er beim Spiel des Würzburger FV gegen den SC Sand in der Bayernliga Nord zum ersten Mal das 400ter auf seinem Einbein aufpflanzen würde. Er brauchte wenig zum Leben, aber gute Fototechnik musste sein, und mittlerweile konnte er es sich ja auch leisten, wobei: so ganz wohl war ihm nicht dabei! Er ging noch zum Discounter und kaufte ein paar Lebensmittel ein. Magerquark fürs Frühstücksmüsli. Äpfel, Mandarinen, Haferflocken und fünf Flaschen Trinkschokolade. Ein paar tiefgefrorene Fertigpizzas und im Getränkemarkt nebenan noch einen Kasten Weißbier.

Tag 6

Er hatte unruhig geschlafen und dabei schlecht geträumt, von laufenden Obstkisten und sprechenden Kuscheltieren und der besoffener Petrus war auch wieder dabei.

Nach dem Duschen machte er sich auf den Weg in die Bäckerei in der Falterstraße. Er war zu faul fürs Frühstücksmüsli. Im Auto schob er ein CD des norwegischen Indie Sängers Sivert Høyem in den Schlitz des Players. Manchmal verliebt man sich ja allein in den Klang einer Stimme und so war es auch bei Gottfried der die tiefe Stimme des Frontmans der der norwegischen Indie-Rock-Band Madrugada sehr liebte.

In der Bäckerei bestellte er sich einen dreifachen Espresso und zwei Eierringe, die er sich von der netten Verkäuferin warm machen ließ. „Gell, warm schmecken sie halt nochmal so gut!", war ihr Kommentar beim Servieren. Gottfried strahlte sie an. Eierringe sind eine Kitzinger Spezialität. Von der Struktur und den geschmacklichen Eigenschaften ähnlich dem Buttercroissant, nur viel besser! Die Back-Mythologie sagt, dass der Eierring so heißt, weil er wie ein Ei aussieht! „Eier sind keine im Teig!" wie ihn einmal eine Verkäuferin erklärte. Früher hatte der Eierring zwölf Zacken, was die zwölf heiligen Nächte symbolisieren sollten. Nach und nach wurden dann die Zacken nicht mehr von Hand mit einem kleinen Messerchen in den Teig geschnitten, sondern mit einer großen Walze eines computergesteuerten

Teigschneidetisches, der dem Gebäck ein industrielles Finish verlieh.

Es war zehn Uhr, als er die Bäckerei verließ. Er ging zu seinem Auto und fuhr nach Marktbreit, er wollte oben am Windrad ins Maintal für seinen Marktbreit Kalender noch ein paar Bilder fotografieren. Das Wetter war gut und die Weinberge und Wälder um Sulzfeld, Segnitz und Marktsteft waren herbstlich eingefärbt. Nach ein paar Aufnahmen mit dem großen 400ter, dann zog es ihn in die angrenzende Siedlung. Er sah den gelben Maserati von Leo Maier. Gottfried schaute durch seine Optik und sah ganz deutlich, wie Maier aufgeregt mit dem Telefon am Ohr in seinem Wintergarten hin und her lief. Er fokussierte mit dem schweren Objektiv in seinem alten Caddy und drückte ab, einfach brillant: er hatte ihn abgeschossen, freilich nur mit der Cam! Zu Hause am PC sah er die schreckverzerrte, ängstliche Fratze, die Maier zog. Er speicherte ab, formatierte die Karte neu und packte seine Fototasche für das Bayernligaspiel in Würzburg auf der Sepp-Endres-Anlage in der Zellerau und fuhr dann auch unmittelbar los.

Kein Parkplatz in Sicht, er hätte früher starten sollen! Doch dann hatte er Glück: eine Gruppe von jungen Männern mit großen Sporttaschen kam über die kleine Treppe am Eingang des Stadions nach oben und stieg in einen Ford Transit und fuhr davon. Es waren die Spieler der zweiten Mannschaft, die das Vorspiel bestritten hatten. Rückwärts einparken war noch nie seine große Stärke gewesen, aber irgendwie brachte er seinen Caddy dann doch halbwegs anschaubar in die Parklücke und machte sich auf den Weg ins Stadion. Er setzte sich meistens auf die Seite des Spielfelds, wo er die Sonne im Rücken hattte und kein Linienrichter umher rennt, so auch heute. Voller Stolz packte er sein 400ter aus, pflanzte es auf die DS 2 und schraubte alles auf ein Einbein (also so was wie ein Stativ mit nur einem Bein).

Er wählte folgende Einstellungen: Blende 3.2, Spotmessung mit All Servo, 1600stel und ISO 630, es war schon ein wenig bedeckt am Himmel. Früher wählte er immer Programm Halbautomatik AV, aber wenn sich die Kamera automatisch eingemessen hat, dann war es oft so gewesen, dass die Bilder bei schwarzen Spielertrikots immer zu hell waren und die Bilder mit weißen Spielertrikots zu dunkel. Darum stellte er seit kurzen alle Einstellungen an seiner Kamera selber ein. Es war ein Traum mit der DS 2 und dem 400ter Bilder zu machen, er freute sich schon auf die Ergebnisse später am PC. Zehn Minuten vor Spielende machte er sich auf den Weg, um zu seinem Caddy zu gelangen, ihm war ganz flau im Bauch, wollte er doch auf der Rückfahrt noch in der Unfallklinik vorbei fahren um sich nach Zinaida Vidanava, der Überlebenden von Nordheim zu erkundigen.

In der Regel kamen die Unfallopfer in das Universitätsklinikum Würzburg (Unfallchirurgie). Er kannte dort einen Schleuser, den er vorher anrufen wollte.

Schleuser sind Krankenhausmitarbeiter, die Unfallopfer entgegennehmen und in die Chirurgie fahren, oder so ähnlich genau wusste er es nicht. Jonathan hebt nicht ab; naja, vermutlich machte er es wie er: Feierabend, Handy aus! Er schaltete sein Handy ja auch sehr oft aus. Er ging vom Parkplatz schnurstracks zur Anmeldung und fragte nach einer Zinaida Vidanava. Der Pförtner schaute in seinen PC und sagte, dass sie auf der U13 liegt.

Nach ihrer Einlieferung ins CNA wurde sie untersucht und kam sofort in den OP. Sie hatte sehr viel Blut verloren und die Ärzte konnten nichts mehr für sie tun, sie starb noch auf dem Operationstisch. Als Gottfried im U13 ankam, fragte er bei der Schwesternstation mit verstellter Sprache nach Zinaida Vidanava: „Wo Zinaida?" Die eine Krankenschwester tuschelte zu der Anderen: „Die liegt doch in der Prosectur." „Wo Zinaida?" stammelte Gottfried. „Sind sie verwandt?", sagte die eine Krankenschwester. „Nix verstehen!", sagte Gottfried. „Zinaida, mein Schwester, wo Zinaida?" Die eine, etwas ältere Schwester, sagte zu ihm, dass er mitkommen solle. Er lief ihr hinter her und mit seiner Pudelmütze und der Sonnenbrille sah er schon sehr ulkig aus.

Er erstarrte, als die Krankenschwester das Leichentuch lüftete und sie dann sagte: „Ich lasse dich jetzt zwei Minuten mit ihr alleine, dann müssen wir die Formalitäten fertig machen, aber du verstehst ja eh nix. Armer Teufel." „Das war wieder typisch!", dachte er, wieso werden Ausländer immer gleich mit du angesprochen? Er schaute Zinaida an und war erstaunt, wie bildhübsch die Frau war. Auf dem Tisch neben der Bahre stand eine Plastikbox mit den Habseligkeiten der Toten, er stierte hinein, blickte sich suchend um, nahm das Handy heraus und ging aus dem Raum und über einen Lift gelangte er dann auch schnell zum Ausgang. Als er wieder im Freien am Parkplatz war, hörte er im Vorbeigehen bei zwei sich unterhaltenden, entgegenkommenden Männern kurz den Namen Zinaida und er roch einen Duft, den er von irgendwoher kannte. Genau, Faberge Brut war es, was er da roch! Er hatte einmal eine ungarische Freundin gehabt, die ihm immer dieses Duftwässerchen mitgebracht hatte. Hat er sich das mit dem Namen jetzt nur eingebildet, oder hat der eine Mann den wirklich ausgesprochen?

Er stieg in sein Auto und fuhr vom Parkplatz auf die Straße Richtung Zinklesweg, am Straßenrand standen wieder die beiden Männer. Es sah so aus, als würden sie vor ihren Krankenbesuch noch eine Zigarette rauchen. Plötzlich hörte er einen Psycho House Sound im Auto und er erschreckte sich fürchterlich: es war das Handy von Zinaida. Er musste genau neben den beiden Männern, die immer noch an ihren Zigaretten rumnuckelten, kurz anhalten, weil ein Autofahrer vor ihm jemand aus dem Wagen ausstiegen ließ. Dabei sah er, dass einer der Männer ein Smartphone in der Hand hielt und zu ihm ins Auto stierte, er sah ihm direkt in die Augen, so, als ob er den Klingelton kannte. „Zum Glück", dachte er, „hatte er noch die Sonnenbrille auf der Nase und die Pudelmütze auf dem Kopf!" Nach einer gefühlten Ewigkeit konnte er wieder weiterfahren, dabei waren es aber nicht mal 5 Sekunden, die der junge Mann zum Aussteigen brauchte.

Ein mulmiges Gefühl machte sich in seinem Innersten breit. Vor allem auch wie er im Rückspiegel erkennen konnte das der eine von den Beiden händehochhaltend ihm nachwinkte. Egal, nix wie weg! Kurz hinter Rottendorf schmiss er die Pudelmütze aus dem Autofenster, die Sonnenbrille verließ das Auto in Höhe der Autobahnauffahrt zur A3.

Der Akku des Huawei Mate 9 war fast leer, gut, dass die Ladekabel einigermaßen genormt sind und sein Aufladekabel auch passte. Nach 5 Minuten steckte er ab und schaute nach, wen Zinaida als letztes angerufen hat. Es waren nur wenige Nummern, die letzte Aktion war wohl die Whatsapp Message an den Dicken vom Klingenwald, um den sich zurzeit die Wildschweine kümmerten. Auf dem Bild war nur ein Stück des Jumpys zu sehen- mit einem Stück vom Nummernschild KT- und das halbe H. „Okay", dachte er, „wenn er Glück hatte, dann hat das bis jetzt niemand gesehen und er konnte erst einmal durchschnaufen."

Auf der Volkacher Mainbrücke war zu dem Zeitpunkt niemand mehr unterwegs, so dass er das abgewischte Huawei, und die zerstörte SIM-Karte, ohne gesehen zu werden, in den Main schmeißen konnte. Bei einem Chinesen Imbiss in Volkach holte er sich ein paar Bratnudeln mit Ei und setzte sich am Main auf eine Bank und dachte nach. Auf der Bank lag noch ein Stück eines Anzeigenblattes und er sah, dass ein Stellengesuch mit Kuli umrandet war. Fahrer gesucht! stand drauf und eine Mailadresse. Er nahm den Abschnitt mit.

Tag 7

Am Sonntag hatte er ja frei und schlief sehr lange, er musste ja nicht fahren. Nach einer ausgiebigen Dusche fuhr er wieder zum Frühstücken in die Bäckerei, unterwegs hörte er im Radio Grand Funk Railroad - Inside Looking Out von 1969, Erinnerungen wurden wach an den 22.Juni 1971, da spielte die Band bei den Amis in Schweinfurt. Für die GI`S war es ein Take free ride Concert und wenn man einen Zupfer kannte, konnte man ebenfalls mitkommen, die Kontrollen waren eher lasch und die Joints drehten ihre Runden.

Nach einem Dopio und einer Nuss- und einer Mohnschnecke, schlenderte er noch ein wenig durch Kitzingen und ihm viel dabei auf, dass es unheimlich viele Geschäftsleerstände gab. Heute war wegen der Ebshäuser Kerm verkaufsoffener Sonntag. In einem Schuhgeschäft in der Marktstraße kaufte er sich ein paar neue Winterstiefel und bezahlte wieder mit einem 500ter. Es war zwar Ebshäuser Kerm Sonntag, aber er hatte heute Wichtigeres zu tun, als den Festzug mit den schön geschmückten Gemüsewagen zu fotografieren. Mittlerweile war es 14 Uhr, er gönnte sich noch ein Eis vom Italiener und fuhr zum Trainingsplatz, um das versprochene Bild für Herrn Kaschtil mit seinen Jungs bei der Trikotübergabe zu machen. Gleich dreimal zogen sich die Buben und die zwei Mädels des Teams um. „Da hast du wieder gut Sponsoren an Land gezogen", sagte Gottfried zu Herrn

Kaschtil, der nur schmunzelte. Auf eine weitere Frage, wo denn der Ford Granada abgeblieben sei, sagte dieser, dass er das nicht wissen wolle! Okay, auch erledigt! Er steckte die Compact Flash Karte in den Laptop, steckte einen USB Stick an und zog die Bilder drauf und gab sie dem kleinen schlitzohrigen Mann vom Balkan, der wiederum bedankte sich höflich und Gottfried verabschiedete sich. Irgendwie war er erleichtert. Er war sich sicher, dass es keine Zeugen mehr gab und auch kein Beweismaterial, trotzdem interessierte es ihn, wo die Kohle herstammte und für was sie gedacht war.

Er konnte ja nicht wissen, dass mit dem Geld, das er in dem Unfallauto fand, Klienten des Steuerberaters Raymund Müller und des Vermögensberaters Leo Maier ruhiggestellt werden sollten. Kurz vor der Insolvenz der Firma Gala räumten Manager der Firma, Geld von den dunklen Konten der Firma ab, um den Investoren wenigstens 10 % der Anlegesummen auszuzahlen, damit diese erst einmal Ruhe gaben. Bei den Anlegern waren auch Jungs dabei, denen man nicht unbedingt auf einer dunklen Straße begegnen wollte, wenn man mit ihnen ein bisschen Stress hatte! Es wurde auch viel Schwarzgeld angelegt! Der Typ, der bei Nordheim in den Graben fuhr und sich und seine Begleiterin dabei umbrachte, sollte das Geld an Maier und Müller am darauffolgenden Tag übergeben. Das Hotel in Nordheim am Main wurde von Raymund Müller gebucht, der Besitzer war Klient und Anleger zugleich. Im Portfolio der Anleger von Müller gab es die unterschiedlichsten Leute: von Internisten über

Großschlächter, Barbesitzer, Gebrauchtwagenhändler, Bestatter, Immobilienfirmen, Gastwirte, Winzer, Kinobetreiber und Metzgereibedarfsartikelhändler, alles war dabei. Die Ehrlichen wurden mit der Aussicht geködert, viel Steuern auf legale Art zu sparen, den Unehrlichen versprachen die Beiden hohe Renditen und den Gutgläubigen, zu denen auch Gottfried gehörte, versprachen sie eine sehr gute Altersversorgung. Ja, reden konnten die Beiden und wahrscheinlich haben sie sogar mit der Zeit ihre Storys selber geglaubt. Für den Crash der Firma gab es viele Gründe: vor allem aber war es der aufwendige Lebensstil der Besitzer. Das eingenommene Geld wurde nach dem Schneeballsystem verteilt, sodass es eine Weile gut ging. Es war die blanke Gier nach Geld! Es war Betrug, bei dem sich der kleine Kreis der Firmenspitze und einige Mitläufer in Form von Steuerberatern und Finanzberatern, seit Jahren Millionen aus den Investitionen ihrer Anleger erschwindelt hatten. Es war ein Konstrukt, das von Beginn an nur darauf angelegt war, Geld von Investoren einzusammeln, in einem schwer durchschaubaren Geflecht von Firmen hin und her zu schieben, um es schließlich für sich selbst zu verwenden. Die Staatsanwaltschaft wird einmal feststellen, dass über 200 Millionen Euro an Verlusten angehäuft wurden. Das alles aber zu beweisen, hat der Staatsanwaltschaft einige Jahre Ermittlungsarbeit gekostet. Gottfried führte einige Zivilprozesse in Würzburg, Hamburg und München gegen die Firmen und dem damaligen Berater, hatte aber keine Chance. Er hatte so gut wie alles verloren: viel Geld, Altersversorgung, seine Frau, seine Freunde, seine Firma.

Er lebte dann ziemlich zurückgezogen und ging seinen Nebenjobs nach. Rauchen und Saufen hatte er sich abgewöhnt: er konnte es sich einfach nicht mehr leisten und auch aus der Kirche ist er wegen der Kirchensteuer ausgetreten, er hatte einfach das Geld nicht mehr dazu! Probleme bereitete ihm seine Gesundheit, seelisch angeschlagen war er zum Frustfresser geworden und schleppte mittlerweile ein ziemliches Übergewicht mit sich rum. „So kann das nicht weitergehen!", dachte er sich, wegen dem Müllsack voller Geld machte er sich keine Sorgen. Er wird sich einen Job suchen, wo er später aufstehen kann, 4 Uhr morgens ist schon verdammt früh. Die Zeiten sind vorbei, wo der Elch bei Vollmond die hellsten Brote gebacken hat. Aber eine schöne Zeit in der Bäckerei war es trotzdem. Er dachte immer gerne zurück an die ganzen Nachtschwärmer aus dem „Alten Keller" eines Nachclubs in der unmittelbaren Nachbarschaft, die früh um 5 Uhr zum Einkaufen kamen. Freilich war es manchmal nicht einfach, mit den Besoffenen, aber meistens wollten die nur a weng was erzählen und auch mal auf dicke Hose machen, vor allem diejenigen, die nur zweimal im Jahr von zu Hause wegdurften oder konnten. Das waren dann auch diejenigen, die sich am meisten aufspielten. Damals war er auch noch richtig fit: er ist Radrennen gefahren und Marathon gelaufen. Sein Traum war es, einmal beim New York City Marathon am Start zu stehen.

Jetzt wollte er aber erst einmal einen Plan schmieden, wie er wieder seine alte Fitness erreichen könnte.

Müller schaute Maier fragend an, seine Stirn hatte sich in Falten gelegt, und er sagte zu Maier: „Wie können wir die Jungs jetzt ruhig stellen, und wie können wir die Kohle finden?" Müller zuckte mit den Schultern, er hatte wie Maier keinen Plan. Ein Privatdetektiv muss her, es wäre doch gelacht, wenn es keine Spuren mehr von dem Geldtransfer gibt. Keith Palmer tot! „Wieso lässt der sich auch während der Fahrt von der Schlampe Einen blasen?" schrie Müller rum, „und wieso ist ihr Bruder verschwunden? Kann es sein, dass der mit der Kohle nach Litauen getürmt ist, oder auch woanders hin?" Er war außer sich. Er konnte ja nicht wissen, dass Maxim Vidanava mit gespaltenem Schädel in einem Lehmloch bei Kaltensondheim langsam von den Wildschweinen aufgefressen wurde. Scheiße, Scheiße, Scheiße.

Es war mittlerweile Sonntagnachmittag und Gottfried fuhr mit seinem Caddy nach Abtswind, um das Landesliga Nachholspiel TSV Abtswind – TSV Unterpleichfeld zu fotografieren, Kraut gegen Kräuter war die Devise. Er fuhr bei Ansgar vorbei, vielleicht will der ja mitfahren, er war ein Hobbyknipser und ging ab und an ganz gerne mit zu einem Sportereignis. Er klingelte und Ansgar schaute aus dem Fenster im ersten Stock. „Willst du mit nach Abtswind??" rief Gottfried. „Ich hab doch kee Zeit!", und das Fenster war schon wieder geschlossen. Auch gut, dachte Gottfried.

In der Kräuter-Mix-Arena, (wieso hießen plötzlich alle Fußballplätze Arena? Egal!) holte er sich, nach alter Gewohnheit, eine „Stadionwurscht" für zwei Euro und ein kleines Krautheimer zum Nachspülen und das Spiel konnte beginnen. Er machte so 400 Bilder und schaute sich die zweite Halbzeit gar nicht mehr an, 3:0 lagen die Steigerwälder schon vorne. Er fuhr nach Hause, lud die Bilder beim Online-Fußball Portal „Fusba pro für Alle" hoch und legte sich auf sein altes Ledersofa, auf dem er dann ziemlich schnell einschlief.

Tag 8

Um halb vier in der Frühe wachte er auf, die innere Uhr hat ihn geweckt. Die Scheinwerfer des entgegenkommenden Autos in der Kaltensondheimer Straße waren falsch eingestellt, sodass die Lichter Gottfried blendeten. „Fahr doch mal in die Werkstatt!", rief Gottfried dem Fahrer im Gedanken zu, als der Wagen aber auch schon vorbeifuhr und mit sichtlich überhöhter Geschwindigkeit im Dunkel verschwand. Die Ampel vor der Unterführung stand wie immer auf Rot, meistens fuhr er dann auch durch, manchmal fuhr er auch durch die Pflaumengasse, um unten an der Eisenbahnbrücke auch wieder bei Rot auf die B8 einzuschwenken. Die dritte Variante war an der Unterführungsampel den grünen Pfeil folgend nach rechts abzubiegen, um dann in der Einfahrt zum Winterleitenweg zu drehen und durch die grüne Ampel der Nordtangente weiter zu fahren.

Nach seiner Tour ging er ins Büro und kündigte zum nächstmöglichen Termin. Das Thema war durch, für den Rest der Zeit würde er Urlaub machen und dann eventl. bei der Personenbeförderungsfirma mit den roten Bussen anfangen.

Friedrich Laue, den sie alle nur Freddy oder Fred nannten, rief bei Leo Maier an, er wollte wissen, wann es die versprochene Ausschüttung gibt? Maier erfand tausend Storys, um Freddy zu besänftigen, er kannte ihn gut und wusste, dass er mit seiner Securityfirma viel Geld bei ihnen investiert hatte. Fred setzte ihm ein Limit von einem Tag, dann wollte er Kohle sehen, sonst, ja was sonst will er dann mit ihm machen? Ihm würde schon was einfallen, was die Sache dann beschleunigt. Leo Maier war beunruhigt. Es war nicht nur die etwas schroffe Art von Freddy die ihm Angst machte, nein auch machte er sich Sorgen um sein eigenes Geld. Besorgt rief er bei Raymund Müller an, der ihn aber besänftigen konnte.

Maier und Müller fuhren zum vorgeschlagenen Treffpunkt von Freddy und waren auch pünktlich da. Von Freddy keine Spur! Sie gingen durch die Absperrung, die zu dem Steinbruch führt. Eigentlich ist es ein von den Menschen gemachtes Biotop, in dem sich in Jahrzehnten eine tolle Fauna und Flora entwickelt hatte, die in weitem Umkreis in dieser Dichte und Vielfalt nicht wieder vorkommt, vor allem die Gelbbauchunke, die Zauneidechse, die Schlingnatter, den Uhu und eine seltene Schmetterlingsart haben sich dort eingenistet. Das alles interessierte im Moment die beiden Finanzhaie reichlich wenig. Müller schaute auf die Uhr: schon eine halbe Stunde drüber!

„Gehen wir zum Auto zurück!" schlug er vor.   Das Naturschutzgebiet liegt genau an der A3, sie sahen noch, dass ein auf der Standspur abgestellter großer schwarzer Wagen losfuhr. Müller sah zuerst das Malheur: alle vier Reifen waren zerstochen! „Scheiße, Scheiße, Scheiße!" entfuhr es ihm. Kurz darauf klingelte sein Handy, es war Freddy und der sagte nur: „Wünsche einen schönen geruhsamen Nachhauseweg, und ich melde mich, es sei denn, ihr habt die Kohle, dann könnt ihr euch natürlich auch melden!"

Caesar Limmermann, ein Klient von Müller, der auch einen Abschleppwagen besaß und regelmäßig für den ADAC auf Tour war, holte sie dann am Steinbruch ab. Beide wussten auf einem Schlag in was für einer gefährlichen Lage sie sich befanden. Limmermann sagte nur: „Drecksbande, soll ich die Bullen anrufen?" „Nein, nein", sagte Müller „wir regeln das anders!" Dann fuhr er Maier nach Marktbreit und sie gingen zusammen in sein feudales Haus. „Was machen wir nur?" sagte der Finanzberater. „Du hast den Hals nicht voll bekommen", schrie ihn der Steuerberater an „die 600000 von diesem Gottfried hätten mir doch gereicht, aber nein, du musstest ja noch weitere Leute verarschen! Irgendwann musste das doch schief gehen, sei froh, dass die Prozesse vorbei sind und wir da mit einem blauen Auge davongekommen sind! Mit wie viel hast du eigentlich die Anwälte von diesem Gottfried, ich kann den Namen nicht mehr hören, geschmiert?" „12000.-!" sagte Maier. „Die sind fein raus, der Gottfried Meister ist aber auch selten blöd!" Dann sagte Maier: „Ich fahre morgen nach Würzburg und versetze ein paar Bilder von mir beim dortigen Pfandhaus in der Schweinfurter Straße." „Für Bilder bekommst du nix mehr, die Zeiten sind vorbei. Deine Schmierereien kauft eh keine Sau, " entfuhr es Müller, „fahr nach Fürth zum Pfandleihhaus Schaumermann und versetz deinen Maserati!" „Bist du verrückt, doch nicht mein Schätzchen!" „Mach, was du willst!" sagte Müller, „wir brauchen mindestens 50000.- Öcken und zwar spätestens übermorgen!" Er ging zur Tür und rief noch mal: „Übermorgen, verstehst du, ich 25 und du 25 sonst macht uns Freddy kalt!"

Tag 9

Am Mittwochmorgen fuhr Maier die Marktbreiter Kappellensteige hinunter und brummte mit seinem gelben Maserati in Richtung Autobahn. Den herrlichen Sonnenaufgang beachtete er nicht. Er war sauer und im Gedanken. Über A7 und A3 war er in einer knappen Stunde in Fürth beim Pfandleiher und stellte seine Karre in die große Halle. Wie vereinbart wartete schon der Geschäftsführer der Filiale auf ihn. „Schönes Teil!" sagte er. „Gehen wir ins Büro!" „Ich gebe Ihnen die vereinbarten 65000.- minus 1400.- Gebühren laut Pfandleihverordnung. Wann wollen sie auslösen, wissen sie das schon?" „Denke zwei Monate", sagte Maier, „dann ziehe ich gleich noch 1300.- Euro Zinsen und 200.- Stellplatzgebühren ab!" sagte Schaumermann. „No Problem!" erwiderte Maier und unterzeichnete wortlos mit versteinerter Miene den Vertrag. „Wollen sie noch einen Kaffee, oder einen Espresso oder einen Latte Macchiato?" „Nein, bestellen sie mir bitte nur noch ein Taxi zum Bahnhof, bitte." Er musste nicht lange warten, die Mainfrankenbahn fährt im Stundentakt nach Würzburg, von dort konnte er über Ochsenfurt weiter nach Marktbreit fahren.

Gottfried hielt sich zum selben Zeitpunkt ebenfalls in Marktbreit auf, er paukte bei seinem Freund George wieder einmal ein wenig Englisch. George war ein Waliser aus Cardiff, der schon 30 Jahre in Marktbreit lebte und ohne Akzent deutsch spricht, für Gottfried war es schwer mit 59 noch mal Englisch zu lernen und er ging auch nur noch ganz unregelmäßig zu einem seiner wenigen verbliebenen Freunde. Meistens quatschten sie über Politik oder anderen aktuellen Kram, George hatte große Angst vor dem Islam und war auch sonst ziemlich konservativ eingestellt, aber Gottfried mochte ihn ganz gerne. Heute übersetzten sie zusammen "A Horse With No Name" von Amerika: On the first part of the journey, I was looking at all the life. There were plants and birds and rocks and things. There was sand and hills and rings. The first thing I met was a fly with a buzz. And the sky with no clouds. The heat was hot and the ground was dry. But the air was full of sound..........

Auf dem ersten Teil der Reise betrachtete ich all das Leben um mich herum. Da gab es Pflanzen und Vögel und Felsen und all das. Da gab es Sand und Hügel und Ringe.Das erste, was ich getroffen habe, war eine summende Fliege. Und der wolkenlose Himmel. Es war verdammt heiß und die Erde war trocken. Doch die Luft war von Geräuschen erfüllt. Ich Ritt durch die Wüste auf einem namenlosen Pferd. Es fühlte sich gut an, dem Regen zu entkommen. In der Wüste kannst du dich nicht an deinen Namen erinnern. Denn dort gibt es niemanden, der dir Schmerz zufügt
La la, la, la, la la, la, la la, la, la, …..

Es hat Gottfried wieder mal richtig gutgetan. Er verabschiedete sich höflich bei George und ging einige hundert Meter zu seinem Auto, das er auf dem Bahnhofsparkplatz abgestellt hatte. Als er den Motor angelassen hatte, sah er im letzten Moment Maier, wie er mit einem kleinen braunen Lederköfferchen in der Hand über den Parkplatz des Bahnhofes hastete. Er ging mit sehr flottem Schritt in Richtung AWO Anlage. Gottfried überlegte blitzschnell und startete den Motor. Er fuhr von Osten kommend zur Kapellensteige hoch, stellte den Wagen an einer unbeleuchteten Ecke ab, nahm den Baseballschläger des Hirngespalteten aus dem Laderaum und steckte ihn unter seine lange Jacke, dann streifte er sich die Kapuze über den Kopf und ging zu dem Treppenaufgang, der zu Maiers Haus führt. Bei einer Einbuchtung, da, wo auch eine Ruhebank steht, wartete er auf Maier. Es war eine gespenstische Szene und er musste nicht lange warten Maier war sehr sportlich unterwegs, er musste auf der Hut sein und der erste Schlag sollte sitzen.

Maier stürmte die Treppe hoch, er beachtete Gottfried auf der Bank gar nicht, der sprang hoch und holte aus und schlug mit dem Baseballschläger mit voller Wucht von hinten auf die Kniekehlen von Maier, der schrie laut auf und stürzte rückwärts die drei Stufen runter, er fiel ziemlich unglücklich auf den Kopf und blieb benommen liegen. Gottfried schnappte sich den dünnen Lederkoffer und war schnell wieder bei seinem Caddy. Knüppel und Koffer rein, und weg war er! Es waren nur wenige hundert Meter, und er war auf einem Betonweg Richtung Obernbreit, weg von jedweder Siedlung. Er nahm dann nach einem Kilometer an der Weggabelung die kleine Straße Richtung Michelfeld, von dort fuhr er dann über Sickershausen und Hohenfeld nach Kitzingen. Dort fuhr er den Flakberg hoch, am Golfplatz vorbei in den

Klingenwald. „Subber, die Schranke war nicht geschlossen!" Er düste durch den Weg hinauf zum ehemaligen Truppenübungsplatz, dort bog er in die Hinkelsteinlichtung ein und schnaufte erstmal tief durch. Dann machte er sich daran, den kleinen Lederkoffer mit einem dicken Schraubendreher zu öffnen…. You see I've been through the desert on a horse with no name, It felt good to be out of the rain. In the desert you can remember your name. Cause there ain't no one for to give you no pain. La la, la, la, la la la, … der Song ging ihm nicht mehr aus dem Kopf!

Es waren über 60000 Euro in gebrauchten 100.- Euro-Scheinen, wird er am Abend feststellen. Er packte das Geld in eine Plastiktüte eines Discounters und schmiss sie ins Auto. An der großen Feuerstelle etwa 50 Meter von den Hinkelsteinen entfernt, goss er von seinem Ersatzkanister ein bisschen Diesel auf den Baseballschläger und zündete ihn an, den Lederkoffer hatte er auch schon in kleine Stücke zerteilt und legte sie nun Zug um Zug dazu, die Scharniere und Schnallen wird er morgen abholen, wenn die Glut erkaltet ist. Er machte sich Sorgen das jemand den dichten Rauch sehen konnte. „Eigentlich schade," dachte er sich so im Stillen „, dass hier in der Gegend so wenig los ist, keine Jogger, Spaziergänger oder Walkerinnen. Unten am Main im ehemaligen Gartenschaugelände ist es halt auch viel schöner!" Zwischendrin schaute er mal kurz in die Lehmgrube, wo die Leiche liegt. „Sieht schon ziemlich abgenagt aus!" dachte er sich. Die Wildschweine hatten ganze Arbeit geleistet. Nachdem das kleine Köfferchen und der Baseballschläger verbrannt waren, ging er zum Auto und atmete tief die herrliche Abendluft ein und fuhr gechillt nach Hause, wo er eine schöne reife Birne und zwei Äpfel zum Abendessen genussvoll verspeiste. Dann schaute er ein wenig Fernsehen.

Bevor er sich früh zum Schlafen hinlegte, brachte er das Geld noch in sein Versteck auf den Spitzboden des Nachbarn. Er schlief schnell und hatte eine gute Nacht.

Nicht so Maier und Müller! Sie trafen sich in Marktsteft in einem alten Haus gleich hinter der neuen Tankstelle, die weithin sichtbar mit ihrer neongrünen Beleuchtung zu sehen war. Das Haus hatten sie vor ein paar Jahren einem Rentnerehepaar durch zwielichtige Geschäfte abgeluchst.

„Scheiße mit der Kohle! Wer hat eigentlich von dem Deal mit deinem Maserati gewusst?" fragte Müller vorwurfsvoll. „Verdammte Scheiße, Niemand!" schrie Maier. „Das glaubst du doch selber nicht!" „Wenn ich es dir doch sage!" „Ich habe noch 7800.- Euro zu Hause, stille Reserve, das muss jetzt erst mal reichen!" „Wie viel hast du noch flüssig machen können?" „12000, aber morgen bekomme ich noch fünf Riesen dazu, ich habe eine alte Goldmünze verkauft und bekomme dafür morgen das Geld!" „Dann rufe ich Freddy an, dass er am Donnerstag das Geld holen kann. Möchte nur wissen, wie das weitergehen soll? Von den hohen Herren kommt keine Antwort, nix, die haben sich alle abgesetzt und wir sind die Dofen!" jammerte Müller.

Tag 10

Gottfried fühlte sich nach dem Aufstehen nicht gut. „Ich muss endlich wieder mal was für meine Fitness tun!" dachte er. Schwimmen wäre nicht schlecht! Er schlürfte seinen grünen Tee, zog sich an, suchte seine Badesachen zusammen und fuhr ins Kitzinger Aqua Sole, dem früheren in die Jahre gekommenen Sole-Hallenbad. Es wurde vor ein paar Jahren um eine großartige Saunaanlage erweitert und das Bad an sich bekam auch eine erfrischende Revision. Die heiße Dusche tat ihm gut und mit einem Kopfsprung war er im Wasser. Drei ältere Damen regten sich schrecklich darüber auf. Als Gottfried auftauchte, schaute er direkt in die schönsten Augen, die er je gesehen hatte. Er schwamm jetzt einige Bahnen und immer, wenn er der Frau mit der pinkenen Badekappe begegnete, schaute er ihr für den Augenblick tief in die Augen und sie hielt seinem Blick stand. Nach zehn Mal auf und ab, gönnte er sich eine Pause. Die Frau, bei deren Blick in seine Augen sein Herz schneller zu schlagen schien, schlug neben ihn am Beckenrand an, stellte sich neben ihm auf den kleinen schmalen Absatz des Beckens und lächelte ihn dabei an. „Tut gut, so ein bisschen schwimmen!" sagte sie und berührte ihn dabei mit ihrem Oberschenkel und schaute ihm wieder tief in die Augen. Gottfried durchströmte ein wohliges Gefühl, und sagte verlegen: „Ja, macht Spaß, strengt aber ganz schön an, ich war schon seit ewiger Zeit nicht mehr beim Schwimmen!" Dann nahm er allen Mut zusammen und rang sich durch, sie zu fragen, ob er sie in die Cafeteria noch zu etwas einladen könnte: „Ich würde gerne etwas mit ihnen zusammen trinken! Darf ich sie dazu einladen?" Er hatte so den Eindruck, dass sie auf die Frage gewartet hätte. Und wieder schauten sie sich lange in die Augen, dann schwang sie sich mit einem kräftigen Klimmzug aus dem Wasser und sagte nur: „Bis gleich!" und lächelte ihn dabei wieder so unverschämt sexy über die Schulter an, dass er dachte, er sei in einem guten Film. Träumt er das jetzt nur, dass gerade eine wirklich sehr schöne Lady in die Umkleidekabine ging, um auf ihn dann zu warten? Er schätzte ihr Alter so auf Mitte vierzig. Kurz bevor sie die Tür zum Frauenumkleideraum schloss, zog sie noch die pinkene Badekappe vom Kopf und ihr langes brünettes Haar kam zum Vorschein, dass sie im Gehen kräftig hin und her schüttelte. „Jetzt aber schnell!" dachte Gottfried, als er die Ausstiegsleiter des Beckens benutzte. Schon im Wasser pochte sein Herz sehr stark, und er hatte Schmetterlinge im Bauch. Er fühlte sich wie das erste Mal, wo er sich verliebte, damals mit 14 Jahren im Konfirmandenunterricht. Hat sie ihn jetzt nur verarscht? Er stand gefühlte 30 Minuten im Foyer des Bades, dabei waren erst 5 Minuten vergangen!

Es kam ihm vor, als ob sie angeschwebt kam! Sie umarmte ihn, gab ihm einen Kuss auf die Wange und fragte: „Wo wollen wir hin? Hier finde ich es jetzt nicht so prickelnd!" Es klang richtig vertraut. „Bist du auch mit dem Auto da?" fragte Gottfried. „Nein, kann ich mir im Moment nicht leisten, ich laufe viel, das hält fit und ist gesund!" Dabei lächelte sie wieder so unverschämt juicy und nahm Gottfried an der Hand.

An der E-Center Ampel schauten sie sich bei Rot abermals ganz tief in die Augen, sie lehnte sich zu ihm hin, gab ihm einen Kuss auf die Wange und streichelte dabei mit ihrer Hand seinen Oberschenkel. Er steuerte seinen Caddy durch Etwashausen, an der Kreuzkapelle vorbei zum Womoplatz, wo Ende Oktober nur noch vereinzelnde Wohnmobile standen. Er fuhr bis unter die Nordbrücke und stellte das Auto hinter dem Brötchen-Container ab. Er kannte sich gut aus auf dem Platz und auch im und am Container, den er von hinten aufschob. Auch Manne, den Brötchendealer kannte er sehr gut! Der Container war ein Überbleibsel der Gartenschau vor einigen Jahren und wurde dann auf dem Womoplatz als Verkaufsmöglichkeit für Brötchen und Frankenwein genutzt. Dann waren sie auch schon drin und umarmten sich und küssten sich leidenschaftlich und konnten gar nicht mehr voneinander ablassen. Gottfried schob die beweglichen Seitenteile wieder zu. Sie waren jetzt vollkommen ungestört. „Hey, du gehst ja ganz schön ran!" stöhnte sie, und er hob sie auf die Theke; und riss ihr die Bluse auf und küsste ihren üppigen Busen. Sie stöhnte und krallte sich an seinem Hemd fest und mit der anderen fuhr sie ihm durchs Haar. „War das, dass Amour fou, von dem er einmal gelesen hatte?" schoss es ihm durch den Kopf. „Eine unmögliche, rauschhafte Liebe, maßlos und unkontrollierbar? Egal!" Er riss ihr das Höschen runter und drang in sie ein. Die Beine breit gespreizt, genoss sie jeden Stoß von ihm, bis es ihr mit einem lauten Schrei kam und er in ihr explodierte. „Wow, nicht schlecht, alter Mann, du hast den Lackmustest erstmal bestanden!" sagte sie lachend. „Ficken kannst du ja richtig gut!" Er lachte auch und gab ihr einen leidenschaftlichen Kuss und fragte sie dann, wie sie hieß? „Margrit, aber alle sagen Margoo zu mir!" „Und du bist doch der Fotograf! Weißt du eigentlich, dass du mich schon einmal fotografiert hast? Es war bei einem Junggesellinnenabschied, wir waren alle schon blau und du hast uns fotografiert. Ich hätte damals schon gerne mit dir gevögelt, aber da war ich noch die treue Ehefrau! Naja, ich hab mich vor einem guten Jahr von Joe getrennt!" Während sie ihre Klamotten wieder richtete und auf dem kleinen Stühlchen Platz nahm, das da so rumstand, erzählte sie weiter: Und sie lebe jetzt alleine! Und überhaupt und sowieso. Als sie wieder fertig angezogen war, schaute sie ihm in die Augen und sagte: „Wollen wir ein paar Meter laufen?" „Touche!" erwiderte Gottfried ungeschickt weltmännisch und sie gingen bis zum ehemaligen Gartenschaugelände und setzten sich auf eine der großen weißen Bänke. Dann erzählte Margoo, dass ihr Mann dafür gesorgt hat, dass sie ihren Job verlor. „Als Rache sozusagen!" Sie redete wie ein Wasserfall, dass sie ihm draufgekommen ist, dass er seine Sekretärin fickt und nicht nur die! Margoo schmiegte sich an Gottfried und sagte: „Zurzeit fülle ich halt Regale in den Supermärkten für drei verschiedene Firmen auf, irgendwie geht das schon so! Und was machst du so den ganzen Tag?" Gottfried hatte nur die Hälfte verstanden, was sie sagte, er hatte sich spontan in sie verliebt und war total durcheinander, er spürte es am ganzen Körper. „Ich würde dich gerne zum Essen einladen, wenn du magst!" sagte er. „Okay, ich hab heute frei, super Idee! Aber du zahlst, ich habe keine Kohle!" sagte sie auf dem Weg zurück zum Auto. Sie gab ihm einen dicken Kuss. „Das habe ich einfach mal wieder gebraucht!" Ihre Augen waren glasig und sie umarmte ihn. „Ja, es war ganz wundervoll und so spontan! Sowas habe ich noch nie erlebt!" erwiderte Gottfried. „Ja, ich staune auch noch über mich selber, sowas erlebt man bestimmt nicht oft im Leben, wenn überhaupt!" „Willst du mal so richtig schick essen gehen?" fragte er im Auto und dachte gleichzeitig, ob das alles nur ein Traum sei. „Klar, ich war schon eine kleine Ewigkeit nicht mehr zum Essen eingeladen und so kann ich es mir einfach nicht mehr leisten. Mir würde auch ein Döner reichen." „Nein, Döner machen wir ein andermal! Wir fahren jetzt nach Sommerhausen, da ist ein cooler Schuppen!", gab sich Gottfried cool.

Über Kaltensondheim und Erlach fuhren sie dann ins kleine malerische Weindörfchen am Main. Das Auto stellten sie auf dem Parkplatz neben dem Torturmtheater ab. Sie schlenderten Hand in Hand zur Edelkneipe und gingen auch gleich hinein. Die Bedienung mit dem üppigen Dekolleté erkannte ihn sofort wieder und wies beiden einen sehr schönen Fensterplatz zu. „Unser Menü heute: Marinierter schottischer Lachs, Bretonischer Steinbutt, Barbarie- Entenbrust aus Challans und der süße Abschluss: Dèlice von Mandarine & Joghurt. Wäre das was für sie? Dazu einen schönen Wein?" „Sie hat schon verdammt geile Titten!" dachte Gottfried und fragte

Margoo, ob das okay ist? „Gerne, ich möchte aber keinen Wein dazu!" Die Bedienung empfahl dann eine Quittenbrause, sie würde sehr gut schmecken und passt wunderbar zum Menü. „Gut, die nehme ich auch!" sagte Gottfried und starrte dabei wieder auf den prachtvollen Busen der Bedienung. „Ey, wenn die die Getränke bringt, schau ihr bitte nicht mehr so auf ihre Möpse, ich zeige dir lieber später meine noch mal!" Beide mussten laut lachen, und einige Gäste drehten sich nach Ihnen um. Das Mahl war vorzüglich, und genau das richtige nach so einer wundervollen körperlichen Betätigung. Margoo staunte nicht schlecht, dass von dem Fünfhundert- Euro- Schein, den Gottfried zum Bezahlen hingelegt hatte, nur noch 260 Euro Wechselgeld übrigblieben. Sie sagte zu ihm das sie dafür eine Woche Regale auffüllen müsste.

„Da siehst du mal, was du mir wert bist!" Sie zwickte ihn in die Seite. Irgendwie kam es beiden so vor, als ob sie sich schon ewig kannten und nicht erst drei Stunden. „So, und was jetzt?" "Ich lade dich ein zu einer Spritztour nach Rothenburg!" „Oh, da war ich lange nicht mehr!" „Über die A7 sind wir ja schnell dort!" sagte Gottfried. „Wir fahren das Maintal vor bis Gossmannsdorf, dort über die Brücke und über Ochsenfurt nach Marktbreit, dort können wir auf die Autobahn auffahren." „Alles klar, du bist der Kutscher!" Ihm war nicht verborgen geblieben, dass Margoo ziemlich abgetragene Klamotten am Körper trug. Einfacher blauer Faltenrock, abgetragene Schuhe, die Bluse und die Jacke hatten auch schon bessere Zeiten gesehen! „Erzähl doch mal, " sagte er während der Fahrt, „wie ist das alles so gekommen, bei euch, ich habe immer gedacht, ihr seid das Traumpaar schlechthin!?" „Wie es halt so kommt! Er hatte sich in seine Sekretärin verguggt, und sie vermutlich auch regelmäßig gevögelt! Wie lange das ging, weiß ich nicht! Mir hat er dann immer was vorgegaukelt.

Er habe Schwierigkeiten einen hoch zu bekommen, dabei hat er sich bei der Alten total verausgabt! Und vor kurzem hat mir jemand erzählt, dass er noch so ein Luder hatte!"

Gottfried liebte die einfache, direkte Art, wie Margoo alles schnell auf den Punkt brachte! „Als ich ihm dann eine Szene machte, weil ich es durch einen dummen Zufall rausbekam, dass er fremdging, hat er mich einfach rausgeschmissen! Dann stand ich da, ohne Kohle, ausgenützt und unbrauchbar für das alte Arschloch! Er sperrte meine Karte, ich konnte kein Geld abheben und obendrein sorgte er dafür, dass ich meinen Job verlor. Das ging alles so schnell, ich konnte kaum durchatmen! Naja, jetzt ist ein Jahr vorbei, und wir sind geschieden! Er musste mir 20000 Euro ausbezahlen und das war es dann. Ich erzähle dir das jetzt nicht, um hier einen auf Mitleid zu machen, um mit dir eine neue Beziehung anzufangen. Wobei so schlecht wäre das ja auch nicht, aber ein bisschen abnehmen müsstest du dann schon, früher warst du so ein hübscher Mann mit tollem Body! Nächstes Jahr feiere ich meinen 50sten, mal schauen, was dann noch geht mit dir? Ich sag es dir halt gleich, dass du Bescheid weißt!" sagte Margoo. Sie redete ununterbrochen, für Gottfried ein Zeichen, dass sie ziemlich aufgeregt und aufgekratzt war. „Noch etwas Fett auf die Muffe und rein damit und dann wird das vielleicht sogar was!" dachte Gottfried, während er den Caddy auf die Autobahnausfahrt lenkte.

In Rothenburg angekommen, stiegen sie auf dem Parkplatz an der Würzburger Straße aus dem Caddy, dabei zog er sie an sich und gab ihr einen dicken Kuss. Hand in Hand, wie zwei frisch Verliebte, gingen sie in die Stadt. Vorbei an hunderten von Bustouristen aus Fernost. Gottfrieds Herz schlug sehr schnell und als sie vor dem italienischen Kleiderladen standen, sagte er zu Margoo ins Ohr: „Ich mag dich!" und biss ihr zärtlich ins Ohrläppchen. „Komm, wir gehen da mal rein und dann kauf ich dir ein paar schicke Klamotten!" „Woher hast du plötzlich die Kohle, dir ging es in der letzten Zeit doch auch nicht so prickelnd was man so gehört hat?!" „Lass die Leute quatschen- kleiner Lottogewinn der niemand etwas angeht!" sagte er und hielt ihr die Tür zum Laden auf, aus der gerade eine junge Frau kam, die in ihrem dicken Camouflage Jumpsuit aussah wie ein verpupptes Insekt.

Margoo schaute verdutzt und erstaunt zugleich. Im ersten Moment bekam sie den Mund nicht mehr zu. Was für ein toller Schuppen! Sie mussten nicht lange warten, dann kam auch schon eine Verkäuferin auf sie zu. Sie sah aus wie Jessica Alba in 20 Jahren: „Was darfs denn sein, wollen Sie selber schauen oder darf ich Ihnen was zeigen?" Während Margoo sich schon durch die Kleider wurschtelte, zog Gottfried die Verkäuferin auf die Seite und flüsterte ihr leise ins Ohr: „Keine Preise und wir nehmen alles, was sie sich raussucht!" Sie lächelte so halb verständnisvoll und los gings mit dem Shoppen! Zuerst probierte Margoo ein schönes braunes Kleid mit großen dunklen Punkten, die weißumrandet waren, an. Es war ärmellos und hochgeschlossen und schmeichelte Margoos Körper, der man bei ihren 1,75 m Körpergröße die Kleidergröße 40 gar nicht so sehr ansah. „Zieh mir bitte mal den Reisverschluss hinten hoch!" sagte sie zu Gottfried, der dem gerne nachkam und ihr dabei einen Kuss auf die Rückseite ihres Halses gab. Danach wanderte eine Schlaghose mit erdigen Längsstreifen und schwarzem Bund in den Einkaufswagen, dazu eine beige Bluse, deren Farbe sich in einem der Längsstreifen der Hose wiederfand und dazu noch eine braune Jacke, ebenfalls sehr gut zu den Längsstreifen passend. Dann Schuhe. Ein paar warme Stiefel und Pumps mit flachem Absatz wurden eingepackt. Dann noch eine Kombination aus grün/brauner Bluse, grüner Strumpfhose und grünem Rock, es war so ein herrlicher gelbgrüner Look, der sich auch gut mit grau oder lila kombinieren lässt, sie packten noch verschiedenfarbige Stumpfhosen ein, dazu einen Poncho und zwei Schals und eine schöne Bommelmütze im knalligem Rot und bestickte Chucks. „Du bist verrückt!" murmelte sie und hatte dabei Tränen in den Augen. Während Margoo zum Einpacktresen ging, schaute Gottfried nach der Verkäuferin und ging mit ihr in den Nebenraum, wo er auch die Chefin des Bekleidungsladens traf, eine zierliche Mittfünfzigerin mit vielen Ringen an den Fingern und einem schwarzen zwei Zentimeter großen Tunnel im linken Ohrläppchen. „Haben sie schon ausgerechnet was ich schuldig bin?" „Augenblick!" sagte die Verkäuferin und sie schrieb auf einen Zettel 2019.- und zeigte ihm Gottfried und ihrer Chefin. „2000", sagte diese dann, und Gottfried legte vier nagelneue 500 Euro Scheine auf den Tisch des Hauses „Nein danke, ich brauch keine Quittung!" Er ging in den Verkaufsraum, wo seine Margoo mit großen Augen auf ihn wartete. „Ich glaube, das wird was mit uns!" sagte sie und wich dabei einer Horde Chinesen aus, die gerade durch das obere Stadttor in Rothenburg einfielen. „Komm, wir bringen die Sachen ins Auto und trinken noch ein Espressolöhnchen in einem Cafe da vorne!"

„Musst du morgen wieder arbeiten?" fragte er Margoo auf der Fahrt nach Hause. „Ich kann auch blau machen, wenn du magst!" „Vertraust du mir schon so viel, dass du wegen mir deine Jobs aufs Spiel setzt?" „Scheiß drauf!" sagte sie. „So Drecksjobs bekomme ich allemal wieder! Acht fuffzig die Stunde und dann buckeln, bis der Rücken krumm ist. Das ist eigentlich nicht das wozu ich auf dieser Erde bin". „Es kann durchaus noch schöner werden, wenn du magst! Willst du heute Nacht bei mir schlafen?" fragte er sie. „Ich war sehr lange alleine und ich merke wie gut du mir tust!" „Schmeichler!" sagte sie, „mir tut es aber auch sehr gut, ich hab mich einfach nach jemand gesehnt, der mir wieder Halt und Selbstwertgefühl gibt!" „Wo arbeitet eigentlich dein Ex?" „Erzähle ich dir bei Gelegenheit." Auf der Rückfahrt sprachen sie nicht mehr sehr viel, im Autoradio lief Foreigner mit „I want to know what love is". Gottfried fuhr bis zur Ausfahrt Biebelried und über die B8 waren sie dann schnell in Kitzingen. Sie bogen in den Vogelspinnweg ein und stellten die Karre im Carport ab.

„So, Anprobe jetzt, machen wir eine kleine Mode Show! Und ich kann ja ein paar Bilder von dir machen, vorher schaue ich aber noch kurz die Tagesschau an.

Ihm kam es so vor, als ob die Tagesschausprecherin in ihrem hübschen roten Kleid, mit einem Auge ihn angezwinkert hätte und heute besonders schön strahlt. Er schaltete den Fernseher wieder aus. Margoo zeigte ihm ihre gute Laune und sagte: „Ich zieh mich mal um!" Gottfried baute schnell ein Set auf, indem er von der einen Seite der Wohnzimmerwand das Gerümpel wegräumte und aus dem Keller ein verstaubtes Stativ holte, das noch aus seinem Fotostudio stammte. Er bestückte es mit einem Goddox LED-Studiolicht für schöne indirekte Beleuchtung. Dann kam auch schon die Lady, schön sah sie aus, in dem braunen Cocktailkleid. Das Posen hatte sie irgendwie im Blut, und ihm schien es so, dass sie sich so richtig wohl fühlte. Sie machten mit den neuen Klamotten so ungefähr 150 Bilder, dann zog sich Margrit spontan nackt aus. Er musste erst mal schlucken und war sichtlich überrascht. „Komm mach mal ein paar schöne Aktaufnahmen von mir, jetzt kann man mich noch anschauen!" Er positionierte sie schön ins Licht und machte stimmungsvolle Aufnahmen. Die Aktfotos machte er nur mit dem Dauerlicht. Margoo posierte sehr eindrucksvoll und sexy, sie nahm ihre Brüste in die Hände, schob sie dabei zusammen und einiges mehr. „Scheiße, ich hab jetzt Hunger!" schwadronierte Gottfried. „Ich bestelle zwei Pizzen und zwei Bier. Wie wollen wir es mit dem Pennen machen?" „Ich würde vorschlagen: getrennt!"

sagte sie. „Brauchst du noch irgendwas aus deiner Bude oder reicht ein Hemd von mir für die Nacht?"

Der Pizzabote klingelte und Gottfried bezahlte und gab einen Zehner Trinkgeld. Der junge Mann mit seiner grünen Hip Hop Rapper Cap strahlte. Sie tranken aus der Dose und aßen vom Karton, die Pizza schmeckte ihm nicht und er war jetzt richtig müde. „Ich leg mich schlafen." sagte er zu Margoo. „Hey, ich brauch noch das Hemd!" Sie küssten sich fest und er gab ihr das Hemd und sagte: „Gute Nacht!"

Tag 11

Als er am Donnerstagmorgen die Zeitung aus dem Briefkasten geholt hatte, kochte er Kaffee und schob zwei Scheiben Brot in den Toaster, setzte eine Pfanne auf und klopfte, nachdem sie heiß war, vier Eier hinein. Es war halb acht und er hantierte laut in der Küche herum, in der Hoffnung, dass sie aufwachte, was Margoo dann auch tat. „Du machst einen Krach!" sagte sie verschlafen. Ihr Hemd war ziemlich weit aufgeknöpft, so dass sehr viel von ihrem schönen Busen zu sehen war. Die Haare hingen ihr im Gesicht. Er musste daran denken, wie er das erste Mal seine Hand unter die Bluse eines Mädchens schob und die weiche Brust knetete, bis sich die Nippel aufstellten. Das wird er nie vergessen! „Was möchtest du essen? Ich hab Toast, Eier und Kaffee, volle Auswahl!" Beide mussten lachen. „Naja, Marmelade ist noch im Kühlschrank!" Sie ging um den Tisch, beugte sich über ihn und küsste ihn auf die Wange. „Schenk mir bitte einen Kaffee ein!" Beide schauten sich an und sie fing an zu fusseln und sagte: „Was hältst du davon, wenn ich bei dir einziehe und deine Bude wieder auf Vordermann bringe? Vorhänge waschen, Betten beziehen und im Garten gibt es auch einiges zu tun, ist ja schon etwas heruntergekommen alles." „Meinst du. Die Idee finde ich jetzt nicht mal schlecht!" Er gab ihr einen Klaps auf ihren festen, wohlgeformten Hintern und ging in die Dusche. Als er sich angezogen hatte, stieg er die Treppe runter ins Wohnzimmer, wo Margoo schon richtig werkelte. „Die Dusche ist frei, wollen wir dann deine Sachen holen, du musst deine Bude kündigen und auch deinen Job!"

„Ja, mache ich dann per Telefon! Geht halt alles a weng schnell. Irgendwie läuft gerade ein Film vor mir ab!" „Lass dir Zeit, ich gehe mal kurz ein bisschen frische Luft schnappen!"

Er fuhr zum Main, es wird ein schöner Tag werden. Die Sonne kam gerade hinter den Etwashäuser Häusern hervor und die Nebelschwaden über dem Fluss lösten sich in den goldenen Sonnenstrahlen nur langsam auf. Gottfried war glücklich und wollte das jetzt auch nicht mehr loslassen. Bei Manne im Womocontainer bestellt er sich einen Kaffee. „Wann beginnt die Winterpause?" fragte er ihn „Ich mach noch bis zur Ebshäuser Kerm, dann wird es auch ruhig hier auf dem Platz!" „Okay. Danke für den Kaffee!"

Er setzte sich in seinen Caddy und fuhr über die Nordtangente und der Kaltensondheimer Straße in den Klingenwald. Er stellte die Karre aber auf der Seite der Weinberge ab, die zu den beiden Mühlen unterhalb gehörten. Er hatte das Beil und eine Plastiktüte mitgenommen. Er wollte den Kopf des toten Maxim Vidanava abhacken und separat entsorgen. Als er zur Hinkelsteinlichtung kam, machte er erstmal eine kleine Pause, er war ganz schön erschöpft von dem langen Fußmarsch. „Ich muss endlich mal wieder was für meine Fitness tun"! dachte er sich. Dann kämpfte er sich durch das Gestrüpp und schaute in das Loch. Es war ja jetzt nicht so tief und die Wildschweine hatten schon gut abgenagt, der Leichengeruch hatte auch etwas nachgelassen. Der Kopf von Maxim zeigte schon leichte Verwesungsspuren und war ziemlich angenagt. Ein Auge hing heraus. Es schaute ihn an. Gruselig.

Fleißige Arbeiterinnen der Waldameisen, die in der Klinge reichlich vorkamen, legten sich mit dem toten Fleisch einen Fettvorrat für die Frühlingsbrut an. Das konnte ihm nur recht sein, er wusste, irgendwann wird der Tote entdeckt, er musste sehr vorsichtig sein. Ihm ekelte es und er hätte sich fast übergeben, als er dem angefressenen Toten die Reste der Oberbekleidung und die Schuhe auszog, zum Glück hatte er die Gartenhandschuhe seines verstorbenen Nachbarn angezogen, er steckte alles in die mitgebrachte große Plastiktasche. Dann hackte er dem Toten den Kopf ab und steckte ihn ebenfalls in die große Plastiktüte. Er legte noch ordentlich Laub über die Sachen, so dass man, falls ihm jemand begegnete, nichts von oben erkennen konnte. „Scheiße!" dachte er, „das hätte nicht passieren dürfen, aber okay. Is so". Er ging an der Feuerstelle vorbei, wo er vor ein paar Tagen den flachen Koffer von Maier verbrannt hatte und nahm die Metallteile aus der Asche und warf sie ebenfalls in die große Tüte. Die Asche verteilte er dann mit einem herumliegenden großen Zweig. Ohne große Zwischenfälle gelangte er wieder zu seinem Auto und fuhr nach Kitzingen auf den Wohnmobilstellplatz am Main, wo er tags zuvor mit Margoo noch seinen Lendenfrühling erlebt hatte. Manne hatte bereits Feierabend gemacht. Der Platz war ziemlich leer, was nicht oft vorkam, er fuhr bis zur Mündung des Rödelbaches und schmiss mit hohen Bogen das Beil in den Main. Dann fuhr er zum großen Müllcontainer des Platzes und schaute hinein, er überlegte kurz und ging wieder zum Auto zurück. Hier konnte er nichts hineinschmeißen, kamen doch regelmäßig die Mülltaucher vorbei, um nach leeren Pfandflaschen zu suchen. Er musste dran denken, wie er früher selber Pfandflaschen gesammelt hatte. Von hinten kam eine Gruppe Jogger in bunten Klamotten angelaufen und während er sich ins Auto setzte, überlegte er weiter, wo er den ganzen Scheiß entsorgen könnte, vor allem den Kopf!

Kurzerhand fuhr er zu einem Baumarkt und holte sich einen Feuereimer, mit Grillkohle und Anzünder und fuhr nach Hause. Er ging durch den seitlichen Eingang seines Nachbarn auf das Grundstück und legte alles in dessen Garten ab, wo noch einige Honigbienen an den letzten blühenden Fetthennen die Pollen absaugten. Dann ging er zurück und durch den normalen Eingang zu sich ins Haus. Margoo lief immer im lila Hemd von ihm herum und wurschtelte in der Küche vor sich hin. Er schlich sich von hinten an sie ran und drückte mit einer Hand in ihren feisten Hintern. „Wieder zurück, wie wars? " „Kalt und windig ist es! Aber die Sonne wird wohl heute auch wieder scheinen. Willst du dich nicht anziehen und deine Sachen holen?"

Sie machte sich schick und im Tageslicht merkte er erst wie hübsch sie noch war, trotz ihrer bald 50 Jahre. Sie hatte die grüne Kombination angezogen die sie zusammen in Rothenburg gekauft hatten. Sie sah richtig chic darin aus. „Kannst du mit dem Caddy fahren?" fragte er sie und gab ihr den Schlüssel. „Kommst du mit?" Nein, ich habe noch was anderes zu tun!" erwiderte er.

Als sie gegangen war, ging er in den Garten und stellte den Feuereimer auf. Holzkohle rein, Anzünder drüber, Feuer marsch! Er legte gleich die Reste des Hemdes des Toten mit hinein, und es brannte wie Zunder, dann die Hose, die sich auch schnell entmaterialisierte. Dann holte er zwei saubere blaue Plastiksäcke, die er vorher sehr sorgfältig auf der Steinterrasse ausgebreitet und abgewischt hatte und steckte in der einen den abgetrennten Kopf, der schrecklich aussah und ihm einen kalten Schauer bereitete, in den anderen Sack legte er die Schuhe. Beide Säcke versteckte er am anderen Ende des Gartens in einem Gestrüpp aus wild wuchernden Brombeerzweigen. Oder war es Himbeergestrüpp? – Egal. Er ging ins Haus und brühte sich einen grünen Tee auf und überlegte, wohin sie später zum Essen gehen können. Der Tee tat ihm gut. Dann ging mit der Asche des Feuereimers in den Carport, um dieselbige zu entsorgen. Er hörte von nebenan eine fremde Stimme im schwäbischen Dialekt. „Ich hol jetzt nur die Nationaltrikots vom Michel und dann fahre ich weiter, ich ruf später nomol oa!"

Bei Gottfried läuteten alle Alarmglocken und er sprintete los, Treppe hoch in den Garten über die Terrasse in das Wohnzimmer des Nachbarn, die Stiege zum Spitzboden hoch, er griff die zwei Plastiksäcke mit dem Geld, Die Klapptreppe wieder runter. Da hörte er schon den Bruder des Nachbarn die Treppe hochkommen, Tür auf, raus, Tür zu, um die Kurve! Schnaufen, schnaufen, schnaufen, er hatte bestimmt 250 Puls und bekam fast keine Luft mehr rein. „Scheiße, ich muss einfach mehr Sport machen!" Er ging ins Haus und gleich in den Keller und stopfte die zwei Säcke in einen großen Fahrradtransportkoffer, der noch aus seiner aktiven Radsportlerzeit übriggeblieben war. Dann ging er hinaus in den Carport und schaute, ob der Bruder vom Nachbarn schon wieder aus dem Haus war. „Servus, wie geht's? Wie war die Fahrt vom Allgäu hier her?" „Drei Stunden han i braucht." sprach er im breitesten Oberallgäuerisch und „Gaots guat?" „Ja, passt scho!" erwiderte Gottfried. „I hol no schnell den Hoimtrainer!" „Ja, okay, mach ruhig, wünsch dir eine gute Rückfahrt, bis demnächst." „Gott sei Dank!" dachte Gottfried, „Das war knapp, er hat sicherlich nix gemerkt!" „Du, Gottfried?" hörte er ihn beim Weggehen sagen „Bei dem Brennholz hier lag immer so ein schönes Beil, weischt net, wo des hinganga is?" „Keine Ahnung, ich denk mal, das wurde geklaut oder so!" „Ja, guat, alles Gangster heutzutag, i packs dann, Auto is voll!" Gottfried schmunzelte und winkte ihm zu, als er aus dem Wendehammer zurückkam und vorbeifuhr. Wenn Margoo mit dem Caddy kam, wollte er zur Polizei fahren, um das Protokoll zu unterschreiben.

Sie hatte nicht viel dabei, als sie zurückkam. Zwei große Einkaufstaschen eines Discounters: das war übrig geblieben von 20 Jahren Ehe. „Ist des alles?" fragte

Gottfried erstaunt. „Mehr ist es nicht, die Bude war möbliert und das wenige Geschirr hat zum Teil auch dem Vermieter gehört." „Ich muss jetzt noch wohin, richte dich ruhig mal häuslich ein." Im Auto ist noch ein Bild von mir, das kannst du ja dann, wenn du wiederkommst mit raufnehmen. Es war das berühmte Foto der Arbeiter auf dem Stahlträger. Ein Bild aus den 20iger Jahren von New York.

Er klingelte bei der Hauptwache und der Türöffner summte sofort. „Hallo zusammen, ich soll ein Protokoll unterschreiben und zwar bei dem Polizeihauptwachtmeister Franz Hell oder dem Polizeimeister Herbert Gebhardt! "Warten sie bitte!" sagte ein vollschlanker Beamter mit einer Frisur für echte Kerle mit akkuratem Seitenscheitel und Undercut. Nach einer Weile kam Franz Heil anmarschiert. „Lesen sie es bitte durch!" „Okay, aber warum gibt es für mich, der überhaupt nichts mit dem Unfall zu tun hat, ein Protokoll zum Unterschreiben?" „Ja, sie waren nach heutigem Kenntnisstand der Einzige mögliche Zeuge! Ich hab gehört, sie haben gekündigt und fahren jetzt nicht mehr für die Bäckerei?" sagte Hell mit einem gefährlichen Unterton. „Ja, meine Semmelallergie hat wieder angeschlagen!" Gottfried schmunzelte und unterschrieb den Wisch und verabschiedete sich höflich.

Als er zu seinem Auto ging, kam eine große mollige Frau mit langen dunkelblonden Haaren herangesprintet, ihr großer Busen wippte unter dem tief ausgeschnittenen Shirt hin und her, wie eine Walküre baute sie sich vor ihm auf und deutete auf das Schild: Privatparkplatz: unberechtigt abgestellte Fahrzeuge werden kostenpflichtig abgeschleppt! „Ja!" sagte Gottfried, stieg in seinen Caddy und fuhr davon. Als er auf die Südtangente einbog, sah er einen Abschleppwagen in seine Richtig einbiegen und er musste lächeln. Er fuhr noch beim REWE Markt in der Siegfried-Wilke-Straße vorbei und nahm aus dem Kühlschrank eine Flasche fränkischen Winzersecco und fuhr dann direkt nach Hause. „Margoooo, wo steckst du?" rief er unten an der Tür, „Ich bin hier!" das hörte sich nach Wohnzimmer an. Es roch nach Putzmittel und WC Reiniger, als er die Treppe in den ersten Stock ging. „Hallo!" lächelte sie und zog Gottfried an der Hand zu sich heran. Es war eigentlich gar nicht mehr ungewöhnlich, sie zu umarmen. Ihre weiblichen, vollen Brüste zu spüren war sehr schön, obwohl es erst das zweite Mal war, dass sie sich so näherkamen, fühlte er eine Innigkeit, die ihm vorkam, als würde sie schon ewig andauern. „Zieh die Gummihandschuhe aus, wir trinken jetzt erst mal einen Schluck!"

Sie setzte ihren Körper aufrecht hin und präsentierte ihm so ihre Brüste, die völlig entgegen den Gesetzen der Schwerkraft zu schweben schienen. „Nein, der schmeckt doch hinterher auch noch gut! Jetzt schmeckt erstmal was anderes!" „Gut, zieh dich aus und leg dich auf die Decke." hauchte sie.

Margoo brauchte nicht viel mit seinem besten Stück zu spielen, der stand ziemlich schnell wie eine Eins, sie nahm ein feuchtes Erfrischungstuch und fuhr damit über sein hart gewordenes Teil. Dann nahm sie den Fisherman's Friends aus dem Mund. „Oh, mein Gott, was war das denn?" schoss es ihm durch den Kopf. „So was Prickelndes hatte er noch nie erlebt!" Volle Power dann drang er in sie ein und es war noch schöner als am Tag zuvor. „Erst wird gevögelt, dann gesoffen!" er stand auf und holte die Pulle Winzersecco. Der Korken knallte und das sprudelnde Getränk schoss aus dem Flaschenhals, er ließ es auf den Bauch seiner neuen Geliebten schießen und schlürfte das leckere Gesöff dann auch gleich von ihren sinnlichen Rundungen ab. Sie stöhnte leicht auf und fuhr ihm dabei durch seine vollen grauen Haare. Mit der großen Steppdecke deckten sie sich dann beide zu und schliefen, glücklich und zufrieden, eng umschlungen ein.

Tag 12

Jetzt war der Unfall schon fast zwei Wochen her. Für Gottfried schon eine kleine Ewigkeit, er dachte gar nicht mehr daran. Er war plötzlich glücklich verliebt und hatte reichlich Kohle. „Was wollen wir heute machen?" fragte er Margoo am Frühstückstisch, er hatte frische Brötchen und Eierringe geholt, die Zeitung lag auch auf den Tisch und er hatte das Tete a Tete Moccaservice aus dem Schrank geholt. „Ich wess net," sagte sie, „schlag was vor!" Er war aber schon in die Zeitung vertieft und hörte ihr gar nicht mehr richtig zu. Im Polizeibericht stand folgender Satz:" Unbekannte entwendeten in einem Werkstattschuppen im Klingenwald einen Spaten und eine Weinbergshacke. Er musste innerlich schmunzeln, dann machte er die Post vom Vortag auf, dabei fiel ihm gleich ein bordeauxrot umrandeter Brief ins Auge. Mit dem Küchenmesser schlitzte er ihn auf. „Hey, wir haben ein Vorstellungsgespräch in Ochsenfurt bei einer Personenbeförderungsfirma." „Wie, wir? Soll ich da auch mit?" fragte Magoo etwas ratlos. „Logo, den Job machen wir zusammen, zum einen hat es den Anschein nach außen, dass wir es nicht so dick haben, wenn wir für Schmidt Transfer fahren und zum anderen sind wir zusammen!" „Ja, wenn du meinst, nix dagegen!" erwiderte sie.

Die Sonne verdrängte im Maintal gerade den Nebel als sie am Sulzfelder Maustal vorbei Richtung Segnitz fuhren. Aus dem Autoradio erklang Black Sabbath. Dann über die

Mainbrücke von Segnitz nach Marktbreit Richtung Ochsenfurt. Mit den Ärzten und „Zu Spät" ging weiter. Von weitem sahen sie das Hochhaus, in dem sie sich vorstellen mussten. Gottfried hatte ja nichts gegen irgendwelche modernen Bauten, ganz im Gegenteil, aber der leicht verwitterte Zustand gepaart mit postmoderner Architektur gefiel ihm überhaupt nicht. Er schüttelte mit dem Kopf als sie in Ochsenfurt beim alten Knaus Hochhaus auf den halbleeren Parkplatz einbogen. Sie schlenderten zum Haupteingang, drückten im wackligen Aufzug die Taste mit der großen aufgedruckten zwei und schon waren sie mitten in einem total verräucherten Büro. Auf dem Boden lag ein großer Golden Retriever. Gottfried schoss die Frage durch den Kopf, ob Hunde auch Lungenkrebs bekommen können? Sie stellten sich dann, dem, in dem überhitzten Büro sitzenden und transpirierenden, Büroleiter vor, der sie aber gleich an eine Mitarbeiterin verwies. Was für Zigarettengestank in der gesamten Büroetage!

„Sie wollen also für uns fahren? Haben sie denn schon Erfahrung mit einem Ford Transit und Personentransport insgesamt? Aus ihrer Bewerbung geht ja hervor, dass sie 45 Jahre unfallfrei unterwegs sind!?" „Genau, so ist das und eh…." weiter kam Gottfried nicht, die brünette Mittvierzigerin im hautengen Pulli und großer Nerdbrille auf der Nase, die sich mit Anna Bolika vorstellte, sprach wie ein Wasserfall und erklärte alles, was die Beiden wissen mussten und sollten. Am Ende ihrer Ausführung fragte sie dann: „Alles klar?" Margoo und Gottfried nickten brav und lauschten weiter. „Fahrzeugübergabe ist dann am Samstagnachmittag bei Nadine in der Von-Deuster-Straße in Kitzingen! Hier, ihre Nummer und der Tourenplan mit den Zeiten, wo sie ersehen können, wann und wo sie sein müssen. Bezahlt wird Mindestlohn und die Zeit zählt ab dem ersten Zustieg!" „Na, toll!" dachte Gottfried, aber egal, wir machen das ja eh nicht lange! „So, hier der Arbeitsvertrag, bitte hier unten beide zwei Mal unterschreiben!" „Können wir erst mal durchlesen?" erwiderte Margoo und nach 10 Minuten hatte sie sich alles reingezogen und beide gingen gut gelaunt zurück auf den Parkplatz. Sie stiegen in den Caddy ein und fuhren am Main entlang nach Marktbreit. Bei einem Italiener wollten sie etwas essen. Pot au feu mit Fregola Sarda. Auf Vorspeise und Dessert verzichteten sie. Gottfried hoffte im Stillen, dass auch Maier, der ja auch in Marktbreit wohnt, zum Mittagessen erscheint. Der hatte aber viel dringlichere Sorgen.

Maier wollte sich heute mit Freddy treffen, und ihn mit den 25000.- Euro, die er und sein Komplize zusammenkratzen konnten, erstmal zufrieden stellen. Am Telefon sagte Freddy, dass er nach Würzburg kommen solle. Sie wollten sich in Würzburg im Neuen Hafen in irgendeiner Halle treffen.

An der Zufahrt zum Gelände lungerte ein Mitarbeiter von Freds Security Firma herum. Er musste nicht lange auf Maier warten, ziemlich pünktlich um 16 Uhr bog er mit seinem Porsche ein, und der Mann stieg zu Maier ins Auto und lotste ihn an riesigen Schrottbergen und alten ausrangierten Eisenbahnwaggons vorbei zu der Halle, die als Treffpunkt vorgesehen war.

„Vergiss die Kohle nicht!" sagte der dunkel dreinschauende, vollbärtige Mann, Maier schätzte sein Alter auf 45. „Allora, mein Freund," sagte Freddy zur Begrüßung, „wie geht es dir?" und drückte ihm dabei fest die Hand und umarmte ihn. Irgendwie machte er auf Mafiaboss. Jedenfalls kam es Maier so vor. Trotzdem war er erleichtert und fing gleich an zu erklären, wieso es nur 25000.- Euro sind.

Freddy schaute auf den Boden dann mit stumpfem Blick wieder zu Maier, dann wieder auf den Boden. Nach einer gefühlten Stunde, so kam es jedenfalls Maier vor, sagte er: „Kein Problem, du hast doch noch den Porsche draußen stehen, gib mir den Schlüssel und die 60000.- sind getilgt. Du machst mir so viel Arbeit wegen der Kohle, ich mag das gar nicht! Leg den Schlüssel auf den Tisch!"

Maier schaute sich um und sah neben Freddy einem anderen Mann in dessen finsteren Augen. Er nahm zögernd den Schlüssel aus der Hosentasche und schob ihn langsam auf den Tisch ein kleines Stück nach vorne. Gerade als er zurückziehen wollte, verspürte er einen höllischen Schmerz in seiner rechten Hand. Einen Schmerz, den er so noch nie verspürt hatte! Freddy persönlich hat ihm mit einem Hammer mit voller Wucht die Mittelhand gebrochen. „Touche!" Freddy lachte, „Das sind die Zinsen! Quid pro quo" lachte er, „und wann bekomme ich den Rest?" Maier jammerte, hielt sich mit schmerzverzehrtem Gesicht seine rechte

Hand und murmelte irgendwas von: „Was für einen Rest?"
Jetzt tickte Freddy völlig aus und schlug Maier mit der
Faust so fest ins Gesicht, das Maier in den Dreck der Halle
fiel. Mit ein paar Fußtritten malträtierte dann der andere
Mann den am Boden Liegenden, der laut und in größter
Verzweiflung immer wieder aufschrie und sich vor
Schmerzen krümmte, der Rotz lief ihm aus der Nase und
Blut aus dem Mund. „Überlege es dir gut!" sagte Freddy
ganz ruhig. „150 minus 60 sind 90, ich gebe dir und
Müller eine Woche! Wenn nicht, seid ihr beide tot, ich
schwörs euch!" Maier hatte sich vor Angst eingenässt. Die
Männer packten ihn und warfen ihn unsanft in den dunklen
Kleintransporter der in der Halle stand. Dann steuerte ihn
Oleg langsam ins Freie. Nachdem er alles verschlossen
hatte, fuhren sie dann in Richtung Würzburg. Maier fand
auf der glatten Ladefläche keinen Halt und knallte in jeder
Kurve an die Wand des Transporters. Freddy rief während
des Fahrens bei Müller an und sagte nur: „Hol Maier am
Friedhof von Westheim ab! Den Bestatter brauchst du
noch nicht anrufen. Irgendwie lebt er noch."
Müller bekam Angst und hatte ein ganz schlechtes Gefühl.
Er machte sich sofort auf den Weg. Als er in Westheim
ankam. Stieg er aus seinem großen BMW spitzte erstmal
die Ohren und schaute sich ängstlich um, dann hörte er ein
deutliches Stöhnen und er fand den geschundenen Maier,
blutend und verdreckt neben dem Eingang des Friedhofes.
Müller fuhr der Schreck in die Glieder, wie er Maier so
sah. Er erstarrte förmlich zu einer Säule, die sich nicht
mehr bewegte. Nach einer Weile sagte er dann: „Mein
Gott, was haben sie mit dir gemacht?" Er wollte ihn

aufheben, aber Maier schrie sofort los, als Müller ihn anfasste. Nach einigen Versuchen, ihn aufzuheben konnte Maier wieder auf eigenen Füßen stehen. „Ich fahr dich erst mal ins Krankenhaus und lasse dich durchchecken und behandeln, wenn es sein muss!" Maier schrie Müller erneut an: „Kein Krankenhaus! Er will in einer Woche die restlichen 90 Scheine. Du musst dir was einfallen lassen!" „Wieso ich? Dich hat er doch auf dem Schirm, lass du dir doch was einfallen, du hast doch noch dein Haus, das du verkaufen kannst!" „Spinnst du jetzt ganz? Du bist jetzt mal dran, würde ich sagen! Fuck, tut das weh!" „Leo", sagte der Steuerberater mit ruhiger Stimme „ich kann nichts dafür, wenn du dir 60000 Euro stehlen lässt! Wir reden morgen drüber, was wir machen. Ich fahr dich jetzt nach Hause und du ruhst dich ein wenig aus!" Maier konnte wieder einigermaßen humpeln. Die Fußtritte hatte er von Profis bekommen! Sie schmerzten zwar, aber es war nichts Ernsthaftes, anders war es da schon mit der, zum Glück nur angebrochenen Mittelhand! Müller fuhr bei sich zu Hause vorbei und holte ein paar Schlaftabletten, die seine Frau immer einnahm, wenn sie nicht schlafen konnte und gab sie Maier, als sie in Marktbreit ankamen. Der schluckte gleich alle drei und schlief dann nach wenigen Minuten erschöpft auf der Couch, gleich hinter dem Eingang des Hauses, ziemlich schnell ein. Müller fuhr zurück nach Kitzingen und hatte plötzlich richtig Angst. 90000! Wo sollten sie die so schnell hernehmen?

Tag 13

Gottfried schlief noch sehr fest, als ihn Margoo zärtlich ins Ohrläppchen biss. „Aufstehen, mein Süßer!" Er zog sie unter die Bettdecke und streichelte ihr zärtlich über ihren süßen Po, sie stöhnte dabei leicht auf, dann küssten sie sich leidenschaftlich und Margoo streichelte mit ihren Brüsten zärtlich über sein Gesicht. Gottfrieds Hände legten sich auf ihre Hüften, zart wanderten sie weiter nach oben. Margoo seufzte leicht, als er ihre Brüste in seine Hände nahm und sanft anfing, sie zu massieren. Ihre Titten bäumten sich seiner zärtlichen Berührung entgegen und er drang vorsichtig in sie ein. Danach duschten sie sich und er machte Kaffee. „Heute müssen wir das Auto holen und ab Montag früh geht's dann auf Tour. Wir haben ja nur die Frühschicht übernommen." sagte er zu Margoo, die verträumt zum Fenster hinausschaute. „Und das gibt dann für uns beide zusammen so 520.- Euronen! Nicht viel, aber das kann uns erstmal egal sein! Hauptsache, wir sind krankenversichert und zusammen!"

„Wie geht denn eigentlich die Tour?" Gottfried runzelte die Stirn und sagte: „Zuerst nach Wiesenbronn, einen Rollstuhlfahrer holen, dann nach Kleinlangheim und weiter nach Großlangheim, wo wir zwei Leute einladen müssen. Einer von beiden ist ein leichter Epileptiker, der immer einen speziellen Helm aufsetzen muss, das wird dann dein Job sein, deswegen musst du ja mitfahren!"

Margoo kam nach der Dusche zu ihm auf die Couch und gab ihm einen leidenschaftlichen Kuss. „Ich ruf mal bei der Tante an, ob wir jetzt schon den Bus holen können?!" „Kein Problem!" sagte eine liebliche Frauenstimme am anderen Ende der Leitung. „Gut, dann sind wir unterwegs!" sagte Gottfried. Sie gingen zu Fuß los, durch die Kaltensondheimer Straße mit Unterführung, Bahnhofstraße, am Bahnhof vorbei durch den Amalienweg, dann am Bahndamm entlang bis zu dem Seitenweg zur Von-Deuster-Straße. Dort sahen sie schon den weinroten Ford Transit mit Koblenzer Nummer. Sie klingelten und Nadine kam auf einer Krücke gestützt aus dem Haus. „Hallo, wir wollen den Bus abholen." sagte Gottfried. „Hallo!" erwiderte Nadine, eine attraktive Mittfünfzigerin mit gepflegtem Äußerem und gab ihm auch gleich den Autoschlüssel und ein Kärtchen, das sie schon beim Öffnen der Türe in der Hand hielt. „Also, wenn was sein sollte. Die erste Zeit könnt ihr mich jederzeit anrufen!" hörte er sie sagen. Nadines Wohnung war in einem Haus, das gegenüber den Büroräumen von Steuerberater Raymund Müller stand, der ihn früher ja vertreten hatte und mit dafür verantwortlich war, dass er sein gesamtes Vermögen verlor. Er ging hinüber und schaute über den Zaun. Er sah Müller, wie er mit seiner Frau mit großen, breiten Laubrechen bewaffnet das Laub zusammenrechte. „Hallo, Raymund!" sagte Gottfried, Müller schaute ihn mit zusammengekniffenen Augen ziemlich verdutzt an. „Schau mal, was aus mir geworden ist nach deiner Spezialberatung! Ich fahre jetzt behinderte Menschen für kleines Geld durch die Gegend." Müller schaute ihn an und sagte: „Prima, dann machst du ja was Sinnvolles!" Gottfried ballte die Fäuste und sagte zu Müller und seiner Frau: „Ihr werdet es erleben, es gibt immer eine ausgleichende Gerechtigkeit, denk immer dran, du Arsch mit Ohren!" Er machte auf dem Absatz kehrt und ließ ein etwas ratlos dreinblickendes Ehepaar zurück.

Er ging zum Transit und sagte zu Margoo, die noch mit Nadine schwatzte: „Steig ein, wir fahren!" Sie verabschiedeten sich bei Nadine und fuhren in einem ungemütlichen Schweigen nach Hause. Gottfried parkte den Transit in den leeren Carport seines verstorbenen Nachbarn und sagte zu Margoo: „Was machen wir jetzt? Auf was hast du Lust?" Sie lachte und drehte ihren Po ganz komisch ein und gab ihm eine Kusshand. Nein, nicht schon wieder! Sie schmunzelte, und er machte ihr dann den Vorschlag, dass sie zusammen nach Rottendorf fahren, sich zwei eBikes in einem Werksverkauf besorgen und ein wenig durch die Gegen cruisen könnten. „Cool, klasse Idee!"
Im Autoradio spielte Hotel California von den Eagles: long Version. „Welcome to the Hotel California - Such a lovely place…". Das Wetter war super, eigentlich hätte er heute zwei Landesligaspiele zum Fotografieren gehabt, aber mit Margoo war plötzlich alles anders. Bike Ex Chance Garage stand auf dem Schild in der Schießhausstraße, sie gingen hinein und ihnen fiel gleich die Hipster Schüssel von Tempus Elektric Bike auf! „Es sah auf den ersten Blick aus, wie ein ganz gewöhnlicher Cafe Racer, ein Bike

für Fans von Craft Beer und Urban Gardening!" dachte sich Gottfried, der große Akku am Rahmen sah eher aus wie ein Tank. Der große Ledersattel und der noch größere Frontscheinwerfer machten das Teil zu einem echten Hingucker. Tausend Watt brachte der Motor des geilen Teils auf die Reifen, früher hätte er den Kopf geschüttelt, aber jetzt machten ihm die 8000.- Euro für die beiden Importräder aus Kanada keine Probleme mehr. Er legte die 16 Scheine auf den Tresen und fragte den Besitzer des Ladens, ob die Akkus geladen sind? Der sagte: „Diese nicht, aber wir können austauschen, mit denen hier könnt ihr gut und gerne 150 km fahren!" „Geil, ich brauch noch ein Schloss mit einer Kette!" Der Besitzer kramte ein wenig in einer Kiste und gab ihm das gewünschte Teil. „Geht aufs Haus!" „Danke, wie lange habt ihr geöffnet?" „Ich bin bis 15 Uhr hier." „Super!" antwortete Gottfried „Und häng bitte unsere Akkus an!" Sie waren beide gut gelaunt und schwangen sich auf die Räder. Margoo schaute ihn an und wunderte sich, als sie auf dem Radweg Richtung Römerbrücke fuhren, dass Gottfried ganz schön mit der Kohle rum haute und sagte es ihm dann auch. „Ja, hast ja Recht! Hätte auch gereicht, wenn wir uns ein paar preiswertere Räder gekauft hätten! Scheiß drauf, lass uns fahren!" Über einen Schleichweg gelangten sie nach Gerbrunn und dann nach Randersacker, es war schönes Herbstwetter und sie fuhren bis zur Balthasars Badewanne, dort machten sie ein paar lustige Bilder mit dem Smartphone und fuhren über den Mainradweg nach Würzburg. Die Strecke in die Domstadt ging mit dem E-Bike ohne erschöpfende Kraftanstrengung und durchgeschwitzte Klamotten, es war für beide ein echter Genuss. Frische Luft und freie Fahrt. Herrlich! Auf dem Radweg und auch auf dem Main selber herrschte viel Betrieb. Schade, dass der Radweg in Würzburg dann abrupt endet! Sie mussten sich dann durch den Ausflugsverkehr bis zur Alten Mainbrücke durchkämpfen. Gottfried wollte Margoo mit dem Fischimbiss „Krebs" direkt im Main überraschen. Ein alter Kahn mit bunten Stühlen und echten Meefischli auf der Fischkarte. Für die Zubereitung der Meefischli werden kleine, silbrige Fische aus dem Main verwendet. Der Fischverkäufer antwortete auf die Frage von Margoo wie groß die Meefischli sind. Der bezopfte Mann erklärte ihr dass sie traditionell nicht größer sein sollten wie der kleine Finger der Figur des St.Kilian auf der Alten Mainbrücke. Margoo lachte: „Okay, dann mal her damit!" „Was wollt ihr trinken?" fragte der nette Süßwassermatrose und beide bestellten ein einfaches Wasser. Gottfried und Margoo plauterten über dies und das und nach wenigen Minuten kamen dann auch schon die knusprigen Fische, die man dank ihrer Größe mit Kopf und Gräten verspeisen kann. „Wow, lecker!" sagte Margoo begeistert. „Habe ich noch nie gegessen!" Ahoi. Sie schwangen sich wieder auf ihre Bikes und fuhren über die Alte Mainbrücke in Richtung Heidingsfeld, Gottfried hatte ihr erzählt, dass er dort ein Cafe kennt, in dem es noch selbstgebackenen, leckeren Kuchen gibt. Cafe Layover hatte glücklicherweise geöffnet und sie bestellten sich bei der netten Chefin je ein Stück Eierlikörtorte und einen Latte Macchiato. Einfach lecker!

Dank der e-Bikes war es einfach über die Konrad-Adenauer-Brücke, die Keesburg und durchs Hubland nach Rottendorf zu fahren. Anscheinend hatten die Baskets ein Heimspiel, weil so gut wie alles zugeparkt war! In Rottendorf luden sie die beiden Räder in den Caddy und fuhren in Richtung Kitzingen, im Radio lief „Child in Time" von Deep Purple, Hammersong. Beide hüpften auf ihren Sitzen auf und ab, als das Gitarrensolo von Ritchie Blackmore mit seiner Gibson ES 335 dem Höhepunkt entgegen schwebte. Früher hatte er den Song in der Dettelbacher Disco Tschu-Tschu ziemlich oft vollgekifft angehört, es war dann meist der Höhepunkt eines stressigen Tages. Ian Gillans ekstatischer Gesang: ein ewiger Klassiker der Rockmusik. Sie verfrachteten die Bikes in die volle Garage von Gottfried und gingen noch ein wenig spazieren. Gottfried atmete tief durch und zog die kühle Herbstluft in seine Lungen. Er legte seinen Arm um Magoos Schultern und beide schlenderten durch die Pflaumengasse in Richtung Altstadt. Der Ort war angenehm leer und sie schlenderten gedankenverloren durch die stillen Gassen. Auf der Mainbrücke legte Magoo ihren Kopf an Gottfrieds Schultern und sagte zu ihm:
„Ich war in meinem Leben noch nie so glücklich wie heute. Danke für alles. Ich lass dich nie mehr gehen!" „Ups!" sagte Gottfried „Ist das eine Drohung?" „Quatsch, ich mag dich einfach!" Dann schauten sie einigen Schiffen nach, die durch die Mainbrücke fuhren.

Gottfried setzte Margoo zu Hause ab und fuhr dann gleich noch mal zu Ansgar. In der Halle war niemand mehr, er klingelte und der Türöffner surrte. „Komm rauf!" rief Ansgar, Gottfried war noch nie bei ihm in der Wohnung gewesen. „Schuhe ausziehen?" fragte er, Ansgar lachte und schüttelte den Kopf, als er mit zwei Flaschen Bier bewaffnet aus einem Raum kam und an Gottfried vorbei in ein anderes Zimmer marschierte. „Auf was wartest du?" Gottfried folgte ihm und staunte nicht schlecht, als er in das Zimmer kam. Da standen lauter Möbel aus Europaletten gezimmert. Sessel, Tische, Schreibtisch, Sofa und einiges mehr, alles aus Europaletten. „Hast du das alles selber gemacht?" fragte er Ansgar. „Ja klar!" antwortete der kurz, er war kein Freund der langen Worte. „Prost, was führt dich zu mir?" fragte er. Sie stoßen mit den Bierflaschen an, so wie es halt alte Kumpels machen, dabei war Ansgar noch nicht mal vierzig, sah aber mit seinem trendigen Bart älter aus, jedenfalls jetzt am Abend nach Feierabend, wenn er ihn gekämmt und gebürstet hatte. „Ja, ich bräuchte ein paar neue Felgen für meinen Caddy! Was kannst du so besorgen?" „Du willst wirklich neue Felgen? Was ist denn mit dir plötzlich los? Okay, ich schau gleich mal im PC, was es so gibt!" Gottfried entschied sich dann für die Wheel Effekt Felgen in schwarz die Silber abgesetzt waren für 759.- Euro. „Was verlangst du für die Montage?" „Naja, so`n Hunni muss ich schon nehmen und der Kittel is gflickt!", murmelte er und fuhr sich mit der Hand durch den Bart. „Wenn sie da sind, dann ruf ich dich an, kommst du jetzt auf den Autotripp?" fragte er lachend, weil Gottfried eigentlich einer war, mit dem man nicht über Autos reden konnte, weil es ihn nicht interessierte. Nachdem er ihn zehn hundert Euro Scheine hingeblättert hatte, ging er zur Tür und sagte nur: „Passt so, du rufst an, wenn sie da sind?!" Danach fuhr er zu einem Einkaufsmarkt in der Marktbreiter Straße, um noch ein paar Kleinigkeiten einzukaufen. Er sah Carl Hochstett, der vor ihm bei Ansgar vom Parkplatz gefahren war und rief ihm ein freundliches Servus zu.

Auf dem Parkplatz hörte er plötzlich das Geräusch einer Sammelbüchse. „Bitte eine Spende für die Kriegsgräberfürsorge!" sagte der schmunzelnde Altoberbürgermeister Harry Fischer zu ihm. Gottfried kannte ihn, waren sie doch beide 2005 bei der Radtour zu Kitzingens Partnerstadt Montevarchi in der Toskana dabei. Er schaute ihn an, und holte einen 500-EuroSchein aus der Tasche. Er faltete ihn langsam zusammen und schaute voller Genugtuung in das erstaunte Gesicht des Ex-Oberbürgermeisters, galt Gottfried doch in Kitzingen seit einigen Jahren, als sogenannter armer Schlucker und Looser! „Es ist ja für einen guten Zweck!" sagte er, als er den Schein in den Schlitz der Sammelbüchse steckte. Er ließ den erstaunten Mann, der noch murmelte: „Herausgeben können wir aber nicht." stehen, stieg in seinen Caddy ein und fuhr nach Hause.

In der Hafenbar am Neuen Hafen in Würzburg wartete Fred auf eine ehemalige Sekretärin oder war es eine Steuerfachangestellte vom Steuerbüro Müller, egal. Er kannte die Tussi noch von früher, als er selber noch seinen Steuerkram bei Müller machen ließ! Er saß gerne in der Bar, heute sang der Shanti Chor fröhliche

Seemannsweisen. „Seemann, deine Heimat ist das Meer…
.“ Beim Kneipenwirt bestellte er sich ein Bierchen und
dachte so für sich, als der Wirt ihm das Bier auf den Deckel
stellte, dass der seine Fingernägel auch mal sauber machen
könnte. Mit einer Stunde Verspätung kam die junge Frau,
die zurzeit in Mutterschutz war und als alleinerziehende
Mutter jeden Euro gebrauchen konnte. „Entschuldigung,
aber der Kleine wollte nicht einschlafen!“ sagte sie zu Fred
als sie an seinem Tisch kam. „Guten Abend Frau
Spazierer, sehr schön, dass sie es einrichten konnten!“
Dabei winkte er großzügig ab und fügte hinzu: „Kein
Problem!“
Er fragte höflich, ob sie was trinken, oder an der frischen
Luft paar Schritte gehen wolle. Er legte einen Fünfer auf
den Tresen und beim Hinausgehen fragte er sie noch, wie
ihr Kleiner denn heißt. „Leander!“ sagte sie, „wie der
Opa!“ voller Stolz. „Okay, um die Sache ein wenig
abzukürzen“, sagte er zu ihr. Indem er vom höflichen sie
auf das direkte du umschwenkte: „du bekommst von mir
1000 Euro, wenn du mir eine Liste mit den Namen machst,
die alle dieses Scheiß Papier von Gala bei Maier
gezeichnet hatten!“ „Oh“, sagte sie dann, „das ist schon
einige Zeit her. Ich täte mir deutlich leichter, und ich
würde mich auch besser fühlen, wenn eine zwei bei ihrem
Angebot vorne stehen würde!“ „Ja, weißt du denn noch
alle Namen und Institutionen, die von den Beiden über den
Tisch gezogen wurden?“ „Also von über den Tisch ziehen,
weiß ich gar nichts! Aber ich glaube, dass ich noch sehr
viele Namen zusammen bekomme. Das Ganze hatte ja ein
sehr großes Volumen!“ „Okay, wann hast du die Liste

fertig? Hier hast du schon mal 200 Steine, damit du nicht ganz umsonst gekommen bist!" Sie schaute ihn glücklich an und sagte: „Montag früh kann ich Ihnen die Liste geben." „Perfekt!" lachte Fred und er begleitete sie noch bis zu ihrem alten Peugeot 105 der an mehreren Stellen einmal lackiert werden könnte. Irgendwie gefiel ihm die taffe Lady mit ihren dunklen strahlenden Augen. „Jeder kämpft für sich alleine!" dachte er, als er zurück in die Hafenbar schlenderte. Er bestellte sich noch ein Bier und lauschte den alten Männern vom Shanti Chor: „Fahr mich in die Ferne, mein blonder Matrose."

Maier wachte mitten in der Nacht auf und rief bei seinem Hausarzt an, ob er zum Verbinden vorbeikommen könnte. „Das sieht aber übel aus!" sagte der Doc, der seine Praxis in der Mainstraße hatte und für Maier eine Ausnahme machte. Sie waren alte Tennisfreunde wobei Freunde vielleicht etwas zu hoch gegriffen war. „Ich gebe dir noch was für die Schmerzen, aber pass auf, das Zeug ist ziemlich stark." Maier bedankte sich und ging nach Hause. „Scheiße!" dachte er sich, so ohne Auto und Kohle! Jetzt muss Müller liefern! Er konnte ihn nicht erreichen! „Anscheinend hatte der Arsch sein Handy ausgeschaltet!" dachte er. Er ging die Kapellensteige hoch, als plötzlich sein Handy klingelte. „Ja, bitte?" sagte er hinein und als Antwort kam im ernsten Ton: „Denk dran, eine Woche!" Es war Freddy, er sagte weiter zu Maier: „Hast du keine Aktien oder irgendwie andere Papiere, die du versilbern kannst und wie sieht es mit Müller aus? Du kannst ja auch deine Hütte verkaufen, ich setz mal 200000.- Euro dafür an! Die 110 Mille bekommst du dann von mir bar auf die Kralle, wenn wir beim Notar waren!" „Sag mal, spinnst du mitten in der Nacht anzurufen?!" entfuhr es Maier: „Du bekommst deine Kohle schon!" Er hörte Fred noch „Hoffentlich!" sagen, bevor er auf den roten Knopf seines Smartphones drückte. „So eine Scheiße, aber auch!" Am Montag werde ich zur Bank gehen und das Haus in die Immobilien Liste eintragen lassen. „Von wegen 200 Mille!! Das Haus war mindestens 400 wert!" dachte er für sich. Freddys Fähigkeit Gedanken präzise zu formulieren flößte Maier irgendwie Respekt ein. Er wusste das Er ein starker Gegner war.

Tag 14

Margoo und Gottfried machten am Samstag das, was alle verknallten Paare so machen. Danach frühstückten sie und gingen am Main spazieren. Später wollte er noch Bilder vom Spiel Bayern Kitzingen – Eintracht Bamberg machen. Vorher postete er auf seinem Blog, das immer höhere Besucherzahl zu verzeichnen hatte, einen kleinen Tipp zum Verhalten von Fotografen im Urlaub oder auch anderswo. Es ging ihm darum, dass man nicht die originalen Schulterriemen verwenden sollte. Er postet folgendes: „Eigentlich könnte man gleich das Preisschild in groß an die Kamera hängen, damit der fotografisch ambitionierte Dieb auch von weitem schon sieht, ob sich der Diebstahl lohnt oder nicht. Wenn die Kamera bereits um die 2000 Euro wert ist, was man am Schulterriemen leicht erkennen kann, dann wird da mit Sicherheit auch kein Billigscherben als Objektiv drauf sein. Da lohnt es sich dann doch eher für einen vermeintlichen Dieb! Treuere Fotoapparate zu klauen, geht leichter als ein Auto zu knacken, darum haben sich viele Gauner bereits auf den Kameraklau spezialisiert. Also am besten den Schulterriemen durch einen neutralen oder einem einer preiswerten 500 Euro Kamera zu ersetzen."
Das war wieder einer seiner vielen Fototipps, die er in loser Folge auf seinem Baby postete. Sie fuhren zu Dschingis in die Falterstraße und holten sich einen Döner zum Mitnehmen, muss ja nicht immer so üppig sein! Als sie hinausgingen, kam gerade Müller zur Tür herein. Gottfried

sagte im Vorbeigehen gerade so laut, dass es nur Müller hören konnte: „Na, du Arsch!" Müller rempelte ihn an, sagte laut: „Halt dein Maul, du Looser!" Gottfried ging weiter und grinste vor sich hin, als Margoo ihn fragte, was denn das gerade war?! „Erzähle ich dir mal in einer ruhigen Minute." „Wie der mich angeglotzt hat, mein Ex hatte viel mit ihm zu tun und ich war sogar einmal mit ihm bei Müllers eingeladen. Müller und mein Ex hatten einiges zu besprechen und ich hatte die Alte von Müller an der Backe, die ist ja schon ein bisschen einfältig und lacht immer so komisch!" „Naja, komm wir stellen uns hier an die Mauer und genießen noch ein wenig die Sonne."

Tag 15

Der Sonntag verlief ruhig, nach einem ausgiebigen Brunch waren die Beiden fast den ganzen Tag im Steigerwald unterwegs und suchten Pilse. Gottfried war am Abend so gemolken, dass er beim Tatort einschlief. Margoo hingegen, die eine große Pilzkennerin war, sortierte diese aus. Birkenpilze, Rotkappen, einige Steinpilze, Parasol und verschiedene Morcheln. Es war eine reichhaltige Ausbeute. Giftige Pilze konnte sie keine entdecken. Putzen wollte sie sie am nächsten Tag nach der Tour und dann ein leckeres Ragout kochen. Dazu Brezenknödeln und einen stoffigen Weißwein. Für die Knödeln aus Laugenbrezen brauchte sie am nächsten Tag. 250 ml Milch, 60 g Frühlingszwiebel, 50g durchwachsen Speck, bisschen Butter, reichlich Petersilie und Schnittlauch, zwei Eier und Gewürze und natürlich acht Laugenbrezen, die in etwa 4 mm dicke Scheiben geschnitten werden und in einer Schüssel mit der heißen Milch übergossen werden, nach dem 30-minütigen quellen kommen geputzte Frühlingszwiebeln, die gehackten Kräuter, der fein gewürfelte Speck sowie die Butter und die Eier dazu. Mit angefeuchteten Händen wird sie dann Knödel formen. In kochendes Salzwasser einlegen, die Hitze reduzieren und die Knödel 10 bis 15 Minuten ziehen lassen.

Tag 16

„Guten Morgen Margoo, aufstehen!" Es war 6.30 Uhr und sie mussten los! Um 7 Uhr wartete Harry in Wiesenbronn auf sie. Frühstücken, hatten sie ausgemacht, wollten sie danach machen, auf den Weg nach unten in den Carport des Nachbarn gab Gottfried seiner neuen Flamme noch einen Klaps auf ihren Hintern. „Hey!" „Wer fährt?" „Immer der, der fragt!" „Okay." Gottfried schwang sich hoch, der Ford Transit in der langen Version, ist schon ein großer Bus, wenn man ihn nicht so gewöhnt ist! In den Nachrichten im Radio wies der Sprecher auf die Glücksformel von Albert Einstein hin, die er vor hundert Jahren einem japanischen Hotelboten als Trinkgeld gegeben hatte: "Stilles, bescheidenes Leben gibt mehr Glück als erfolgreiches Streben, verbunden mit beständiger Unruhe." „Da ist was Wahres dran!" dachte Gottfried. Er schob die CD von Deep Purple in den Player und ließ „Lalena" abspielen. Gechillt fuhren sie durch den morgendlichen Verkehr und waren zwei Minuten nach sieben in Wiesenbronn angekommen, sie mussten noch in eine kleine Siedlung fahren und dann sahen sie den Harry schon in seinem Rollstuhl vor dem Haus stehen. Gottfried parkte so ein, dass Margoo bequem den Rollstuhllift runterlassen konnte. Das Auto musste nur geradestehen, dass man den Rollstuhl gerade hineinschieben konnte! Dann mit dem Lift nach oben und Harry rollte selber auf die Ladefläche. Gottfried fixierte seinen Rollstuhl mit den Gurten und schon konnten sie weiterfahren. Harry sprach kein Wort, seine Mutter sagte den Beiden, dass er am Morgen sehr maulfaul wäre. „No Problem!" dachte Gottfried und drehte den Wagen und fuhr zur Ortsmitte und dann Richtung Kleinlangheim. Hier stieg Aminett zu, augenscheinlich eine junge Frau mit dem Down-Syndrom, wie auch Jan, der ebenfalls in Kleinlangheim mit einstieg. Der Treffpunkt in Großlangheim war ein Haus, das aussah, als wäre es in den Alpen abgebaut und hier in Mainfranken wieder aufgebaut worden. Die Geranien waren verblüht und es stiegen hier Egon, er war der leichte Epileptiker, der immer einen Helm beim Transport aufsetzen musste, und noch Barbara, eine junge Frau ebenfalls mit dem Down Syndrom geboren, ein. Gut, dass er sich die Route so genau erklären ließ und Notizen gemacht hatte! Sie waren genau richtig im Zeitplan. Sie fuhren ihre Passagiere zu den Mainfränkischen Werkstätten, wo schon Betreuungspersonal und verschiedene Schleuser warteten. Margoo stieg aus und ließ die Leute an der Seite aussteigen, während Gottfried hinten öffnete und Harry von den Gurten löste und in den Lift schob. Danach Lift mit der Fernbedienung runter und Harry wurde von einem Betreuer übernommen. „Vielen Dank und auf Wiedersehen, bis morgen!" Im nahe gelegen Discounter nahm Margoo einen Bund Petersilie, für das Pilzragout, mit. Sie fuhren in die Falterstraße und nahmen bei dem alteingesessenen Bäcker ein gutes Frühstück zu sich. Beim Hinausgehen ließ sich Margoo im Laden noch acht Laugenbrezen, die für die Brezenknödel benötigte einpacken.

Gabriele Spazierer machte private Überstunden, ihren kleinen Sohn hatte der Papi geholt, der in einer kleinen Mansardenwohnung in Würzburg in der Nähe des Berliner Ringes wohnt. So hatte sie Zeit, die Liste für Fred Laue zu machen. Ihr vielen 31 Namen ein, vom Großschlächter, über einen Lungenfacharzt, einen Rauchmelderhersteller, diversen Handwerksmetzgern, Bäckern und neben einem Metzgerzubehörhändler waren auch noch ein Gewürzhändler und ein Zweiradhändler dabei. Sie tippte alles säuberlich in eine Excel Tabelle und suchte die dazu gehörigen Adressen mit Telefonnummern im Internet heraus. Dann rief sie Fred Laue an: „Du wohnst doch in Oberdürrbach?" sagte Laue. „Es ist jetzt 17 Uhr, kannst du um 18 Uhr am Bismarckturm sein?" „Wo ist der denn?" fragte Gabriele unsicher. „Ganz einfach: du fährst Richtung Steinburg und kurz vor der Abbiegung zum Birkenhain ist ein kleiner Parkplatz, da stellst du deinen Peugeot ab und gehst in den kleinen Weg vis- a- vis entlang und nach 100m bist du dort. Auf der kleinen Bank solltest du noch ein wenig Abendsonne abkriegen. Ich schau zu, dass ich pünktlich bin! Wie viele Namen hast du herausbekommen?" Gabriele Spazierer zählte auf und sagte, dass er das restliche Geld nicht vergessen sollte. Im Stillen träumte sie schon davon, was sie mit dem Geld machen würde.

Fred Laue pirschte sich lautlos von hinten an die Bank, Gabriele gefiel ihm. Sie war nicht so eine billige Tussi, wie die meisten Ladys, die er so kannte. Sie war eine Frau, die ihr Leben selber meisterte und dazu noch den kleinen

Leander aufzog, dass nötigte ihm großen Respekt ab. Dazu sah sie mit ihren knapp 1,80m Größe und der schlanken Figur, den dunklen Augen und den gepflegten braunen Haaren bildhübsch aus, fast schon begehrenswert. Als er genau hinter ihr stand, hob er ihren Schal über ihren Kopf und sie erschrak sehr und stieß einen Schreckenslaut aus! Er lachte.

„Sie haben mir jetzt aber einen Schrecken eingejagt!" „Oh, das wollte ich so gar nicht!" sagte er scheinheilig. „Wo haben wir die Liste?" Sie langte in ihre Handtasche und übergab ihm das kostbare Stück, im Gegenzug gab er ihr 2000.- Euro, 200 mehr wie ausgemacht. Sie gab ihm einen spontanen Dankeskuss, bei dem er sie fest an sich drückte und plötzlich wurde mehr daraus. Gabriela verstand nicht, wieso sie sich plötzlich so erregt fühlte, so seltsam beunruhigt, er presste sie fester an sich, und sein Kuss wurde leidenschaftlich. Ein Kuss, so leidenschaftlich, dass er ihr fast den Verstand raubte. Freddy wollte mehr und langte unter ihren Pullover, da riss sie sich los und schrie ihn mit Verzweiflung und Hingabe in der Stimme an: „Tut mir leid, ich möchte das nicht!!" und lief davon. „Was für eine Frau!" dachte Fred und sein Herz pochte.

Das Pilzragout mit den Brezenknödeln von Margoo schmeckte Gottfried vorzüglich. Der Silvaner Kabinett aus der Römermühle, den er vor kurzem beim Vorbeifahren mitgenommen hatte, war eine gute Begleitung zum Essen.

Fred Laue konnte man nicht nachsagen, dass er faul war! Er setzte sich in sein Büro und fing an zu telefonieren. Zuerst rief er bei Gabriele an und entschuldigte sich für sein Verhalten. Sie sagte zu ihm, dass der Kuss schon okay gewesen war, nur mit dem Gefummel unter ihrem Pullover hatte sie so ihre Schwierigkeit! Dann rief er nach und nach die Leute an, die Gabriele auf die Liste geschrieben hatte. Er erklärte ihnen, dass Maier, Müller und die GALA selber kein Geld mehr zur Verfügung haben, oder jedenfalls kein Geld mehr ausschütten wollen bzw. können. Im Gegenteil: die Gesellschaft wolle jetzt plötzlich noch Geld von den Anlegern, wegen der Nachschusspflicht, um den Kapitalbedarf der sich für die laufenden Kosten der Abwicklung der Gesellschaft ergibt, zu decken. Manche von den Anlegern waren wie vor dem Kopf gestoßen, sie hatten keine Ahnung, wie es um ihr sauer verdientes Geld gestellt war! Einige der Leute wollte es nicht glauben! Fred versprach, sich mit jedem Anleger persönlich zu treffen, um einen Deal mit ihnen auf die Wege zu bringen. Er wusste, dass es schnell gehen musste, dass es blutig werden würde und dass es richtig Arbeit war! Er wusste ja nichts von den 5 Millionen, die auf den Weg zu Maier spurlos verschwunden waren! Er wollte sich auch wegen Hamburg absichern und dachte nach, wen er auf die Spur von Herbert Graf von Weichenberg setzen konnte.
Blaues Blut konnte er sowieso nicht leiden! Als erstes traf er sich mit dem Metzgereizubehörhändler, der 100000.- Euro angelegt hatte. Die Story mit der Nachschusspflicht zeigte Wirkung. Er war ja auch ein gerissener Gauner und sagte zu dem Mann, den er auf der Autobahnraststätte

Ohrenbach an der A7 traf, dass sein Deal nur so aussehen kann, dass er die Hälfte der 100000.- Euro für sich bekommt, also 50000.- Euro! Sie saßen zusammen bei einer Tasse Kaffee, beide leger gekleidet, so dass sie niemanden weiter auffallen konnten. Freddy ließ sich zurzeit einen Bart wachsen, der ihn heute aber mächtig juckte. Der Metzgereizubehörgroßhändler wand sich und wollte nicht so recht! Freddy kraulte den noch nicht ganz vorhandenen Bart und sagte: „Okay, dann hat es sich erledigt, es geht halt dann zu null für sie auf!" Er zog den Reißverschluss seiner schwarzen Kapuzenjacke hoch und machte Anstände zu gehen, da zog ihn der Metzgereizubehörgroßhändler am Ärmel und sagte: „Setz dich, jeder Euro zählt, wir machen den Deal!" „Okay, das freut mich und sie werden nicht enttäuscht sein! Ich habe hier was aufgesetzt, würden sie mir das bitte unterschreiben?" Es war ein Abtretungsvertrag, der vor jedem Gericht gültig ist. Beide fuhren fast zeitgleich vom Rastplatz, Freddy mit Ziel Marktbreit und der Metzgereizubehörhändler Richtung Bad Windsheim.

In Marktbreit fuhr er die schmale und steile Kapellensteige hoch und klingelte bei Maier, der auch ziemlich schnell öffnete. Seine rechte Hand war geschient und er humpelte noch ein wenig.

„Was willst du?", blaffte er Fred an. „Was schon?" sagte dieser. „Geld natürlich! Willst du mich nicht reinlassen?" Als sie die Treppen zu seinem Office hinuntergingen, wusste er schon, was er mit Maier machen wollte. „Schau mal her Leo, was ich da für dich habe!" Er zeigte ihm die

Vollmacht und Maier wurde ganz blass. „Komm, trink einen Schluck Wasser!" „Wie stellst du dir das vor, wie soll ich das machen? Wir sollten 5 Millionen zum Auszahlen bekommen, die sind weg! Keith Palmer, der Kurier und Fahrer und seine Nutte sind bei dem Verkehrsunfall in der Nähe von Nordheim ums Leben gekommen, das hast du doch sicher in der Zeitung gelesen! Seitdem ist die Kohle weg, und vom Bruder der Mitfahrerin fehlt jede Spur. Wahrscheinlich hat der die Kohle und sich damit nach Weißrussland abgesetzt!" „Du Leo", sprach Fred ganz ruhig und packte blitzschnell das Ohr von Maier, „erstens lese ich keine Zeitung und zweitens ist mir das scheißegal, wie du deine Millionen transportierst oder auch nicht, ich muss den Scheiß nicht glauben, den du mir da gerade auftischst!" Er drehte das Ohr von Maier ganz herum, der vor Schmerzen dabei in die Knie ging. „Ich mach das nicht gerne, das weißt du!" sagte er „Aber anscheinend geht es bei dir nicht anders, es sind jetzt 190000.- Euro.

Mach mir einen Vorschlag, wann ich das Geld abholen kann!? Keine Tricks, sonst bist du ein toter Mann!" Fred ließ das Ohr los, drehte sich um und wollte die Treppe hochgehen, als Maier winselte: „Ich kenne auch Leute, die dich fertig machen können!"

Fred drehte sich um und sagte zu ihm, während er einen Schritt auf ihn zuging: „Wo sind die Nasen? Dann hol sie doch!" und schlug dabei Maier mit der geballten Faust auf die Nase. Drohen, das mochte Fred überhaupt nicht! „Ich sag dir jetzt, was du machst: du gehst zum Notar und überschreibst mir das Haus! Oder hast du irgendwo noch

Bares, Gold oder irgendwas ich brauchen kann?" „Hier nimm meine Uhr, es ist eine Breitling Galactic 44!" jammerte Maier: „Da kannst du 5000.- Euro für ansetzen!" „Bist du bekloppt? Zeig mal her das Ding!" Er steckte sie ein und ging zur Treppe. „Wegen Notartermin, sage ich dir Bescheid und auch wegen dem Preis für die Uhr! Morgen kommt jemand von meinen Leuten vorbei und schätzt dein Haus. Servus und schönen Abend! Ihr Beide seid solche Lappen, euch sollte ich gleich umlegen!" Er schmunzelte und wusste auch schon, was er mit der Uhr machen würde und wen er auf den Herbert Graf von Weichenberg ansetzten wollte. Er stieg in seinen Panamera ein und fuhr zufrieden über die A7 und die A3 nach Hause. Er tankte in Heidingsfeld und nahm sich bei der angeschlossenen Pizzeria eine leckere Margarita mit.

Tag 17

Nach ihrer Tour gingen Gotti, wie er mittlerweile von Margoo genannt wurde, wieder zum Kaffee trinken, diesmal in die Siedlung im kleinen Cafe in der Königsberger Straße. Wie sich das anhört: Königsberger Straße! Das war einmal Ostpreußen, und jetzt liegt die Stadt an der Ostsee, in der russischen Enklave und heißt Kaliningrad! Gottfrieds Handy meldete sich. Als Klingelton hatte er eine Sportpalast-Melodie aus den 30ern des vorigen Jahrhunderts. Es war Ansgar: „Die neuen Felgen sind gerade mit einem Paketdienst gekommen." Wenn er Zeit hätte, könnte er seinen Caddy vorbeibringen! „Machen wir!" sagte Gottfried und schlürfte das Eigelb seiner weich gekochten Eier im Glas in seinen Gaumen. Ja, die Ernährung war jetzt wichtig in der frischverliebten Situation, in der er sich befand! Bei einem Bioversender hatte er sich Maca, das Liebespulver aus den Anden und Guarana bestellt. Margoo hatte die ganze Zeit etwas unsicher neben ihm gesessen und hat die anderen Gäste angelächelt, sie kam sich in den Cafe wie ein Fremdkörper vor, schien es ihr doch so, als säßen lauter Stammgäste in dem kleinen Raum. Im Ford sagte Gottfried zu ihr, dass sie den Caddy fahren sollte und erzählte ihr ein wenig von Ansgar, dessen Vater in Pataya Thailand in einem Rentnerzentrum für Demenzkranke lebte. Er war dort für seine 830.- Rente gut untergebracht. Ansgar erzählte ihm einmal, dass sein Vater dort eine feste Krankenschwester hatte, die Tag und Nacht für ihn da sei, und dass die Thais einen großen Respekt vor den älteren Menschen hätten. Finanziert von der Pflegeversicherung, aber genau konnte er es Margoo auch nicht erklären!

Sie fuhren zuerst nach Hause und Margoo stieg in den Caddy um. Als sie in der Gartenstraße ankamen, begrüßten sie Ansgar, der ihnen voller Stolz die neuen Felgen zeigte. „Er ist halt doch ein Schrauber durch und durch!" dachte sich Gottfried. „Fährst du jetzt für Schmidt-Transfer, dem alten Ausbeuter?" fragte er sie. „Naja, jeder Euro zählt und du weißt doch, dass ich es nicht so dick habe!" „Aber 759.- Euro für neue Felgen!!" Margoo mischte sich mit dem Satz ein: „Die bekommt er von mir geschenkt!" „Cool, so eine Freundin sollte mir auch mal über den Weg laufen!" Und seine schmutzverkrustete Stirn kräuselte sich in dicke Stirnfalten.

Fred war auch schon früh auf den Beinen und bereitete sein zweites Treffen vor, diesmal mit einem Lungenfacharzt der 25000.- Euro angelegt hatte. Er ließ sich aus seiner sündhaft teuren Espresso Maschine ein Tässchen heraus und rief dabei Gabriele Spazierer an. „Moin Gabi, wie geht's? Alles im Lot, auch mit Leander?" fragte er gut gelaunt, und doch irgendwie gestellt. „Was willst du?" sagte sie trocken. „Ich möchte mich für den kleinen Ausrutscher am Sonntag nochmal entschuldigen!" sagte Fred ganz scheinheilig und schüchtern. „Kann ich dich mal kurz treffen? Ich kann auch bei dir in Oberdürrbach vorbeikommen!"

„Muss das sein? Du fängst dann wieder zu Fummeln an oder so!" „Nein, nein, ich habe einen neuen Job für dich!"

„Okay, dann komm halt vorbei." Sie gab ihm die Adresse, er spülte den Espresso runter und schon saß er im Panamera.

Von Heidingsfeld nach Oberdürrbach musste er quer durch Würzburg fahren und stand nach einer halben Stunde bei ihr vor der Eingangstür, er drückte auf die Klingel mit dem selbst geschriebenen Namensschild und der Türöffner schnurrte nach wenigen Sekunden. Es war ein sehr altes Haus mit knarrender, schmutziger Holztreppe und krummen Türen. „Hallo, wie geht es denn so? Komm rein!" sagte Gabriele. „Setz dich." Was war das für ein durchgesessenes Teil, auf dem er Platz nahm?! Sie setzte sich auf einen hellblau angemalten Küchenstuhl, der leicht einer Urlaubsszenerie einer griechischen Kneipe auf Mykonos entsprungen sein könnte. Überhaupt sah es in der Bude irgendwie nach Flohmarkt aus, alles bunt, nichts passte so richtig zusammen! „Schau mal, was ich für dich habe!" sagte Fred mit einem hoffnungsvollen Lächeln im Gesicht und gab ihr die Uhr von Maier. „Für mich?" sagte sie erstaunt mit großen Augen und einem fragenden Blick im Gesicht. „Ja, sozusagen als kleine Entschädigung für meinen Ausraster am Bismarckturm, du hast aber auch so sexy ausgesehen mit dem engen Pullover!" „So, habe ich das?" sagte Gabriele. Fred rutschte auf seinem Sessel herum und stammelte: „Ja, hast du!" „Was führt dich jetzt zu mir und vielen herzlichen Dank für die schöne Uhr, die ist wirklich sehr schön, aber ich kann die doch gar nicht annehmen!" „Klar kannst du! Und ich möchte, dass du für mich alles rausbekommst, was mit Herbert Graf von

Weichenberg zusammenhängt! Vorstandsmitglied der OLGA AG."

„Oh, den Namen habe ich noch nie gehört, was springt für mich heraus?" Fred nahm einen Bündel Geld aus seiner Tasche und zählte ihr 500.- Euro auf den Tisch. „Voooorschuss!" sagte er langsam. „Recherchiere genau, es pressiert nicht. Dann schauen wir mal, was mir die Infos wert sind! 500.- bekommst du dann so oder so noch dazu, egal ob was Verwertbares für mich dabei ist!" Er stand auf und wollte gehen, als Gabriele ihn an der Jacke zu sich zog und ins Ohr hauchte: „Sag Gabi zu mir!" Dann gab sie ihm einen leidenschaftlichen Kuss.

„Okay Gabi, vielleicht können wir uns ja auch mal privat treffen und wir stellen alles auf null!" „Warum nicht?" sagte Gabriele und begleitete Fred noch bis zur wackligen Tür. Sie wusste, dass sie aus dieser Scheiß Bude raus wollte und vielleicht war Fred eine Chance dazu, er war ihr sympathisch, aber sie wollte auch nichts überstürzen!

Fred stieg in sein Auto und fuhr über den Europastern auf der B8 zum Mainfrankenpark in das American Dinner neben der Aral Tankstelle, wo er den Lungenfacharzt traf. Er bestellte sich einen grünen Tee und nach einer halben Stunde hatte der Arzt unterschrieben, obwohl es für ihn ja nur um Peanuts ging. Er hatte heute noch sechs weitere Termine mit einem Metzger aus Kitzingen, zwei Gastronomen aus Nordheim und Sommerach und einem Bäcker und einem Fotografen in Kitzingen.

Gottfried war gerade auf seinem alten Ledersofa eingeschlafen, als es an der Tür klingelte. „Verdammt!" Er sprang hoch und hatte ein ganz blödes Gefühl, das ganze Geld lag noch im Heizungskeller und im Garten lag in Plastiksäcken gut verpackt noch der Schädel von Maxim und auch seine Stiefel! Er sprach in die Sprechanlage: „Ja bitte?" und bekam zur Antwort: „Friedrich Laue hier! Ich habe etwas sehr Wichtiges für sie!" „Okay!" Gottfried drückte auf und ging hinunter, um den Gast zu begrüßen. „Hallo, was führt sie zu uns?" „Können wir das in Ruhe besprechen?" „Gut, kommen sie mit rauf, bitte die Schuhe auszuziehen!" und schon saßen sie zu dritt am Esszimmertisch. Fred erklärte ihm, um was es geht. Während Gottfried große Augen machte, fragte Margoo, ob Fred einen Kaffee möchte. „Gerne!" erwiderte der kurz. Gottfried sagte dann, dass er da keine Chancen sehe, dass er irgendwann einmal von den beiden Banditen Geld zurückbekäme. Er mache sich da keine Hoffnungen nach sechs verlorenen Prozessen. „Ich glaube sogar, dass die meine Anwälte geschmiert hatten und vielleicht sogar den einen oder anderen Richter, ich weiß es nicht?! ich weiß nur, dass mein Geld weg ist und ich dadurch fasst alles verloren habe, was mir wichtig war! Meine Frau, meine Freunde, mein Geld sowieso, meine Altersversorgung, meinen Stand in der verschissenen Gesellschaft!" Gottfried drückte gewaltig auf die Tränendrüse. „Ich fahre jetzt für Schmidt-Transfer, um überhaupt einigermaßen über die Runden zu kommen." Margoo servierte den Kaffee. „Wasser dazu?" fragte sie. „Gerne!" sagte Fred. „Und schauen sie, Herr Meister, sie gehen da überhaupt kein Risiko ein. Im Kopf rechnete er schon die Summen zusammen. Mit dem Geld von Gottfried waren es 720000

123

Euro, also 360000.- für ihn und vielleicht auch für Gabriele! Sie ging ihm nicht mehr aus dem Kopf!" „Okay, danke!" Er hörte Margoo zu Gottfried sagen: „Unterschreib doch, zu verlieren hast du doch nix mehr!" Alles Paletti! Er haute seine Unterschrift unter das Schreiben und stand auf und klopfte Fred auf die Schulter und sagte dazu: „Wenn das klappt, ist aber eine dicke Party angesagt!" „Logo!" sagte Fred. „Die können wir in einem meiner Clubs feiern." Sie gingen die Treppe hinunter und verabschiedeten sich. Gottfried konnte es nicht fassen: „Was ist bloß los zurzeit? Ich weiß doch sowieso im Moment nicht wohin mit der Kohle?" Im selben Moment klingelte sein Handy, es war Ansgar: „Caddy ist fertig! Du weißt schon, dass dein Schweller ein bisschen verzogen ist? Du solltest das unbedingt reparieren lassen!" „Ich weiß, den habe ich eines Nachts an einer Muschelkalksäule vor der Akropolis geschrotet, als ich den Rosenberg hochgedüst bin und dann volle Lotte hängen geblieben bin! Du hast es doch dann notdürftig ausgebessert und lackiert." „Daran konnte ich mich gar nicht mehr erinnern!" Als sie zu Ansgar fuhren, legte Margoo ihre Hand auf seinen rechten Oberschenkel und sagte zu ihm: „Wieviel hast du im Lotto gewonnen? Wenn du wirklich die 300000.- bekommst, wollen wir dann nicht weg von Deutschland, vielleicht nach Chile oder so. In Paraguay sollen auch viele Deutsche leben.?" Gottfried sagte, während er von der B8 in die Mainbernheimer Straße einbog: „Ich habe immer von Grönland geträumt!" „Was, Grönland?" Margoo musste lachen. „Da ist es doch eiskalt!" Er lachte auch und er musste an die Zeit denken, wo er von Grönland geträumt hatte, da hatte er noch ganz wenig Geld und kannte Margoo noch nicht.

„Jetzt ist das alles anders!" Hinten im Bus hatte er den großen Plastiksack mit den Schuhen von Maxim rein geschmissen, er wird sie morgen früh nach der Tour im Altkleidercontainer in der Nähe der Mainfränkischen Werkstätten einwerfen.

„Wow!" entfuhr es ihm, als er seinen Caddy mit den neuen Felgen sah. „Geil, geil, geil!" Ansgar strahlte und auch die Subberexperten, die sich an ihren Oettinger Flaschen festhielten. „Also, servus bis demnächst! Vielleicht klappt es ja mal mit Fotografieren." Und er musste daran denken, dass er jetzt schon ein paar Tage nicht zum Fotografieren gekommen war. „Fahr mir nach!" sagte er zu Margoo, als diese in den Caddy einstieg. Er fuhr nur ein paar hundert Meter weiter zu einem renommierten Autolackierer, der seine große Werkstatt dort eingerichtet hatte. „Grüß Gott, ich möchte gerne meinen Caddy richten lassen!" „Augenblick, der Chef kommt gleich." Gottfried und Margoo schauten sich an und Margoo flüsterte ihm ins Ohr, was er denn vorhätte? Gottfried flüsterte zurück, dass er die Kiste reparieren lassen möchte, weil Ansgar ihm geraten hatte, dies zu tun.

„Grüß Gott, was kann ich für sie tun?" sagte der Chef der Firma, der von hinten in den Laden kam. „Am besten wir gehen mal zum Fahrzeug!" sagte Gottfried. „Sie sehen ja wie die Seite aussieht, das sollten sie richten und dann den Wagen neu lackieren!" „In Schwarz?" fragte der Chef. „Nein, ich hätte gerne Bordeaux metallic, wenn das geht!?" „Bei uns geht alles!" sagte er strahlend. „Okay, wie wollen wir es machen?" „Ich ruf sie morgen früh um 9 Uhr an! Ist die Reparatur ein Versicherungsfall oder zahlen sie aus eigener Tasche?" „Ich zahle bar, wenn sie wollen sofort!" „Naja, eine Anzahlung wäre nicht schlecht!" „Reichen achteinhalb erstmal?" „Ja klar, selbstverständlich gehen wir ins Office und sie bekommen eine Quittung!" Gottfried blätterte 8 500.- Euro hin und sagte beim Hinausgehen:

„Bis morgen um neun, ich verlass mich auf sie!" Der Chef sagte zu seiner Sekretärin, dass sie gleich zur Bank fahren sollte um das Geld einzubezahlen. Sicher ist sicher! Der Bankautomat nahm die Scheine ohne größere Probleme und schluckte sie in seinen Bauch.

Tag 18

Jetzt waren schon fast drei Wochen nach dem Unfall vergangen. Das Wetter ging Richtung Winter, vom goldenen Oktober war nicht mehr viel zu sehen! Und Gottfried dachte schon gar nicht mehr dran. Als sie von der morgendlichen Tour kamen, schmiss er die Schuhe ohne Plastiksack in den Altkleidercontainer, er wusste, dass die Firma, die die Container leert, nicht nachvollziehen kann, wo die Schuhe eingeschmissen wurden. Was er mit dem Kopf machen würde, wusste er noch nicht, aber er war sich sicher, dass ihm da noch was einfallen würde! Pünktlich um 9 Uhr rief dann die Autolackierfirma an und gab den Kostenvoranschlag durch: „Also alles in allem würde es sich auf 6200.- Euro belaufen!" sagte die leicht hüstelnde Frau am Telefon. Gottfried gab den Auftrag frei, und der Chef der Firma hatte noch ein Angebot für zwei neue Sitze parat: „Ich kann Ihnen zwei wunderschöne weinrote Recaro Orthopäd Nardo Sitze, die sehr schön zu ihrer neuen Lackierung passen würden, anbieten, wir haben sie aus einem Unfallwagen ausgebaut, normal kosten da zwei Stück 4500.- Euro, ich würde sie Ihnen für 1600.- Euro anbieten, dann wären wir bei 300.- Euro, die sie von der Anzahlung noch zurück bekommen würden", Gottfried schnaufte tief durch und sagte nur: „1200.- ist okay, aber für das Geld bezieht ihr noch mein Lenkrad in Leder-Bordeaux Optik!" Gottfried wusste ja, dass die Sitze von irgendeiner Versicherung schon bezahlt wurden und da ist das mit dem

Lenkrad schon okay! „Bis wann brauchen sie den Wagen wieder?" „Naja, diese Woche auf jeden Fall noch!" sagte Gottfried. „Gut, wir beeilen uns und mit dem Lenkrad, das geht auch klar!" „Na also, geht doch!" Fred Laue machte sich auf den Weg nach Kitzingen zum dortigen Notariat in der Nähe des Bahnhofs, gleich neben dem Gericht. Er will mit Maier die Formalitäten zum Hausüberschreiben erledigen. Auch wollte er nochmal mit Müller über die 720000.- von den Titeln, die er gestern abgeschlossen hatte sprechen. Fred wartete bis 12 Uhr, niemand kam, er saß mit dem Notar alleine im Zimmer und sie kamen ins Gespräch, schnell hatten sie ein gemeinsames Thema. Beide fuhren einen Panamera und der Notar erzählte ihm dann auch, dass Maier ja noch ein älteres Haus im Würzburger Steinbachtal besaß. Fred bekam eine Gänsehaut und stand auf und verabschiedete sich beim Notar: „Wir können ja mal am Wochenende eine gemeinsame Ausfahrt zur Wasserkuppe oder so machen!" Der Notar lachte und sagte nur: „Ja, warum nicht?" Fred hatte einen richtigen Hals und fuhr jetzt in die August-Gauer-Straße. Er wollte aussteigen und Müller aufmischen. Aber eine Stärke von Freddy war, dass er nie emotional handelte, und so bleibt er erstmal sitzen, um zu überlegen und nachzudenken. Er stellte sich genau auf den Parkplatz, auf dem am Samstag noch der Ford Transit von Nadine stand, den dann Gottfried und Margoo abholten.

Die beiden hatten ja im Moment kein Auto und darum gingen sie ein wenig spazieren. Gottfried hatte seine große Brennweite dabei, er wollte mit Margoo auch ein wenig fotografieren. Sie hatten vor, bei Nadine vorbei zu schauen, um ihr einen kleinen Blumenstrauß vorbei zu bringen. Gottfried fiel der Panamera vor dem Haus sofort auf! Vor dem Wagen gingen sie zu der Eingangstür von dem Haus in dem Nadine ihre Wohnung hatte.

„Hallo, wie geht's denn so, alles gut?" Nadine war krankgeschrieben, weil sie kurz vor einer Hüftoperation stand, als sie freudestrahlend die Tür öffnete. „Das ist aber nett von euch, wollt ihr einen Kaffee mittrinken? Setzt euch ans Fenster, ich brühe gleich mal einen auf!" Gottfried schaute zum Fenster hinaus und nahm sein 400mm Objektiv in die Hand und schaute durch den Sucher und sah, wie Fred Laue an der Tür bei Müller klingelte. Er drückte ab und sah dann, wie die Tür aufging und eine Faust Fred Laue niederstreckte und dieser über die Schwelle geschleift wurde. Hat er geträumt oder hat er das jetzt wirklich so gesehen? Er hatte ein paarmal abgedrückt und schaute in der Bildervorschau seiner Kamera die Szenen noch einmal an. Tatsächlich Freddy Laue wurde umgehauen. Nach einiger Zeit, es mögen 10 Minuten vergangen sein, sah er erstaunt, wie Maier und Müller Fred in einen Schuppen hinter das Haus schleppten. Es sah so aus, als ob er an Händen und Füßen mit Kabelbindern gefesselt war. Gottfried hielt alles in Bildern fest. Er war begeistert von der Qualität der Bilder. „Aber was sollte er jetzt machen?" fragte er sich.

Als Fred Laue wieder aufwachte, saß er gefesselt auf einem Stuhl in irgendeinem Loch. Es war dunkel, feucht und kalt. Er hörte Ratten quietschen und sein Gesicht schmerzte sehr. Er hatte Durst und musste auf die Toilette! Wieso war er so leichtsinnig gewesen?

Nadine fragte, ob der Kuchen geschmeckt hat, es war ja eine selbstgebackene Eierschecke (mit dem Rezept ihrer verstorbenen Großmutter, die ja aus Bad Gottleuba-Berggießhübel in Sachsen stammte), wie sie erzählte. „Ja, jetzt erzählt doch mal, wie die ersten drei Tage auf dem Bock verlaufen sind?" „Bis auf Egon, der ab und zu ein bisschen randaliert, läuft alles gut! Besonders nett und anhänglich sind halt die beiden Mädels Aminett und Bärbel!" „Ja!" sagte Nadine. „Die sind so lieb, die zwei!" Gottfried war in Gedanken versunken, und ließ die Beiden plaudern. Was sollte er tun? Die Polizei anrufen oder einfach mal klingeln? Oder später, wenn es dunkel ist, hingehen und Fred aus seiner misslichen Situation befreien?

„Wollt ihr zum Abendessen bleiben?" „Ja gerne!" sagte Gottfried. „Okay, dann zeige ich Margoo mal das Haus. Irgendwie siehst du aus, als wolltest du was beobachten, so wie du auf deinem Sessel hin und her rutscht!" „Ja, ich will vielleicht noch ein wenig fotografieren!" „Was willst du hier fotografieren? Ja gut, wir sind dann auch in der Küche. Margoo, du hilfst mir doch dann?!"
Gottfried hörte das Geschnatter gar nicht mehr richtig, zu vertieft war sein Blick auf den Schuppen, das Haus und den Garten gegenüber gerichtet. Plötzlich kam Maier aus dem Haus, er setzte sich in den Panamera und fuhr davon.

Es war jetzt schon nach 18 Uhr, das Essen war ausgezeichnet: Hausmacher, Kümmerli, Kitzinger Ratsherrnlaib und dazu schwarzen Tee. Draußen wurde es langsam dunkel. Nach dem Abräumen des Tisches fehlte plötzlich das feste Brotmesser, Claudia und Margoo krochen sogar auf dem Boden herum. Gottfried musste aufpassen, dass es ihm jetzt nicht aus dem Ärmel rutschte! „Wisst ihr was? Sucht ihr das Brotmesser noch ein wenig, ich gehe mal ein bisschen zum Füße vertreten vor das Haus und mache noch ein paar schöne Nachtaufnahmen!"

Unumwunden schlich er sich von hinten an das Grundstück von Müller, darauf standen zwei Häuser und ein bisschen abseits der Schuppen, wo er Fred Laue vermutete. Er drückte das hintere Gartentürchen mit einem festen Tritt auf und war auch Ruck Zuck am Geräteschuppen. Scheiße, ein Bewegungsmelder war angesprungen und es war plötzlich taghell! Er hörte Hundegebell, es waren die beiden tibetanischen Mastiffs von Müller, die laut bellten. Gottfried schob den Riegel des Schuppens auf und kippte den Lichtschalter an der Tür, blutverschmiert sah er Fred Laue auf einem Kunstdüngerfass gefesselt sitzen. Gottfried nahm ihm den Knebel aus dem Mund und sagte: „Wir müssen uns beeilen, die Hunde sind schon am Bellen!" „Herr Meister, sie schickt der Himmel!" Gottfried schmunzelte und schnitt ihm mit dem Brotmesser die dicken Kabelbinder auf. „Jetzt aber schnell!" Sie rannten zum kleinen Gartentürchen, als einer der Mastiffs sich schon in Freds Bein verbissen hatte, Gottfried nahm das dicke Messer und stach auf den Kampfhund ein, der dann jaulend davonlief. Plötzlich stand Müller vor ihm und holte mit einem großen Holzbrügel aus, doch Gottfried war schneller und schlug ihm sein schweres Objektiv von unten ins Gesicht. Der Schlag saß, voll auf die Zwölf! So fest, dass Müller stürzte, Fred trat ihn dann mit voller Wucht in die Seite und hörte gar nicht mehr auf zu treten. „Du Drecksau, ich schneide dir den Sack ab und steck ihn dir ins Maul, wenn du noch einmal versuchst, mich anzurühren! " Gottfried hatte Angst, dass Freddy ihn umbrachte und zog ihn weg. Müllers Frau kam mit dem zweiten Mastiff angerannt und auch in der Nachbarschaft rührte sich was. Leute schauten aus den Fenstern, konnten aber wegen der Dunkelheit nicht mehr viel erkennen, als die Beiden in Richtung Gymnasium davonrannten. Gottfried zog sein Handy und rief Margoo an: „Ich kann´s jetzt nicht erklären, ruf ein Taxi und komm mit ihm zum Cafe Mainblick!" Fünfzehn Minuten später saßen alle zusammen im Taxi mit der Aufschrift: Großraumtaxi: ab der 5 Person 20.- Euro. „Vogelspinnweg 2 bitte." Vom Taxi aus rief Fred noch Gabriele Spazierer an und fragte, ob sie ihn abholen könne. „Wenn es denn unbedingt sein muss? Ich bringe aber Leander mit."

Gottfried drückte der Taxifahrerin 20 Euro in die Hand und zeigte mit seinem rechten Zeigefinger an die Lippen und zwinkerte dazu. Sie sagte dann: „Und wer bezahlt die Reinigung der Polster?" Gottfried reichte ihr noch einen Fuffi hin und sagte: „Denke, das ist so okay!" Margoo und Fred gingen derweil schon ins Haus und sie fragte Fred:

„Was war denn los?" „Ich glaube, Gottfried hat mir irgendwie das Leben gerettet! Ich glaube, Maier und Müller wollten mich umbringen!" „Mein Gott, wirklich? Wollen sie sich ein bisschen frisch machen? Und ich kann ihnen auch frische Klamotten von Gottfried holen!" „Vielleicht ein Hemd und einen Pullover!" sagte Fred und lächelte, als er Größe von Gottfried dachte. Er ging ins Bad, wischte das Blut ab und setzte sich erschöpft auf die Schüssel. „Was war denn los?" fragte Margoo, als Gottfried die Treppe hochkam. „Gute Frage! Ja, was war los? Ich habe von Nadine aus beobachtet, wie Fred am Eingang von Müllers Büro umgenietet und dann ins Haus gezogen wurde und später haben die Beiden Freddy ins Gartenhaus geschmissen! Kurz danach fuhr Maier mit dem Panamera von Fred davon."

„Und du hast ihn dann befreit und dabei gab es wohl eine kleine körperliche Auseinandersetzung?!" sagte Margoo mit fragendem Blick. „Naja, einen von seinen Kötern musste ich leider einen abstechen, und mein Objektiv scheint bei der Auseinandersetzung auch was ab bekommen zu haben! Egal, ich habe ja eine Fotoversicherung all inclusive!"

Fred kam aus dem Bad und ging die Treppe vom zweiten Stock herunter. „Danke, kann ich nur sagen, du weißt, was die mit mir machen wollten!" „Da hast du Glück gehabt, ich war aus reinem Zufall in der Wohnung gegenüber zu Besuch und hab das alles mitbekommen und zum Teil auch fotografiert. Nur leider ist mein Objektiv dabei kaputt gegangen, wie ich es Müller in die Fresse geschlagen habe!" „Du bekommst von mir ein Neues, ich habe dir viel zu verdanken, die hätten mich auf ganz grausame Art entsorgt. Jetzt beginnt der Krieg richtig und das wissen die beiden Buben jetzt, vor allem Maier, die linke Ratte, geht mir derartig auf den Sack!" Nach einer knappen Stunde ging die Klingel. Margoo öffnete die Haustüre und Gabriele kam zur Tür herein. „Hallo, wir kennen uns doch! Das wir uns jetzt unter solchen dummen Umständen wieder treffen müssen, ist schon blöd. Wir kennen uns vom Salsa tanzen, aber es ist schon eine Weile her!" Alle vier mussten jetzt lächeln. „Wir fahren, aber wir bleiben in Kontakt!" sagte Fred, er umarmte Gottfried, Küsschen links, Küsschen rechts, dann dasselbe Prozedere auch bei Margoo und Gottfried drückte Gabriele. „Schick mir die Rechnung vom Objektiv!" Die blutverschmierten Klamotten steckte Margoo in eine Plastiktüte mit der Aufschrift „Rothenburg Fashion" und reichte sie Gabriele.

Tag 19

Gottfried und Margoo setzten sich in den Bus und fuhren in den nebligen Morgen, sie waren heute fünf Minuten früher losgefahren, weil sie vor Beginn der Tour noch bei Müller vorbeifahren wollten, um zu schauen, ob man noch irgendwas von dem gestrigen Handgemenge zu sehen war. Alles ruhig, nichts Auffälliges zu sehen, so als ob nichts gewesen wäre. Über die Südbrücke ging es dann weiter zur B8 am E-Center vorbei Richtung Wiesenbronn, wo sie als erstes Rollstuhlfahrer Harry einluden. Die roten und gelben Lichter des morgendlichen Verkehrs huschten nur in Schlieren durch den Nebel an ihnen vorbei. Nach und nach füllte sich der Bus, nur Egon konnte nicht mitfahren, seine Mutter hatte ihn krankgemeldet. Als der Transit dann wieder leer war, fuhren sie noch mal durch die Von-Deuster-Straße, aber auch diesmal war nichts Auffälliges zu erkennen. Das Einzige, was Ihnen auffiel, waren die vielen Eltern-Taxis vor den Schulen, die Straßen und Wege verstopften.

Beim Kaffeetrinken in der Bäckerei las Gottfried in der Zeitung folgenden Satz: „Damit Kitzingen für Gäste noch attraktiver wird, setzt die Tourist-Info auf ein paar Extras: So hat der Kitzinger Weinwandertag am 21. Mai seine Premiere. Etwas für Wanderer ist die zwölf Kilometer lange Traumrunde durch die Klinge, die in diesem Jahr eröffnet werden soll und sich unter den Top-Strecken im Landkreis einreihen könnte. Zudem investiert die

Touristinfo in eine „intensive Gästeführer-Fortbildung" an mehreren Tagen im März."

Uff, da werden sie dann wohl Maxim entdecken, aber was soll´s. Die Spuren hatte er ja verwischt! Nur den Kopf musste er noch entsorgen! Er wusste auch schon, wie er das machen würde. Morgen am Freitag wird der Restmüll geleert und die Tonne seines Nachbarn war nur halb voll und deshalb wird er den Kopf der energetischen Verwertung übergeben. Der Kopf würde im Müllheizkraftwerk Würzburg durch die thermische Verwandlung zu Schlacke verarbeitet und sein Ende auf der Deponie in Hopferstadt verbringen.

Die Träumerei von Schuhmann erklang. Es war sein neuer Klingelton, er liebte das Stück von Robert Schumann! Als dieser die Träumerei komponierte, nannte er das Stück in seinem Tagebuch tatsächlich "Das kleine Ding". Als Nr. 7 im dreizehnteiligen Klavierzyklus "Kinderszenen" ist es unter Kennern der Inbegriff der romantischen Klaviermusik. Er hob ab, es war Fred Laue, der sich noch mal für die „Lebensrettung" von gestern Abend bedankte. „Können wir uns heute noch mal treffen?" fragte er nach, doch Gottfried lehnte ab, er wollte nicht noch tiefer in die Sache hineingezogen werden und damit nicht noch auffälliger zu werden. Er gab ihm seine Kontonummer und sagte zu Fred, er solle 8000.- Euro überweisen. Der stöhnte am Telefon: „So viel?" „Ja!" sagte Gottfried: „Das war mein teuerstes Objektiv!"

Gottfried hatte für heute noch ein schönes Whirlpool-Erlebnis in einem teureren Hotel in Bad Windsheim gebucht, auf dass er sich sehr freute, vor allem auch auf die Massagen und das Bademantelmenü auf dem Zimmer, zusammen mit seiner Margoo. Er fuhr mit dem roten Bus zu Ansgar und holte sich ein Leihauto bei ihm, einen alten Golf mit einem H-Kennzeichen. Dort traf er seinen alten Bekannten Carl Hochstett, Frauenheld und Unternehmer mit goldenen Händchen, von ihm hatte er schon viele Aufträge erhalten, und er hat auch schon an diversen Modelsharings bei ihm mitgewirkt. Mehr wie ein „Hallo, wie geht's?" war allerdings nicht drin. Danach fuhr er zu seiner Lieblings-Poststelle gegenüber vom Luitpoldbau und gab ein kleines Päckchen auf. Der Inhalt war ein sauber gespültes Küchenmesser und zwanzig Bayernlose.

Fred hatte ja beim Notar erfahren, dass Maier noch ein Haus im Steinbachtal besitzt. Er rief seinen Freund und Mitarbeiter Oleg an, damit sie sich um 11 Uhr treffen könnten. Oleg entstammte einer Spätaussiedlerfamilie mit deutschen Wurzeln aus Tadschikistan, er sprach einen Russendialekt, eine Mischung aus altschwäbischen Wörtern seiner Donauschwaben- Vorfahren und einem Hip-Hop-Jargon, gemixt mit einem Balkan-Slang. Er war fast zwei Meter groß und sehr muskulös, man könnte meinen, dass er fünfundzwanzig Stunden am Tag im Fitnessstudio verbrachte. Er trug die typischen schwarzen Markenklamotten, mit Basecap und Kapuze, fette Goldkette und dicke Uhr. Er war der Mann fürs Grobe ohne große Skrupel, Hauptsache, die Asche stimmte! Gegenüber vom „Blauen Adler" bog Freddy mit seinem alten Nissan Primera ab, in den Judenbühlweg und dann weiter in die Hubertusschlucht. Dort sahen sie dann schon seinen Panamera. Aber was war das für ein Haus? Es stand kahl und nackt da, im Vorgarten standen einmal große Bäume, wie man an den abgesägten Baumstümpfen sehen konnte. Das Haus war irgendwie fehl am Platz und wer weiß, wem sie das Haus wieder abgeluchst hatten. Wilder als der Wilde Westen, karger als alles, was Fred bisher an Häusern gesehen hatte. Das Ding war ein reines Spekulationsobjekt in exponierter Lage. Sie parkten ein Stück weiter hinten und gingen dann einfach durch den verwilderten Vorgarten zu dem Haus. Maier fühlte sich anscheinend sehr sicher, er hatte keine Vorhänge an den Fenstern, er saß mit dem Rücken zum Fenster vor einem Laptop und war konzentriert am Arbeiten. Es sah so aus, als ob er mit jemand skypte. Fred und Oleg zogen sich deshalb Wollmützen übers Gesicht, nur die Augen waren noch frei. Jeder hatte einen Baseball-Schläger dabei und schwarze Einweghandschuhe über den Händen. Es ging dann auch alles ziemlich schnell. Als sie ins Zimmer stürmten, schlug Oleg sofort auf den Laptop ein, der sich im selben Moment auch schon verabschiedete, während Fred Maier einen gezielten Schlag auf dessen Schläfen gab. Der dazu führte das Maier sofort in sich zusammensackte. Auf dem Tisch lag ein Buch mit Lesezeichen: Donald Trump - Das Geheimnis meines Erfolges. „Pack den Laptop ein!" sagte Fred zu Oleg, während er nach dem Schlüssel für seinen Panamera suchte. Oleg griff in Maiers Hosentasche und fischte den Schlüssel raus. Freddy lächelte unter seiner Wollmütze, sie mussten nicht viel reden, beide wussten, was zu machen war. Sie trugen Maier in den heruntergekommenen, wild wuchernden Vorgarten. Freddy fuhr den Panamera ein Stück nach vorne, während Oleg mit dem Nissan Primera nach hinten fuhr. Niemand war zu sehen und sie legten Maier in den Kofferraum des roten Nissans.

Über Winterhausen, Sommerhausen, Erlach und Kaltensondheim fuhren sie zum Kitzinger Golfplatz. Von dort zur leerstehenden, ehemaligen Bibliothek, der in Kitzingen stationierten, amerikanischen Streitkräfte. Die Tür zu öffnen, war für die Beiden kein Problem. Die Flüchtlinge, die hier nach dem großen Ansturm im Herbst 2015 untergebracht waren, sind alle wieder weg. Freddy wusste, dass sie Maier ohne große Gefahr entdeckt zu werden, im Keller der Bibliothek für ein paar Tage festsetzen konnten. Mit Kabelbindern machten sie den immer noch bewusstlosen Maier an den Heizungsrohren fest und steckten ihm als Knebel ein Taschentuch in den Mund, dass sie dann so fixierten, dass er keinen Laut von sich geben konnte. Dann fuhren sie wieder zurück nach Heidingsfeld, wo Freddy unterwegs Gabriele Spazierer anrief und seinen Besuch für heute Abend in Oberdürrbach ankündigte.

Gottfried und Margoo genossen zur selben Zeit die Lumi Lumi Massage in Bad Windsheim, und auch der große Whirlpool gefiel den Beiden. Sie planschten im angenehm warmen Wasser. Die Entspannung im heißen Lavendelwasser bei träumerischer Klaviermusik von Claude Debussy war schon etwas Besonderes. Das Smartphone von Gottfried meldete sich. Er sagte nur:

„Okay!" und Margoo schaute ihn fragend an, wie sie sich gerade in der Wanne streckte. „Ich kann später oder morgen früh den Caddy abholen." „Cool!" entfuhr es den Lippen von Margoo. Sie zogen sich die weißen Bademäntel über. Das bestellte Wunschmenü war im Anrollen. Gänsekeule mit Kürbis-Maronenfüllung, dazu ein frisches dunkles Bier. Sie setzten sich auf die Fensterbank und schauten sich beim Essen verliebt an. Im Gedanken konnte Gottfried sein vermeintliches Glück immer noch nicht so richtig fassen, aber es schien wahr zu sein. „Jetzt nur keine Fehler machen!" dachte er.

Fred klingelte bei Gabriele an der Tür und sie machte die Tür selber auf. Ihr enger Rollkragenpullover schmiegte sich über ihre traumhafte Figur. Fred wurde innerlich schon wieder unruhig. Der Kopf sagte aber, „das Geschäft geht vor." „Was willst du?" sagte sie schroff und rührte ihren Goolong-Tee um. „Auch eine Tasse?" Fred winkte ab. „Du musst mir eine Überschreibungsurkunde oder so was Ähnliches schreiben und einen Schuldschein, für Maier." „Das geht nicht, ich erkläre es dir mal! Für die Eigentumsübertragung an Immobilien gibt es spezielle Formvorschriften, die im Bürgerlichen Gesetzbuch geregelt sind. Damit du als Eigentümer ins Grundbuch eingetragen werden kannst, müssen zwei Voraussetzungen erfüllt werden. Die Eigentumsumschreibung muss beim Grundbuchamt ausdrücklich beantragt werden. Der Antrag kann von dir persönlich abgegeben werden oder in deinem Auftrag durch einen Notar. Zum anderen wird das Grundbuchamt eine Umschreibung des Eigentums nur dann vornehmen, wenn eine notarielle oder öffentliche Urkunde vorgelegt wird, welche den Anspruch des neuen Eigentümers auf Eintragung ins Grundbuch bestätigt. Du als Käufer eines Grundstücks oder einer Eigentumswohnung musst deshalb mit dem Maier zunächst zum Notar gehen und den Kaufvertrag notariell beurkunden lassen. Die notariell beurkundete Einigung über den Kauf eines Grundstücks wird „Auflassung" genannt. Die Kosten für den Notar musst du dann übernehmen. Es kann aber einige Wochen von der Zahlung des Kaufpreises bis zur Grundbucheintragung vergehen. Alles verstanden?"

Fred grübelte vor sich hin und sagte: „Dann schreib mir mal einen Schuldschein über 780000.- Euro!" Ein leichtes Pfeifen entglitt ihrem schönen Schmollmund. „Okay, mache ich dir! Bis wann brauchst du es denn?" „Am besten gleich!" sagte er.

In der alten Bibliothek war Maier aufgewacht, er fühlte sich wie gerädert, er hatte große Angst, er wusste, dass er keine Chance mehr hatte. Freddy hatte ihn und er wusste nicht einmal genau, ob er in dem Loch überleben würde. Die Kabelbinder scheuerten, er hatte Durst und an vielen Stellen seines geschundenen Körpers große Scherzen, es war dunkel und kalt. Dann, nach einigen Stunden, ging plötzlich die Tür auf und ein matter Lichtstrahl fiel in den Keller. Fred und Oleg kamen zur Tür herein, keiner sagte ein Wort. Plötzlich brach es aus Maier heraus: „Bitte, bitte lasst mich leben, ich mache alles, was ihr wollt! Ich habe auch schon einen Käufer für mein Haus, ich hatte es doch schon im Internet angeboten." „Und was war das dann gestern?" „Das war Müllers Idee, er hat dich auch umgehauen!"

„Okay, du bleibst jetzt bei mir! Du machst dich sauber, bekommst neue Klamotten und rufst den potentiellen Käufer an, ich möchte, dass das jetzt schnell über die Bühne geht. Um Müller kümmern wir uns auch noch. Wenn wir dich erledigten wollten hätten wir das längst gemacht. Aber wir sind keine Mörder!"

Gottfried und Margoo stiegen in den alten, aber sehr gepflegten Golf und fuhren zurück nach Kitzingen und holten ihren „neuen" Caddy ab. „Was für ein geiles Teil!" entfuhr es Margoo. „Du kannst ihn fahren, ich muss noch mal kurz bei Ansgar vorbeifahren und den Golf zurückgeben, du holst mich dann gleich dort ab!" Ansgar war total begeistert als er den neuen, alten Caddy sah. „Mein Gott das hat doch richtig was gekostet. Woher hast du nur soviel Kohle. Kann es sein das du im Lotto gewonnen hast?" Gottfried sagte nur dass er es nicht weitererzählen soll. „Ich hatte einen Fünfer, das Geld ist aber schon fast verbraten!"

Es war ein milder Herbsttag, im Gegensatz zu den Tagen vorher, mit viel Sonne, im Autoradio lief Tom Petty & The Heartbreakers mit „Learning to fly". Gottfried übernahm das Steuer und kutschierte in den Steigerwald bis nach Frankfurt. Margoo lachte, als sie das Ortsschild sah. Nach Frankfurt zum Karpfenessen! Sie bestellten Karpfenfilets und tranken dazu einen trockenen Iphöfer Burgweg Müller-Thurgau. Sehr lecker und sehr preiswert. Margoo wollte von Gottfried wissen, was eigentlich los ist? Sie sagte zu ihm, dass alles auf sie sehr skurril wirkte mit dem vielen Geld, dem Freddy und den anderen beiden Helden! „Mach dir keinen Kopf, es ist alles im Lot! Wir verkaufen das Haus und den anderen Krempel und kaufen uns ein neues Haus, irgendwo. Willst du in Mainfranken bleiben oder möchtest du irgendwo anders hinziehen? Sag`s mir ruhig!" Margoo verdrehte die Augen und machte Gottfried klar, dass es eine helle Penthouse Wohnung sein könnte, mit Blick auf den Main. Gottfried spülte mit einem großen Schluck das letzte Stück Karpfen in Richtung Magen und meinte, dass dies für ihn auch okay ist! Er schlug dann vor, einen Hausflohmarkt zu machen und dort dann seinen ganzen Scheiß, was sich so bei ihm über die Jahre angesammelt hat, zu verkaufen. Auch die sündhaft teuren E-Bikes möchte er wieder verkaufen oder zurück in Zahlung geben. Margoo rutschte auf der Bank ganz nah zu ihm hin und gab ihn einen dicken Kuss. Es war kein flüchtiges Küsschen, sondern ein vollmundiger Kuss für ein betäubendes Glück! Gottfried zahlte und sie fuhren mit dem neu restaurierten Caddy der untergehenden Sonne entgegen nach Hause. Er kam sich vor wie in einem kitschigen Western. Ein langer Tag neigte sich dem Ende zu und die Beiden kuschelten sich in die frisch bezogenen, duftenden Betten und machten das, was alle frisch Verliebten machen, danach schliefen sie beide eng umschlungen ein.

Tag 20

Fred Laue hatte Maier frisch ausstaffiert, die Klamotten waren zwar einen Tick zu groß, aber das war jetzt auch egal, er fühlte sich sowieso total beschießen. Ihm tat alles weh und die Handschellen im Bett erinnerten ihn an was Anderes. Jedenfalls sitzen sie Freitagmorgen im Panamera von Freddy und fuhren zum Notariat hinunter nach Kitzingen, um den Deal mit dem Käufer von Maiers Haus beurkunden zu lassen. Fred hatte dem Notar und Panamera-Fahrerfreund noch einen Termin raus leiern können. 420000.- Euro bekam Fred für die Hütte, die dann gleich auf das Anderkonto des Notars überwiesen wurden. 380000.- waren dann vorläufig noch offen, die wird er sich wohl bei Maier holen müssen. Als erstes wird er dem Metzgereizubehörgroßhändler seinen Anteil von 50000.- Euro geben. Jeweils 10 Scheine bekamen der Lungenfacharzt, der Metzger aus Kitzingen und auch die zwei Gastronomen aus Nordheim und Sommerach. Gottfried, dem er ja viel zu verdanken hatte, wollte er erst einmal 100000.- als erste Rate geben. Es wird wohl so zwei Wochen dauern, bis er über die Kohle verfügen konnte. Gottfried hat ja zu ihm gesagt, dass er 20000.- Euro in Bitcoins haben möchte, das wird dann Gabriele regeln müssen.

Margoo und Gottfried hatten an diesen Freitag lange geschlafen, der Oktober näherte sich seinem Ende entgegen. Und beim Frühstück fragte er sie, ob sie Lust auf einen kleinen Ausflug nach Nürnberg hätte. Logo hatte sie und mit dem „neuen" Caddy war das ja auch ein richtiges Fahrvergnügen, alleine mit den anatomischen Autositzen war das ein herrlicher Spaß. Heute hatten sie mal vor ihrer Tour gefrühstückt, auch weil sie gestern ziemlich zeitig eingeschlafen waren. Um 8 Uhr endete der Transport und sie stellten den Ford Transit in den Carport des Nachbarn. Margoo musste dringend aufs Klo und Gottfried nutzte die Möglichkeit und holte unbemerkt 20 Scheine aus der Fahrradtransporttasche aus dem Heizungskeller. Er wollte 10 Krügerrand Goldmünzen in einer Bank in Nürnberg kaufen und danach einen Bummel durch den Zoo mit Margoo machen. Sie war noch nie im Nürnberger Tierpark gewesen.

Freddy indes blieb am Ball, um sein, wie er meinte, rechtmäßiges Geld bei Müller einzufordern. „320000.- Euro, ein hübsches Sümmchen!" dachte er sich, als er kurz nach Biebelried auf die B8 einbog. Er fuhr im unauffälligen Nissan Primera und hatte auch keinen Leibwächter dabei.

Er wusste von Maier, dass Müller regelmäßig einen Morgenlauf machte, meistens startete er so um 7 Uhr, vielleicht erwischte er ihn heute schon. Er lenkte den roten Nissan vor der Eisenbahnbrücke in Richtung Innopark und fuhr auf dem schmalen Betonweg zuerst Richtung Golfplatz und dann in die kleine Biegung, dessen Weg zum Flurbereinigungs-Denkmal führt und da sah er auch schon Müller über den Asphalt schlorchen. „Was für schrecklicher Laufstil!" dachte er sich im Stillen. Er fuhr ganz defensiv und schaute in den Rückspiegel, niemand zu sehen. Müller lief um die 90 Grad Kurve. Es ging leicht bergab, da konnte er den Primera schön rollen lassen, er schaute noch mal in den Spiegel und nach vorne. Plötzlich schaute Müller zurück, aber er konnte ihn wegen der Morgensonne nicht erkennen! Jetzt gab er Gas, fuhr links neben Müller und zog die Karre ziemlich schnell und rüde auf Müller, der stürzte und schrie dabei laut auf, ob vor Schmerzen oder vor Schreck war nicht ganz klar. Fred sprang aus dem Auto und haute den sich hochrappelnden Müller mit der Faust aufs Kinn, Müller lag nun bewusstlos vor ihm. Fred öffnete den Kofferraum und schmiss Müller wie einen Sack Zement hinein. Er knebelte ihn und mit zwei Kabelbindern damit war er auch schnell fixiert. Als er wieder losfuhr, kam ihm ein Mountainbiker entgegen, er trug ein gelbrotes Wintertrikot und Fred wusste sofort, dass es sich um ein Mitglied der RSG Würzburg handelte, in deren Facebook- Gruppe er auch einmal Mitglied gewesen war. Ein kurzes „Hallo!" und ab ins Auto. Er fuhr eine kleine Schleife. An den großen Eichen und wieder am Golfplatz vorbei. Den Steigweg hinunter über die Südbrücke Richtung Marktbreit. Über die monströs ausgebaute Umgehungsstraße dann in Richtung Enheim, im dortigen Neubaugebiet hatte er sich einen Rohbau gekauft, der etwas abseits im Neubaugebiet Richtung Gnodstadt stand. Gut, dass die Doppelgarage schon fertig war! Er nahm die Fernbedienung und öffnete ein Tor, fuhr hinein und schloss dieses sofort wieder. In den anderen Häusern waren so gut wie keine Leute um diese Uhrzeit zu sehen, es war halt eine richtige Schlafsiedlung. Einbrecher hätten hier leichtes Spiel gehabt. Es war jetzt 10 Uhr, er steckte sich eine Zigarette an und öffnete dabei den Kofferraum. Müller war aufgewacht und schaute ihn ängstlich an. Fred schlug ihm mit der Faust ins Gesicht und sagte: „Jetzt sind wir in der Richtung erst mal quitt. Kannst du laufen?" Müller nickte und Fred zwickte mit einer Zange den Kabelbinder durch und zog ihn dann aus dem Kofferraum. Durch eine Seitentür gelangten sie in den Rohbau und über eine Betontreppe ohne Geländer kamen sie in den Keller. Müller war noch sehr benommen und jammerte rum und fragte Freddy, was er eigentlich von ihm wolle. Freddy lachte auf und machte ihn dabei mit Kabelbinder an einen eingemauerten dicken Metallring fest. Auch über die Füße hatte er wieder einen dicken Kabelbinder gezogen. Dann rannte er zur Treppe hoch und nahm vom Rücksitz ein paar Sachen und trug sie in den Keller. Er musste ein paar Mal laufen und als Müller den mitgebrachten Eimer sah, musste er heulen. Fred hatte Bananen dabei, einige Flaschen Mineralwasser, Decken, Küchenpapierrollen und Ketten mit Schlössern. Er machte Müller so fest, dass dieser auf dem Eimer seine Notdurft verrichten konnte, dass er die Bananen essen konnte und auch das Trinken ging. Dazu legte er ihm eine Kette mit Handschellen an, die so lang war, dass er sich nach dem Erleichtern noch den Hintern abputzen konnte. Das Haus hatte einmal ein Musiker gebaut und in diesem Kellerabteil wollte er ein Tonstudio einbauen und es war wohl auch als erstes fertig geworden, jedenfalls verstarb er bei einem Autounfall und Freddy kaufte es der Witwe zu einem Spottpreis ab. Es roch nach frischer Farbe und kalten Beton, der Wind heulte durch die noch nicht fertig gestellten oberen Etagen. Fred wollte hier mal einen Puff reinmachen mit Prostituierten aus Rumänien, er kannte einen Masseur aus Schweinfurt, der für die dafür nötigen Mädels sorgen konnte. Es könnte auch was anderes daraus werden, vielleicht gab er die Hütte auch seinem treuen Helfer Oleg. Er wusste es noch nicht so genau. Gut, die Amis waren nicht mehr da. Aber ihm oder dem Franchisenehmer würde da schon was einfallen. Auch dazu brauchte er noch das Geld, um die Hütte fertig herzurichten, alleine die geplante und vom Gemeinderat schon genehmigte zwei Meter hohe Mauer mit Granitsteinabdeckung um das Grundstück kostete 98000.- Euro. Wenn alles fertig war, wird er es doch wohl als Franchisingprojekt, wie seine anderen drei Häuser weitergeben!

Er erklärte dem ängstlich dreinblickenden Müller, warum er jetzt in dem ehemals geplanten Tonstudio festgesetzt wurde. „Du schuldest mir seit heute 380000.- Euro! Maier hat dir doch von den Übertragungsurkunden erzählt!" Aus einer Ecke schleifte Fred jetzt noch eine alte Matratze an und sagte zu Müller, dass er bei seiner Frau anrufen soll. Bescheid geben, dass es ihm gut gehe!

„Keine Tricks und Codes am Telefon, sonst lasse ich dich hier in dem Keller verrecken, du kannst schreien so viel und so laut du willst, das hier sollte mal ein Tonstudio werden, die nötige Schalldämmung kannst du dir ja denken!" Er gab Müller ein altes Handy mit einer Prepaid Karte und ließ ihn anrufen. Müllers Frau fauchte am Telefon, wo er sei und wie es sich anhörte, dachte sie, dass er wieder bei „dieser Hure" war, anscheinend hatte er ein Verhältnis mit einer anderen Lady, überlegte Freddy, das verkomplizierte das Ganze natürlich! Müller wimmerte ins Telefon und sagte zu seiner Frau, dass er ihr alles erklären könnte, nur eben jetzt nicht und dass das mit der Sunny schon lange vorbei war und es ein einmaliger Ausrutscher war. Jetzt drehte Müllers Frau erst richtig durch: „Sunny heißt die Nutte also, ich glaube es ja nicht und wo steckst du jetzt? Hier brennt die Hütte, fünf Mandaten warten mittlerweile auf dich!" „Schick sie weg und sag zu ihnen, dass ich krank bin!" Freddy nahm das Handy und schaltete es aus, nahm die Prepaid- Karte raus und zerbrach sie. „Was mache ich jetzt mit dir, wie willst du die 380000.- zahlen? Und es gibt mindestens noch 20 weitere Leute, die ihr beschießen habt, mit denen habe ich noch gar nicht Kontakt aufgenommen! Wie sind deine Eheverhältnisse, hast du einen Ehevertrag?? Wenn keine Chance besteht, dass du was zur Beendigung dieses Problems beitragen kannst, dann wirst du kein Tageslicht mehr sehen können. So leid es mir tut!" Müller sprang auf und zerrte an den Ketten und schrie Freddy an: „Du führst doch einen persönlichen Rachefeldzug oder was ist das hier?" Freddy sagte ganz ruhig: „Rache gehört nicht zu meinem persönlichen Spektrum, das Einzige was mich interessiert, ist das Geld okay?! " „Ich kann das regeln, gib mir ein bisschen Zeit!" „Die kannst du haben, ich stell dir noch einen Radio ins Eck, was soll ich dir einstellen?"

lächelte Freddy. „Ist mir scheißegal, was du einstellst!"
„Hier ist Bavaria 1 mit den Nachrichten um 12. Na bitte,
passt doch!" und mit diesem Satz auf den Lippen
verschwand Freddy auch schon durch die schwere
Schallschutztüre.

Gottfried parkte den Caddy im Parkhaus Katharinenhof
und sie gingen die 300m zur HypoVereinsbank am
Lorenzer Platz zu Fuß. Er tauschte 20 Scheine gegen 10
Krügerrand Goldmünzen und steckte sie in seine Tasche.
Über die Regensburger- und Bingstraße ging es dann zum
Zoo. Hand in Hand, schwer verliebt schlenderten sie zum
Eingang. Margoo stellte wegen den Goldmünzen keine
Fragen, sie akzeptierte die Situation so, wie sie ist und war
froh, dass Gottfried ihr im Schwimmbad so tief in die
Augen geschaut hatte und sie sich getraut hatte, ihn
anzusprechen. Alles ist gut. Es war für beide ein schöner
Tag mit all den vielen Tieren. Der Nürnberger Zoo soll ja
zu den schönsten Tierparks in Europa zählen! Vor dem
Erdmännchen-Gehege standen viele Besucher und
drückten sich die Nasen platt. Die fünf Jungtiere, die mit
ihren kleinen Stupsnasen und schwarzen Knopfaugen ihre
ersten Erkundungstouren unternahmen, hatten es auch
Gottfried und Margoo angetan. Sie bekamen dann noch
größere Augen, als sie im Delphinarium saßen und den
Tieren bei ihrer Vorstellung zuschauten.

Kurz hinter den Aussiedlerhöfen von Enheim fuhr Freddy
auf die A7 in Richtung Würzburg, unterwegs rief er Gabi

an, wie er Gabriele mittlerweile nannte, und lud sie zum Abendessen ein.

Er hatte sich seinen feinsten Zwirn angezogen. Mit seinen tief liegenden Augen, dem Seitenscheitel, der Haartolle und dem Dreitagebart sah er aus wie ein sehr bekannter Magier und Hypnotiseur aus dem Fernsehen. Er hatte sich einen Tisch auf der Steinburg reservieren lassen, damit es Gabi nicht zu weit zum Fahren hatte. Er musste nicht lange warten. Das war es auch, was ihm an Gabi so gefiel. Sie war immer sehr pünktlich. Aber am meisten war er natürlich von ihrer Ausstrahlung angetan, dieses etwas mondäne, unterkühlte und in gewissen Momenten lieblich- zarte Wesen mochte er sehr. Aber würde sie mit seinem Lebenswandel und der Art, wie er sein Geld verdiente, klarkommen? Er wusste es nicht. Sie kam im glitzernden, kleinen Schwarzen mit tiefem Ausschnitt und sehr hohen Heels. Die großen Chronometer am rechten Handgelenk. Dem so hart gesonnenen, dunklen Geschäftsmann, Bordellbetreiber und Besitzer einer Security Firma verschlug es den Atem, als er sie sah. Er sprang auf und zog ihr den Stuhl zu Recht und sagte zu ihr: „Du siehst zauberhaft aus!" Sie strahlte ihn an und sagte während sie sich setzte: „Wow, was ist mit dir los, wirst du auf einmal zum Kavalier?" „Ein Glas Champagner vorneweg?" „Danke Freddy, ich muss noch fahren! Ich nehme ein stilles Wasser, aber was willst du von mir? Du lädst mich doch nicht ohne Hintergedanken zum Essen ein!" „Jetzt essen wir erst mal was Leckeres und dabei können wir uns ja noch unterhalten!"

Sie bestellten auf der Haut gebratenes Zanderfilet in Weißweinsauce auf Balsamico-Linsen und Petersilienkartoffeln. „Am Abend immer was Leichtes!" sagte Freddy. Er suchte ihren Blick und genoss es, ihn lange zu halten. Go for it! Freddy hatte sich verliebt! Gabi merkte das natürlich sofort und erwiderte den Blick hoffnungsvoll. „Also", sagte Freddy dann, „du hast doch mal bei dem Maier gejobbt, ist dir irgendwas aufgefallen bei seiner Frau, Eveline heißt sie, glaub ich? Macht sie Sport oder hat sie vielleicht einen Freund oder Stecher, gibt es Gerüchte in der Richtung? So wie ich das mitgekriegt habe, setzt sie ihren Alten ganz schön unter Druck!" Gabi schaute ihn an und spielte dabei mit ihrem Wasserglas. „Wieso willst du das Wissen, da steckt doch schon wieder irgendeine Sauerei dahinter?!" Sie lächelte. „Also, ich habe mal gehört, dass sie gerne zum Golfen geht und sich dort heimlich mit dem Joe treffen soll, einem Rechtsanwalt, der war ja mal mit der Bekannten von deinem Lebensretter Gottfried Meister verheiratet, daher kenne ich die ja auch flüchtig!" „Heißt der richtig Joe oder hat er einen anderen Namen?" „Josef Boorhome ist sein richtiger Name und seine Kanzlei hat er in Würzburg, aber wo weiß ich nicht!" „Okay, alles klar." „Das kompliziert natürlich die Sache erheblich!" dachte er im Stillen. „Hast du heute noch ein bisschen Zeit? Wir könnten zu mir gehen, ich heiz die Sauna vor. Kann ich mit einer App über das Smartphone machen. Oder wir hören ein bisschen schöne Musik und ich mach dir einen leckeren Drink, oder auch zwei?!" Gabi lachte ihn an und erwiderte mit einem sinnlichem Klang in der Stimme: „Oder auch beides, ich muss nur mal schnell meine Nachbarin anrufen, ob sie auf Leander aufpassen kann!" „Sag ihr, sie bekommt einen Hunni, wenn sie ihn auch noch morgen früh in den Kindergarten bringt!" „O lala!" Beim Einsteigen sah Gabriele zum Mond, dem schon etwas fehlte und der hämisch zu grinsen schien. Sie fuhren mit beiden Autos nach Heidingsfeld und verbrachten eine zauberhafte Nacht zusammen, in der ihr Freddy alles Bisherige erzählte und Gabi mit großen Ohren angefixt vom Reichtum Freddys ihre Ohren spitzte. Sie war jetzt sozusagen Freddys Verbündete oder Mitstreiterin, ganz wie man will.

Tag 21

Am nächsten Morgen beim Kaffeetrinken las Gottfried in der Zeitung folgenden Satz: "Der ehemalige weißrussische Spitzen-Biathlet Maxim Vidanava wird seit gut zwei Wochen vermisst. Wie die Internationale Biathlon Union mitteilt, weilte der 40-jährige Vidanava zuletzt in Oberhof, um für den weißrussischen Biathlonverband organisatorische Sachen für den Weltcup Anfang Januar zu erledigen. Der umstrittene Funktionär war auch schon einmal für zwei Jahre, wegen mehreren Verstößen gegen die Dopingverordnungen, gesperrt gewesen…!" Gottfried pfiff leise durch die Lippen.

Im Radio lief Coldplay: Magic…Hammer. Margoo näherte sich tanzend von hinten und fragte ihn, ob er ihr auch ein Tässchen eingeschenkt hatte. Sie umarmte Gottfried von hinten und flüsterte ihm ins Ohr: „Du bist ein Schatz! Nach dem Tanken können wir ja noch ein bisschen kuscheln!" Gottfried lachte hoffnungsfroh. „Aber vorher gehe ich zum Frisör." „Willst du dir mal was anders machen lassen, wie den Zopf?" „Ja genau, alte Zöpfe abschneiden!" sagte sie, während sie in den Ford Transit einstieg. Es war Samstag und sie fuhren zur Tanke zum nachfüllen, es versprach ein wunderbarer Tag zu werden. Margoo ging dann doch nicht zum Frisör, sondern mit Gottfried am Main spazieren. Gottfried strahlte Ruhe und Gelassenheit aus und Margoo gefielen seine Lachfältchen um die Augen. „Heute Nacht wird die Zeit umgestellt, da können wir eine Stunde länger schlafen, du weißt sicherlich was das bedeutet?" sagte Margoo. Beide lachten und gaben sich einen dicken Kuss.

Freddy fuhr mit dem alten Nissan Primera nach Enheim und wollte Müller ein paar Hygieneartikel und auch ein paar frische Eierringe mitbringen, die er vorher in Kitzingen in einer Bäckerei besorgt hatte. Dort ließ er sich auch noch zwei Cafe to go in die Becher laufen und nahm sie mit. Als Freddy die Stufen hinab ging, hörte er schon das Gewimmer von Müller. „Was für ein Lappen!" dachte er sich. Er lag neben dem Fäkalieneimer und kam nicht mehr hoch. Freddy raunzte ihn an, ob er nicht mal richtig scheißen könnte. Er machte ihn los und ging mit ihm nach draußen zu einem Wasserhahn, machte ihn los und ließ ihn sich sauber machen. „Eklig, einfach nur eklig!" sagte er zu Müller. Der schrie auf einmal los: „Hiiilfe, ich wer...!" weiter kam er nicht mehr, Freddy schlug ihm volles Rohr in den Bauch, so fest, dass Müller die unverdauten Bananen ausspuckte. Freddy packte ihn am Kragen und zog ihn über die Treppe wieder in den Keller.

„Wie machen wir es deiner Alten jetzt klar, dass sie die 320 Scheine rausrückt. Das Recht ist auf meiner Seite und das weißt du! Wenn ich euch anzeige, dann Gnade euch Gott! Zehn Jahre sind da locker drin für euch, Gabriele hat mir so einiges erzählt, was ihr so getrieben habt. Ich mache jetzt auch nicht mehr lange rum, du rufst jetzt deine Frau an und sagst ihr, dass sie die Kohle beschaffen soll! Ich denke, sie weiß ein bisschen Bescheid über deine schwarzen Geschäfte, oder lässt sie sich nur noch von dem

Anwalt durchficken, mit dem sie sich auch immer auf dem Golfplatz rumtreibt?"

Freddy reichte ihm ein Handy, in dem eine neue SIM Card steckte. „Hallo Schatz, hör mir jetzt einfach nur zu, keine Diskussion!" schrie er ins Telefon. „Du gehst am Montag zur Bank und löst unsere Deda Fonds auf und lässt dir das Geld bar ausbezahlen! Mach es einfach!" hörte Freddy Müller ins Telefon plärren. „Oder willst du in den Knast? Du hast von Anfang an gewusst, auf was wir uns einlassen! Morgen ist Sonntag, am Montag früh gehst du zur Bank und am Dienstag bringst du mir 320000.- Euro!" „Wohin?" hörte Freddy die Frau von Müller fragen, doch da hatte er schon wieder das Handy in der Hand und drückte auf die rote Taste. „Okay, bis Dienstag dann, der Kaffee da wird jetzt kalt sein, aber hier hast du noch ein paar Eierringe und ein paar Äpfel, die ich noch im Auto gefunden habe!" Er prüfte noch die Ketten, Handschellen und Kabelbinder und ging dann zur Tür. „Stell dich beim Scheißen nicht wieder so blöd an!" sagte er noch und ging hinaus.

Es klingelte und Gottfried ging zur Tür. „Hast du deinen Schlüssel vergessen?" „Ich habe doch noch gar keinen!" Ihre dunkelblonden langen Haare, die sie oft zu einem Zopf geflochten hatte, fielen nun in dicken Korkenzieherlocken über ihre Schultern. Gottfried ging einen Schritt weiter in die Wohnung zurück und zwang sich, nicht allzu lüstern auf ihre heiße Figur zu starren. Der Gedanke, das Margoo ihn irgendwann wieder verlassen könnte, gefiel ihm gerade gar nicht. Viel lieber wollte er mit ihr noch ein paar schöne Jahre verbringen. In ihren braunen Augen bemerkte er ein kurzes Funkeln, dann biss sie sich auf die Unterlippe und sah ihm in die Augen. Margoo schloss mit einem Tetrapack Milch in der Hand den Kühlschrank, stellte ihn auf die Küchentheke und sah an sich hinab. „Findest du das Kleid wirklich gut? Ist es nicht etwas zu … gewagt?" „Wo hast du es dir denn gekauft?" „In der Ritterstraße, in einem schönen Laden!" Gottfried räusperte sich. „Es kommt drauf an, was du damit vorhast?!" Margoo sah ihn unverwandt an. „Vielleicht möchte ich die Aufmerksamkeit von dir erregen?!" Und da war er wieder, dieser Magic Moment. Gottfried hielt ihren Blick gefangen und legte die rechte Hand auf ihre Hüfte.

Alleine die Vorstellung, sie jetzt aus diesem Kleid zu schälen, ließ sein bestes Stück anschwellen. Margoo war atemberaubend, fand er immer wieder aufs Neue. Drum musste er auch endlich mit dem Abnehmen beginnen, dachte er. Der Drang, sie hier und jetzt auf der Küchenanrichte zu nehmen, überwältigte Gottfried. Ihre Blicke brannten sich ineinander. Die Luft knisterte förmlich vor Spannung. Sein Atem beschleunigte sich, und Gottfried spürte, wie sein bestes Stück weiter anwuchs. Er zog ihren geilen Hintern zu sich heran und presste seinen harten Penis gegen ihr Becken. Seine Hände umschlangen ihren Po und hoben Margoo auf die Küchentheke hinter ihr. Direkt schlang sie ihre Beine um seine Hüften und presste ihr Becken gegen seinen Bauch.

Mit dem nötigen Geschick schob er ihr Höschen zur Seite und steckte hinein, was hineingehört. „Oh, wie schön!" stöhnte sie, legte den Kopf in den Nacken und reckte ihm ihren Busen entgegen. „Oh mein Gott. Mach weiter!" schrie Margoo und krallte die Hände in seine Haare und zuckte voller Erregung. „Oh, … mein … Gott … hör bloß nicht auf… jetzt!", forderte sie stöhnend. „Komm, von hinten jetzt!" stöhnte Margoo und deutete hinter Gottfried auf die Couch im Wohnzimmer. Ohne den Blick von ihm abzuwenden, ging Margoo vor Gottfried in die Knie und schleckte wie bei einem Eis am Stiel. Ihre Lippen hielten ihn fest umschlungen und mit langsamen Auf- und Ab-Bewegungen liebkoste sie sein bestes Stück. Margoo drehte sich dann um und präsentierte ihm ihren noch knackigen Apfelpo. Margoo stöhnte laut vor Lust, dann umfasste er ihre Hüfte und stieß schneller zu. Plötzlich spürte er, wie sich ihr Zitrönchen zusammenzog. Margoo drückte den Rücken durch, warf den Kopf in den Nacken und zuckte, während ihre Körper unter dem Orgasmus erbebten. Sie legten sich auf die ausgebreitete Decke im Wohnzimmer, machten die Türe zum Garten auf und lauschten dem Zwitschern der Vögel. Margoo neckte ihn mit einem Rosmarinzweiglein, dass sie aus dem Kräutertöpfchen neben der Tür zum Garten abgebrochen hatte. Gottfried lachte, stand auf und zog Margoo ebenfalls hoch, sie gingen zusammen in die Dusche. Margoo genoss es, wenn er mit der Seife zwischen ihre Beine kam. Die Dusche war für beide ein bisschen eng und Gottfried dachte für sich, dass er am Montag gleich bei einer Firma anrufen wollte, um das Bad neu zu gestalten. Nachdem sie sich gegenseitig abgetrocknet hatten, zogen sie sich beide an. Margoo schlüpfte in die Schlaghose mit den erdigen Längsstreifen und schwarzen Bund, die sie in Rothenburg von Gotti bekam, sie zog dazu eine beige Bluse, deren Farbe sich in einem der Längsstreifen der Hose wieder fand, an und auch die braune Jacke passte sehr gut zu den Längsstreifen. Als Gottfried seine alte verbeulte Cordhose und sein weinrotes T-Shirt mit den vielen Löchern, die von den Hosenträgern stammten, anzog, sagte Margoo nur: „Kauf dir doch auch mal endlich was Schickes zum Anziehen!" Er schlüpfte in seine alten, ausgetretenen Latschen und sagte nur: „Kommt noch!" „Wir könnten ein bisschen spazieren gehen, was meinst du?" sagte Margoo bestimmt. „Okay, ich nehme meine Kamera mit, ich hätte zwar heute ein paar Fußballspiele, aber ich habe keine Lust auf Stadionwurst." Sie fuhren Richtung Großlangheim, stellten den Caddy ab und spazierten bei herrlichem Herbstwetter auf einem Beton Weg Richtung Rödelsee. Ein großer Schlepper kam ihnen entgegen und Gottfried stellte sich mitten auf den Weg und fotografierte ihn mit der Serienbildfunktion seiner Kamera. Als er vorbei war, fotografierte er den Schlepper auch von hinten, plötzlich hielt der Fahrer an die weißen Rückwärtsscheinwerfer kamen näher. Einen Meter vor Gottfried hielt er an, machte seine Heckklappe auf und sagte zu Ihnen: „Dass mir mit den Bildern vei ke Schindluder getrieben wird, gell?!" Gottfried beruhigte ihn und der Mann fuhr weiter. Margoo musste lachen: „Ke Schindluder, was meint er damit?" und Gottfried sagte: „ Dass ich die Bilder nicht für irgendwas missbrauchen soll!" Beide mussten lachen.

Tag 22

Müller saß in seinem Gefangenen-Verließ, es stank unsäglich, er stank, der Fäkalieneimer mit seinen Hinterlassenschaften stank und überhaupt stank ihm der ganze Umstand, in dem er sich befand! Es war Reformationstag und Halloween, vor 500 Jahren schlug Luther seine Thesen in Wittenberg an irgendein Tor. Normalerweise wäre er heute in der Kirche. In was hatte er sich da reinziehen lassen? Er hörte Schritte, die Tür ging auf und Freddy stand vor ihm: „Alles gut, Maestro!" sagte der schon fast höhnisch. „Mann, hier stinkt es aber gewaltig, das mit dem Eimerchen klappt aber jetzt gut! Willst du dich mal duschen?" Natürlich wollte er, was für eine blöde Frage, dachte Müller. „Okay, wir rufen jetzt deine Lady an und erinnern sie dran, dass sie sich um die Kohle kümmern soll!" Er nahm ein altes Handy, steckte eine neue Prepaid- Card rein und wählte die von Müller angegebene Privatnummer, „Ja bitte, Eve Müller am Apparat, mit wem spreche ich?" „Schatz, hier ist Raymund, denkst du an das Geld heute?!" dabei schaute er Freddy an, der wiederum ein Zeichen mit der Hand gab, dass er auf die Tube drücken soll. „Ey, der lässt mich in der Bude verrecken, wenn du das Geld nicht bald vorbeibringst! "…Schweigen…, dann sagte Frau Eveline Müller mit klarer Stimme: „Dein Pech, ich habe mit deinen Geschäften nix am Hut, noch nie gehabt. Ich habe immer gesagt: pass auf mit dem Maier, das ist ein Gangster!" „Ich habe das doch alles für uns getan, damit wir es

guthaben, dass du ein schönes Leben führen kannst!"
„Mag sein, aber dabei hast du vergessen, dass ich eine Frau bin und für eine Frau braucht man auch ein bisschen Zeit, nicht nur Geschäfte und Sport. Sorry, tut mir leid, hoffentlich musst du nicht allzu viel leiden! Joe ist dabei, deinen Job zu übernehmen!" Freddy, der mitgehört hatte, pfiff durch die Lippen, dann hörte er die verzweifelten Schreie von Müller, die sich langsam in drohende Flüche änderten. „Josef Boorhome heißt ihr Stecher!" sagte Freddy. „Hast du das nicht mitbekommen? Sie haben zusammen in Mainsondheim Golf und andere Sachen gespielt. Egal, was soll ich jetzt mit dir machen, duschen fällt erst mal flach und die leckeren Krapfen lasse ich auch im Auto!" Müller sackte auch die Knie …. „Bitte, bitte, lasse mich hier nicht verrecken!" „Ich kann dich auch gleich erschießen!" sagte Freddy und zog seine Glock 17 aus der Tasche und schraubte genüsslich den B&T Tiger Light Medium Hunting Schalldämpfer auf die Waffe. Er liebte seine Glock und Müller schiss sich spruchwörtlich in die Hose. „Bringt ja nix mehr mit deiner Alten, und wenn ich dich frei lasse, dann machst du mir Schwierigkeiten und rennst zur Polizei!" „Nein, nein, mache ich nicht!" Er kniete immer noch und klopfte mit der Faust auf den kalten Betonboden.

„Okay! Du duschst jetzt erstmal und ziehst dir frische Klamotten an." Freddy holte einen Schlauch aus dem benachbarten Teil des Kellers.

„Zieh dich aus!" schrie er Müller an, nachdem er ihm die Ketten abgenommen hatte und wartete unruhig darauf, dass Müller fertig wurde. Er schmiss ihm ein Stück Seife zu, stellte das Wasser an und spritzte Müller mit eiskaltem Wasser ab. „Da musst du durch, mein Freund." Er stellte das Wasser wieder ab und gab Müller, der mittlerweile sehr geschwächt war, ein Handtuch zum Abtrocknen. Er gab ihm die frischen Klamotten zum Anziehen. Nachdem Müller wieder aussah wie ein Mensch, fesselte er ihn wieder, verband ihm die Augen und kettete ihn im Nebenraum wieder an. Dann rief er seinen Freund und Mitarbeiter Oleg an, dass er mit dem Untraceable kommen möge, ein Mittel, dass die Auswertung menschlicher DNA praktisch unmöglich macht. Zwei Chemikalien, ein Kontaminationsmittel und eine Lösung, die jegliche DNA-Spuren, die der Mensch an einem Ort hinterlässt, vernichten. In der Zwischenzeit setzte er ein Schriftstück auf, in dem Müller erklärt, dass er freiwillig mit Freddy mitgekommen ist und er mit ihm einen Streifzug durch seine Häuser gemacht hat. Als er aus seinem portablen Drucker das Schriftstück herausnahm, ließ er Müller unterschreiben; und sagte zu ihm, dass sie dann gleich zur Bank fahren werden. Ihm war alles Recht! Hauptsache die Tortur hatte ein Ende! „Um diesen Joe und deine Alte kann ich mich kümmern, wenn du das wünscht, dann allerdings 200000.- Anzahlung und 300000 bei Lieferung!" „Ich überlege es mir!" stöhnte Müller. „Warte nicht zu lange!" „Wir haben Gütertrennung, wenn sie mit dem Typ abhaut, bekommt sie nix!" antwortete der geschwächte Müller. „Und wenn sie dich erpressen wollen, was machst du dann?" Freddy hörte die Außentür aufgehen, es war Oleg, der Cleaner, der jetzt die Bude wieder sauber machte, sodass nicht mehr das Geringste zurückblieb. „Let's get on with it! Lasst uns die Kohle holen!" Freddy fuhr im Panamera weiter, den Oleg mitgebracht hatte. Über die Autobahn waren sie relativ schnell in Nürnberg und auch in der Bank. Müller hatte schon auf der Fahrt dorthin fast alles telefonisch regeln können. In der Privatbank, die nur solvente Kunden bediente, wunderte man sich keinesfalls über Kunden, die plötzlich einen sechsstelligen Betrag brauchten. Viele superreiche Menschen verkloppen an einem Tag so viel Kohle wie der Freistaat Bayern im Monat. Es war ein schmales Köfferchen voller Geld: 380000.-Euro, Müller hatte sich einige Fünfhunderter mehr mit ausbezahlen lassen. Über die B8 fuhr Freddy Richtung Heimat, er wollte Gottfried noch seine 100000.- vorbeibringen. Er machte einen kleinen Umweg über Siegelsdorf und am Bahnhof sagte er zu Müller, dass er aussteigen solle, um mit der Bahn weiterzufahren. Freddy ließ noch mal das Beifahrer- Fenster runter und rief: „Müller, ich habe dich im Auge!" und machte die deutliche Geste mit den zwei Fingern, die zuerst auf Müller deuteten und dann auf Freddys Augen.

Die Bahn brauchte mindestens eine Stunde, bis sie in Kitzingen war und hatte obendrein meistens auch noch Verspätung. In der Zeit hatte er die Kohle versteckt, wenn Müller oder seine Alte wirklich den Mut aufbringen würden, zur Polizei zu rennen. Gaunerinstinkt! Als er bei Gottfried ankam, hörte er laute Musik: "Call it magic, Call it true, I call it magic, when I'm with you, and I just got broken, broken into two, still I call it magic. When I'm next to you …" „Musik für Verliebte!" dachte er und klingelte an der Haustüre.

Gottfried machte die Türe auf, er hatte nur eine bunte gepunktete Unterhose und ein Shirt an, was ihn aber noch nie gestört hatte, wenn er die Türe öffnete. Wenn es klingelte, war es meistens eh nur der Paketdienst! Freddy lachte: „Alder, hier sind die Mäuse! Wenn du magst, zähl nach, es stimmt aber, ich habe wenig Zeit muss gleich weiter!" „Kay, keinen Kaffee oder so was ähnliches?" „Danke nein, bis demnächst."

Gottfried machte den Koffer auf und das Geld lachte ihn an. Er hörte Margoo rufen: „wer ist gekommen?" und gleichzeitig lief aber auch schon der Föhn. Es war wieder schön mit ihr gewesen, dachte er lächelnd. Als er das Geld im Keller zu der anderen Kohle gebracht hatte, zog er seine alte, verbeulte Hose an, die an der linken Tasche einen kleinen Riss hatte, der immer größer zu werden drohte. Er kam von seinem Smartphone, das er immer in der linken Hosentasche trug. Schuhe an, Jacke drüber und dann saß er auch schon im Auto und fuhr in den nahen liegenden Discounter, um einiges an Süßigkeiten zu holen. Es war ja schließlich Halloween. In einer Aktionsbox konnte er lesen Jeans in Übergrößen 11.- Euro. Seine Größe war dabei. Er legte sie in den Wagen. Obwohl eine lange Schlange an der Kasse wartete, fragte Gottfried die Kasslerin, ob sie ihm einen 100 Euro Schein in 20 fünf Euro Scheinchen wechseln könnte, was diese dann auch machte. Er wunderte sich oft über die Schnelligkeit, wie die meist jungen Frauen in den Discounter- Läden abkassieren konnten, ob das wohl in zehn Jahren auch noch geht? Oder zahlt dann jeder mit dem Scheiß Smartphone? dachte er. Als er zurück kam war Margoo immer noch im Bad und machte sich hübsch. Er deponierte die Süßigkeiten in seinem Büro und klebte mit einem grünem Malerkrepp immer eine Packung Gummibären, eine Packung Colorado und eine Tüte mit Schlümpfen zusammen, in die Mitte steckte er jeweils zwei fünf Euro- Scheinchen. Zwanzig Garnituren! Das müsste reichen, die Kinder kamen immer gerne zu ihm und früher auch zu seiner geliebten Frau, denn es gab schon immer reichlich Süßes und kein Saures. Er machte immer Fotos von den gruselig geschminkten Kids und stellte die Bilder zum Runterladen dann auf seinen Blog! Er zog seine neue Jeans an und präsentierte sie stolz seiner Freundin. „Wow .. gigantisch!" schmeichelte sie.

Mit dem Anflug der Dunkelheit kamen die ersten Kids. Süßes oder Saures - trick or treat?! Margoo und Gottfried teilten aus, was ging, es sprach sich sehr schnell rum, dass auch kleine Scheinchen in den Päckchen waren! Aber die waren nach zwanzig Gruppen verteilt, wer zuerst kommt und so. Um 21 Uhr war alles vorbei, Margoo und er standen noch eng umschlungen und glücklich auf der Straße und lauschten der Vater-Unser-Glocke, die immer um 21 Uhr läutete und schauten in das flackernde Licht im ausgehöhlten Kürbis, der am Eingang des Hauses stand.

Tag 23

Um 6.50 Uhr waren Gottfried und Margoo wie jeden Tag in der letzten Zeit mit dem Transfer Bus unterwegs, Gottfried machte ein paar Riesensätze aus dem Carport. Bis er den Schlüssel aus der Tasche für den Transit gebracht hatte, war er völlig durchnässt. Es regnete in Strömen.

Zuerst wurde wieder Rollstuhlfahrer Harry in Wiesenbronn eingeladen und festgezurrt, in Kleinlangheim stiegen Aminett und Jan dazu, beide sehr nett und lustig, sie hatten wie die in Großlangheim einsteigende Babette das so genannte Down Syndrom, ebenfalls in Großlangheim stieg Egon dazu, der unter Epilepsie leidet und immer einen Helm tragen musste. Gottfried merkte, dass es Margoo zusehends nicht mehr so zu gefallen schien und fragte sie, ob alles okay sei? Sie wehrte mit einer Hand ab und gab zu bedenken, ob sie sich das jeden Morgen noch antun müssen. Vor allem, weil es auch nicht fair bezahlt wurde, was sie wahrscheinlich am meisten störte. Sie schaute zu Gottfried und sagte dann zu ihm, dass er doch bestimmt jetzt genug Kohle besäße, um ihnen ein schönes Leben zu ermöglichen, nachdem was sie so in den letzten Tagen mitbekommen hatte?! „Was für eine Frage, Margoo." sagte Gottfried „Sind das jetzt die ersten Abnutzungserscheinungen an unserem 13. Tag, oder ist es für dich nur ein Techtelmechtel eine kurze Episode in deinem Leben?"

„Was ist ein Techtelmechtel? Was soll das sein: ein Techtelmechtel?" „Weißt, was ein Gschbusi ist?" „Logo, weiß ich, was ein Gschbusi ist!" „Naja, so ähnlich halt. Also: nix mit Liebe und so, sondern nur vögeln!" „Hey, mein dicker Brummbär, ich bin kein Techtelmechtel! Ich glaube, ich würde dich auch mögen, wenn du kein Geld hättest!" Gottfried lächelte sie an, als er an der Ampel am Gusswerk auf die Staatsstraße nach links abbog und Richtung Südbrücke weiterfuhr. Nachdem sie die Mannschaft abgeliefert hatten, fuhren sie durch die Unterführung und wollten bei Gottfrieds Tante vorbeifahren, die in der Adelbert-Stifter-Straße wohnte und heute Geburtstag hatte. „Was wollen denn die ganzen Bullen dort unten?", fragte Margoo, als sie an der Einfahrt zur Von-Deuster-Straße vorbeifuhren. Dutzende von Polizeiautos standen dort unten und hatten quasi die Straße (auch mit Flatterband) abgeriegelt. Seine Tante war nicht zu Hause, wahrscheinlich war sie bei seinem Neffen oder bei seiner Nichte. Egal, er hatte nie eine große Bindung zu ihr gehabt und so fuhren sie nach Hause, tranken zusammen einen schönen warmen Kakao und aßen dazu leckere Quarktaschen, die sie auf dem Nachhauseweg gekauft hatten. Danach machten sie sich fertig und fuhren nach Bamberg, um dort einen schönen Tag zu verbringen.

Das Wetter spielte mit und sie parkten in der Nähe des Bamberger Hafens. Als sie an der Regnitz spazieren gingen, sahen sie ein Schild mit der Aufschrift „Unser Bamberg- da schau her!" und einen Pfeil, dem sie folgten. Es gibt heute die einmalige Chance, ein Kreuzfahrtschiff einmal von innen zu besichtigen und sich aus erster Hand über den Flusskreuzfahrttourismus zu informieren, stand auf einer Tafel zu lesen, die unweit des Fluss-Kreuzfahrtschiffes „Avalon Passion" (ein Schiff der Luxusklasse) stand. Sie waren zeitig dran und konnten so einen Platz auf dem Sonnendeck ergattern, in einer Durchsage hörten sie: „Seit 2006 war der Bayernhafen Bamberg Anlaufpunkt für fast eine Million Kreuzfahrttouristen aus aller Welt, vor allem aus den USA. „Wow!" dachte Gottfried. „Eine Million, da ist das in Kitzingen ja nur Kindergeburtstag dagegen!" Er stellte sich auf, um zu sehen, ob er was zum Trinken ergattern könne. Eine Stunde blieben sie bei herrlichem Herbstwetter in der Sonne liegen, dann fragte Margoo, ob er auch Hunger verspüre? „Komm, wir gehen ins Schlenkerla und trinken ein Rauchbier und dazu essen wir ein ofenfrisches Schäufala mit Kloß!" „Subber Idee, hätte von mir sein können!" lachte Margoo.

Sie parkten im City-Parkhaus in der Geyerswörthstraße. Den linken Regnitzarm überquerten sie auf dem Geyerswörthsteg, von wo aus man einen schönen Blick auf das, in der Sonne liegende Alte Rathaus hat. Von dort sind es dann nur noch ein paar Meter zum altehrwürdigen Gasthaus mit seinem wohlschmeckenden Rauchbier. Smoked Lager Beer vom Feinsten! Selbst im November, an einen ganz normalen Mittwoch sind sehr viele Touristen aus aller Welt in Bamberg unterwegs. Überall sieht man die privilegierten Fremdenführer mit ihren in die Höhe ragenden Zeichen. „Bitte folgen!" Das Essen schmeckte vorzüglich und das Bier mundete ebenfalls. Sie redeten über ihre gemeinsame Zukunft, über Träume und Tatsachen.

Auf der Rückfahrt durch den Steigerwald machten sie noch kurz hinter Ebrach beim neu errichteten Baumwipfelpfad halt: 9.- Euro Eintritt ist zwar ganz heftig für den gut einen Kilometer langen Pfad, aber der 42m hohe Turm entschädigt dafür mit einem grandiosen Ausblick auf den herbstlich gefärbten Steigerwald! Im Selbstbedienungsrestaurant am Ausgang tranken sie noch einen Kaffee. „Okay, dann werde ich morgen die Kündigung für uns schreiben, auf geht's, fahren wir nach Hause!" Er schmiss die Eintrittskarte weg und wollte ins Auto einsteigen, als Margo auf seine Seite kam und die Karte aufhob. „Ich werde jetzt alles sammeln, was wir zusammen unternehmen, den Kassenbon aus dem Schlenkerla habe ich auch eingesteckt!" Im Autoradio lief „Afrika" von Toto. In Neuses am Sand bogen sie ab, Richtung Prichsenstadt. Es liefen die Nachrichten: Lebenslänglich für einen Reichsbürger, die Bahn hat neue Klimaziele bekannt gegeben, Großeinsatz der Polizei in Kitzingen. In einem Wohnhaus unweit eines Gymnasiums wurden zwei leblose Personen aufgefunden. Um wen es sich dabei handelt, wurde bisher nicht bekannt gegeben. Die Kriminalpolizei Würzburg hat mit den Ermittlungen begonnen. „Da sind wir heute Morgen vorbeigefahren!" sagte Margoo. „Meinst du deswegen war die Absperrung?" „Keine Ahnung, kann doch sein!" sagte Gottfried, als sie in den Spinnbergweg einbogen. Beim

Austeigen aus dem Caddy kamen zwei Männer auf sie zugelaufen.

Der hagere von den Beiden in einem viel zu kleinen Anzug sagte: „Guten Abend, Kripo Würzburg. Mein Name ist Kriminalhauptkommissar Felix von Stein und das ist Kriminalkommissar Eduard Gersteg, können wir mit reinkommen, wir hätten da ein paar Fragen an sie!" „Können sie sich ausweisen?" „Bitte sehr." „Okay, kommen sie rein. Wollen sie einen Kaffee oder einen Glas Wasser?" Der jüngere der Beiden, im bunten Anzug, hob die Hand und wollte was sagen, da schoss aber bereits ein kräftiges „Nein, danke!" aus Felix von Steins Kehle. „Es geht hier um eine Alibi- Überprüfung! Wo waren sie heute zwischen 4 und 5 Uhr in der Frühe?"

Margoo schaute Gottfried an und der sagte dann unmittelbar: „Wir lagen zusammen im Bett und haben geschlafen. Um 10 vor sechs sind wir aufgestanden, weil wir um dreiviertelsieben losfahren müssen, um unsere Schützlinge abzuholen. Wir fahren für Müller Transfer behinderte Menschen in die Mainfränkischen Werkstätten."

„Okay, Gersteg haben sie das aufgenommen?" „Was ist denn passiert, warum fragen sie uns das?" „Ich muss Ihnen die Mitteilung machen, dass ihr geschiedener Mann Josef Boorhome heute Morgen erschossen wurde, so wie es aussieht war es Mord!"

„Mein Gott!" sagte Margoo erschüttert und Gottfried nahm sie in die Arme. „Gersteg drucke das Protokoll aus! Oder bist du noch nicht soweit?"

„Augenblick!"

„Bitteschön, genau durchlesen und unterschreiben! Was haben sie eigentlich nach Ihrer Tour gemacht?" wollte von Stein wissen. Gottfried sagte nur, das tut ja wohl nichts zur Sache, aber bitteschön: wir waren in Bamberg, besichtigten dort ein Kreuzfahrtschiff, waren im Schlenkala und auf der Rückfahrt noch im Baumwipfelpfad von Ebrach. „Ja, ist schon gut, war nur so eine Frage." „Ja klar, war halt schön heute und wir wollten das Wetter ausnützen!" „Kann man denn von so einem Job leben?" „Nein, aber ich bekomme noch eine gute Witwerrente von meiner vor 10 Jahren verstorbenen Frau. Außerdem bin ich freiberuflich noch als Fotograf tätig. Geht sie aber jetzt nicht unbedingt was an." „Ah ja, gut, also dann noch einen vergnüglichen Abend." „Gefällt mir gar nicht, dass wir jetzt für kurze Zeit im Fokus der Öffentlichkeit stehen!" sagte Gottfried. Als er die Polizisten hinausbegleitete, sah er draußen auch schon die ersten Presseheinis rumlungern. Daraufhin sagte er zu den beiden Kriminalbeamten, dass er sie durch den Garten rauslassen kann und dass er keine Lust auf dumme Fragen hätte. „Kann ich verstehen!" sagte von Stein. „Wir kennen uns ja noch von früher aus der Dettelbacher Tschu-Tschu und so, da waren sie ja mal gut im Geschäft. "Ja, stimmt, sie waren guter Kunde. Ich kann mich noch gut an sie erinnern. Jugendsünden halt. Ja, lange ist es her!" Der junge Gersteg, wie immer eigenwillig in einem roten

Anzug im schottischen Tartan Look gekleidet, schaute ziemlich verdutzt drein. „Steigen sie am besten über diesen Zaun, der ist nicht sehr hoch und über die Anliegertreppe gelangen sie dann zu ihrem Fahrzeug und müssen nicht an den Presseheinis vorbei. Weiß gar nicht, was die von Margoo wollen?" Als er zurück zum Haus ging, blendete ihn plötzlich ein grelles Licht, anscheinend ist doch ein Pressefotograf über das Nachbargrundstück bis vor die Gartentüre gekommen. Der Fotograf wollte sich gerade umdrehen, um wieder abzuhauen, als ihn Gottfried an der Kapuze noch erwischte. Er zog ihn zu sich und verpasste ihm eine in die Seite. „Komm, Junge, was machst du da?" Er nahm ihm den Fotoapparat ab und nahm die SD Card aus dem Kartenslot. „Sei froh, dass ich dich nicht wegen Hausfriedensbruch anzeige, ich kenne dich, verpiss dich jetzt! Ein Bild irgendwo von mir in Zeitung oder Netz und du kannst nur noch Suppe essen. Ist das klar?"

„Was ist mit der Karte?" „Konfisziert! Da sind deine Fingerabdrücke drauf, ich behalte sie erst mal als Beweismittel: Hausfriedensbruch usw. und jetzt zisch ab, bevor ich es mir noch anders überlege." Er hasste diese Typen, die einen ganzen Berufsstand in Misskredit ziehen. Margoo schaute Fernsehen und sagte zu Gottfried, in den Nachrichten war von Doppelmord die Rede und der Ehemann steht unter dringendem Tatverdacht. Eifersuchtsdrama und so. „Tja, da hat dein Ex ja das bekommen, was er verdient hat. Wollen wir noch einen Schluck trinken?"

„Gerne, im Kühlschrank liegt ein Grauburgunder Escherndorfer Lump. Ach übrigens, bevor ich es vergesse:

morgen kommt ein Fliesenleger oder Bäderspezialist vorbei wegen dem Bad." „Willst du es echt neu machen lassen?" „Eigentlich ja nur die Dusche vergrößern, da muss dann halt aber die Wanne raus. Aber ich habe nie viel gebadet."

Tag 24

Die Zeitung machte am Morgen ganz groß mit dem Doppelmord auf. Gottfried trank seinen Grünen Tee dabei und las, dass es sich wahrscheinlich um ein Eifersuchtsdrama handelt und der Ehemann der ermordenden Frau untergetaucht sei. Er steht unter dem dringenden Tatverdacht. „Habe ich mir gestern Abend schon so gedacht!" sagte er dann zu Margoo, die noch nicht so recht wach war. „Zum Glück hatten wir keine Kinder, aber dass er mit dem Müller seiner Alten rumgemacht hat, wusste ich gar nicht, vor eineinhalb Jahren war es noch seine Sekretärin gewesen! Naja, er war schon immer ein geiler Bock."

„Wir müssen los." Margoo setzte eine Sonnenbrille auf und ein Kopftuch, sie wollte nicht erkannt werden, wenn doch noch ein Presseheini draußen rumlungerte.

Gottfried fuhr erst zur Tanke, um sich die Zeitung mit den vier Buchstaben zu holen. Auf der Titelseite stand: „Beim Sex überrascht und erschossen." „Mein Gott!" Dachte er, der Müller erschießt seine Frau und deren Liebhaber, schon verrückt! Das hätte er ihm nie zugetraut! Er wusste aber auch, was er heute noch machen musste.

Nach der Tour setzte er Margoo im Hallenbad ab und fuhr ins Kitzinger Parkhaus und holte in einem Fachgeschäft zwei hochwertige, schwere Alukoffer zum Abschließen mit GPS-Ortungsfunktion. Er entschied sich für einen Amperos N500 mit einer Akkulaufzeit von 500 Tagen zum

Einzelpreis von 450.- Euro. „Es musste schnell gehen!" dachte er sich und ging nach der Ankunft im Spinnbergweg direkt in den Keller, holte die Fahrradtransporttasche und verteilte die gut 5 Millionen und das Geld von Freddy in die zwei Koffer. Einen fuhr er dann gleich zu Ansgar, der keine Fragen stellte und den Koffer in ein leeres Ölfass verschwinden ließ. Den zweiten Koffer stellte er auf den Spitzboden seines verstorbenen Nachbarn und legte ihn in einem gelben Sack gewickelt in einen leeren Umzugskarton, der da so rumstand. Danach vertrat er sich noch ein wenig die Beine. Und holte Margoo wieder vom Schwimmbad ab. „Schön war`s, schade, dass du nicht dabei warst!" Er fuhr auf dem Nachhauseweg bei einem Metzger in der Kaiserstraße vorbei, um das bestellte Mittagessen abzuholen.

Als sie wieder zur Essenzeit nach Hause kamen, war irgendetwas ungewöhnlich. Im Wendehammer ungefähr hundert Meter von seinem Haus entfernt standen ungewöhnlich viele Autos. Sie gingen ins Haus und nach weniger als einer Minute klingelte es. Es war der Kriminaldauerdienst. „Hausdurchsuchung!" sagte eine blondierte Frau mit wippender Außentolle „Es gibt eine Aussage von einer Nadine Schreier, bei der sie vor einiger Zeit Kaffee getrunken haben. Sie gab zu Protokoll, dass sie in Handgreiflichkeiten mit Raymund Müller verwickelt waren." Es klingelte und weitere Kriminalbeamten und einige Damen und Herrn vom Trachtenverein standen vor der Tür. „Du sagst gar nix und ich nicht viel! Im Zweifel nur mit Anwalt und wichtig: Ruhe bewahren!" meinte Gottfried zu Margoo.

„Hier ist der Hausdurchsuchungsbeschluss, wir suchen nach der Tatwaffe, wir glauben dir deine Geschichte von gestern nicht!" sagte von Stein. Und Blondie mit Tolle, die leitende Staatsanwältin schaute dabei streng über ihre Brille. „So, so, servus Batman." sagte er dann zu einem uniformierten Polizisten, den er vom Fußballfotografieren kannte. Batman deshalb, weil er, nachdem er das Entscheidungstor in einem wichtigen Fußballspiel geschossen hatte, sich sein normales Trikot im Torjubel über den Kopf gezogen hatte, so dass ein Batman T-Shirt zum Vorschein kam und er dann direkt auf die Kamera von Gottfried zulief. „Servus Gottfried!" sagte der dann auch nur. „Kann ich mal die Hausdurchsuchungsanordnung sehen?". Von Stein rief laut nach Arne Hatterer seinen zweiten Assistenten. „Zeigen sie ihm den Wisch!" „Bitte schön!" sagte von Stein und zeigte den Schein, auf dem vermerkt war, dass sie explizit nur nach der Waffe suchen sollten.

„Was ist mit unserem Alibi, was nicht in Ordnung?"

„Ihr wurdet gesehen, wie ihr am Morgen so um 8 Uhr durch die Thomas- Ehemann- Straße gefahren seid und der Täter kommt immer zurück zum Tatort!" „Sag mal, liest du zu viele schlechte Krimis? Wir wollten meiner Tante zum 80. Geburtstag gratulieren! Mein Gott, wo leben wir?!" „Ja, da gibt es eben noch eine Aussage von der besagten Zeugin, dass du in einem Streit mit Müller handgreiflich geworden bist." „Was bin ich?

Handgreiflich geworden? Und deshalb erschieße ich Müllers Frau und ihren Geliebten? Ihr habt schon eine richtige komische Fantasie!"

Nach einer Stunde gab dann Kilian von Stein das Zeichen zum Aufbruch. „Hoffentlich habt ihr alles wieder aufgeräumt?!" sagte Gottfried, als er vom Küchentisch aufstand. Er verabschiedete dann die Mannschaft und von Stein reichte ihm die Hand und sagte: „Wir müssen jeder Spur nachgehen." Plötzlich sagte Margoo: „Moment a mal!" und zog die Eintrittskarte und den Rechnungsbon vom Schlenkerla aus der Tasche, „wenn scho, dann wirklich richtig!" Stein schaute, ob ein abgestempeltes Datum zu erkennen war und das war es dann auch! „Okay, ihr seid aus dem Schneider, wieso habt ihr mir das gestern nicht gezeigt?" „Ich ruf jetzt mal einen Anwalt an, das muss ich jetzt mal genau wissen, ob das Rechtens war, was ihr da jetzt veranstaltet habt."

„Mach das! " sagte von Stein trocken und verabschiedete sich und auch die blonde Haartolle sagte: „Auf Wiedersehen." „Lieber nicht!" war die trockene Antwort von Margoo.

Vor kurzem, beim Spiel des 1.FC Schweinfurt 05 gegen Unterhaching, hatte er einen Rechtsanwalt kennen gelernt. Der erklärte ihm dann kurz am Telefon: „Bei einer Hausdurchsuchung spielt die Art der Straftat keine Rolle. Eine Hausdurchsuchung ist immer dann zulässig, wenn sie geeignet ist, zur Auffindung weiterer Beweise oder eines Verdächtigen zu führen. Es gibt keine Straftaten, bei denen eine Hausdurchsuchung ausgeschlossen ist. Sie muss aber verhältnismäßig sein und durch einen Richter angeordnet werden. Oder es muss Gefahr im Verzug bestehen, was bedeutet, dass die Gefahr besteht, dass Beweismittel vernichtet oder versteckt werden oder der Verdächtige bzw. Gesuchte flüchtet. Ein Anfangsverdacht reicht dafür aus, es müssen keine konkreten Beweise für eine Straftat vorliegen und wurde was gefunden?!" „Was denn, ich hab doch nix gesagt!" „Kommst am Samstag wieder zum Heimspiel gegen die Zweite vom Club? Deine Bilder waren Klasse! Also, bis dann, ich hoffe, ich konnte dich ein wenig aufklären!" „Ja, hast du und ich muss mal schauen, wie ich Zeit habe am Samstag." antwortete Gottfried, wohlwissend das er nicht nach Schweinfurt fahren würde.

Tag 25

Tag der deutschen Einheit es war Feiertag. Margoo und Gottfried genossen den Morgen im Bett. Margoo macht den Vorschlag ob sie sich nicht mal beim Vögeln filmen sollten. „Wirklich nicht, mir reicht schon das Sahnesteif!" Mit zärtlicher Vertrautheit machten sie weiter. Zum Mittagessen gingen sie zum Griechen am Würzburger Tor. Es schmeckte vorzüglich. Als sie wieder nach Hause liefen sahen sie an der Einfahrt zum Spinnbergweg einen Unfall. Ein älterer Mann ist mit seinem alten 230iger in einen neuen BMW gedonnert. Indem er die Einfahrtkurve schnitt. Hoher Sachschaden sagte Polizeihauptwachtmeister Franz Hell. Beide waren zu schnell unterwegs. Ein Krankenwagen kam und fuhr die schwangere Beifahrerin ins Krankenhaus. Der kleine Sohn des Ehepaares fing das schreien an. Zwei Abschlepper der Firma Limmermann kamen und luden beide Wagen auf. „Schöne Scheiße", dachte Gottfried.

Tag 26

Gottfried und Margoo saßen zum vorletzten Mal im Bus, die Geschäftsleitung hatte auf die Kündigung schnell reagiert und einen Auflösungsvertrag mit der Hauspost geschickt. Am Freitag nach der Tour wird der Bus abgeholt werden. Im Radio hörten sie, dass sich die Hausdurchsuchung bei Verdächtigen im Doppelmord von Kitzingen als haltlos erwies. „Meine Fresse", sagte Margoo „was für Schwachköpfe!" Der Sprecher im Radio sprach dann, dass es Anzeichen dafür gäbe, dass der untergetauchte Ehemann der Täter sei und mit seinem Jagdgewehr flüchtig wäre. Am späten Nachmittag sahen sie dann im Lokalfernsehen eine Reporterin, die mit entsetzter Stimme ins Mikrophon sprach, das Raymund M., der mutmaßliche Kitzinger Doppelmörder am Donnerstagnachmittag tot in einem Schuppen aufgefunden wurde. Der Schuppen gehöre zu einem Wohnhaus in der Äußeren Sulzfelder Straße und liegt nur wenige hundert Meter vom Haus des Toten entfernt. Nachdem die Identität sehr schnell eindeutig geklärt war, gab Kriminalhauptkommissar Felix von Stein, Leiter der "Soko August" gegenüber unserem Sender diese Stellungnahme ab!" „Ups, das ging ja schnell!" dachte sich Gottfried.

Für Freddy war das Ganze jetzt nicht optimal gelaufen! Dass Müller so durchdreht wegen seiner Alten, hätte er jetzt nicht gedacht. Er hatte ein bisschen Angst, dass

Müller einen Abschiedsbrief hinterlassen hatte. Er machte sich einen Kaffee aus einem Kaffeepad. Er schmeckte ihm nicht. Dann zog Freddy seine Laufschuhe an und wollte etwas laufen gehen, um die Rübe wieder frei zu kriegen. Er joggte vom Sterntalerweg, wo er ein kleines Häuschen hatte und manchmal übernachtete, wenn er seine Ruhe haben wollte, über die Nikolaus-Fey-Straße, Hungrigen Bühl, Leitengraben, Heißbergweg zum Waldkugelweg, wo er dann durch das kleine Waldstück an dem kleinen Wasserfall unterhalb der Vetternschaftshütte vorbei ins Steinbachtal gelangte, wo er zum Haus von Maier lief. Für die gut 3 Kilometer brauchte er 19 Minuten und war mit seiner Fitness zufrieden. Er sah Maier durch das Fenster an seinem Laptop sitzen.

„Hey, wie geht's so?" sagte er zu Maier, der förmlich zusammenzuckte, als er ihn sah und hörte. „Das mit Müller und seiner Frau hast du sicherlich mitbekommen?!" „Ja, dumme Geschichte. Ich denke, die Bullen werden irgendwann auch mal bei mir anrücken." sagte er zu Freddy. „Wieso, du hast doch damit nichts zu tun und die Abwicklung mit dem ganzen Nachlasskram über das Anderkonto macht eh eine andere Kanzlei, kann sein, dass die dann sich bei dir melden, um einige Fragen zu klären! Aber mach dir mal deswegen keinen Kopf. Wie wollen wir jetzt weiter verfahren: es fehlt ja noch einiges an Kohle?!" „Du kriegst wohl nie deinen Kragen voll?" „Wieso, steht mir und meiner Mandantschaft doch zu? Sag mal, was ist eigentlich mit dem von Weichenberg? Kann man bei dem was abgreifen, ist der flüssig?" „Es ist der Gruß- Onkel bei der GALA, aber 500 sollten schon drin sein für dich." „Ja, und wie kommt man an ihm ran, der hängt doch meistens in Ibiza rum?" „Nicht nur, er hat zwischen Geroldshausen und Kleinrinderfeld irgendwo eine komfortable Jagdhütte und ist da immer wieder mal in der Gegend, soviel ich weiß. Mitte November kommt er meistens, um ein paar Rehe zu schießen." „Okay, du hältst die Fresse oder du weißt schon, was ich mit dir mache. Wir haben dich im Auge!" Freddy machte sich auf die Socken und lief wieder zurück. Beim Laufen dachte er sich, ob es für ihn wieder einmal für den Schwanberglauf reichen würde, der ja immer so Mitte Juli stattfindet? Naja, mal sehen! Er duschte und fuhr mit dem Panamera in sein Büro im Würzburger Hafen. Er hatte vom Kitzinger Innopark eine schöne Offerte für tolle Büroräume auf dem Tisch liegen, alles von Gabi gemanagt. Er rief sie an, ob sie heute Zeit hätte für einen Kriegsrat? „Ja logo, Leander ist bei der Tagesmutter, ich kann bis halb elf bei dir sein." „Zieh dir was Hübsches an!" sagte er noch. „Okay" dachte sich Gabriele dann eben Sensual Casual. Sie zog ein sehr kurzes mit goldenen Stickereien verziertes Etuikleid von ZuZuschu Fashion an, dazu eine in ganz leichtem Gold schimmernde warme Strumpfhose, die ihre langen Beine gut zur Geltung brachten, dazu hot Chunky Heels und drüber eine Steppjacke in dunkelrose. Alles passte gut zusammen und sah sehr sexy aus, wie sie fand, als sie sich im Spiegel betrachtete.

„Aber Hallooo!" sagte Freddy, als er sie sah. „Alles neu?? Du siehst blendend aus, sehr schön!" „Danke" sagte sie, während Fred ihr die Jacke abnahm und leise durch die

Lippen pfiff, beim Anblick des Sexy Kleides. „Was möchtest du trinken?" „Mach dir keine Umstände, ein Wasser reicht vollkommen. Was liegt an, mein Gebieter?" „Pass auf, als erstes solltest du rausbekommen, wann der Herbert Graf von und zu Weichenberg in seiner Jagdhütte bei Kleinrinderfeld weilt? Sollte für dich doch kein Problem sein. Dann sollten wir uns überlegen, ob wir das Angebot für den Innopark in Kitzingen annehmen. Ich habe schon mal gegoogelt und nicht weit vom Innopark gibt es eine ausgezeichnete Tagesmutter mit besten Referenzen." Gabriele gefiel seine altmodische, galante Art immer mehr. „Das hast du gemacht?" „Logo. Leander liegt mir auch am Herzen und wenn wir erst zusammengezogen sind, dann wird er sich schon an mich gewöhnen." „Wie, zusammenziehen? Ich bin etwas verwirrt auf einmal!" „Naja, neben den Büroräumen ist auch eine riesige Wohnung frei, die zu den Büroräumen gehört und in dem ganzen Block wohnt sonst niemand. Nur wir und die Aussicht ist fantastisch! Was meinst du?" „Boah ey, was für ein Angebot! Und was ist mit deinen Häusern in Würzburg, Schweinfurt und so weiter?" „Alle abgegeben, werden jetzt alle von erstklassigen Mitarbeitern geführt und für die Security Firma habe ich einen fähigen Organisationschef gefunden, der fast alles managt und du kannst ihm ja dabei helfen."
Er zog sie auf seinen Schoß und gab ihr einen leidenschaftlichen Kuss und sagte: „Ich verwöhne dich!" Sie strich ihm zärtlich durchs Haar und sagte: „Was habe ich schon zu verlieren? Ich habe mich zwar in meiner abgefuckten Bude wohl gefühlt und ich habe auch keinen

Mann vermisst, aber bei dir ist das einfach anders, du bist zwar ein Gauner durch und durch, aber ein sehr Lieber. Jedenfalls zu mir. Okay, ich bin dabei. Ziehen wir nach Kitzingen. Da wohnt doch auch dein Lebensretter Gottfried, so heißt er doch? Seine Margrit kenne ich ja auch ein bisschen wie du bereits weißt!"

Tag 27

Für Gottfried und Margoo war es heute die letzte Fahrt mit ihren Lieblingen. Um acht Uhr übergaben sie dann auch gleich ihr Fahrzeug bei den Mainfränkischen Werkstätten an ihren Nachfolger. Einen stämmigen Endsechziger mit starkem mainfränkischem Akzent. War trotzdem eine coole Zeit, wenn auch nicht lange. Rollstuhlfahrer Harry aus Wiesenbronn, Aminett und Jan mit dem Down Syndrom aus Kleinlangheim, Egon der Epileptiker und Down Syndrom Babette, beide aus Großlangheim, hatten einen netten Abschiedsbrief gebastelt, der Margoo die Tränen in die Augen trieb. Aber okay, das war`s! Über den Flackberg liefen sie nach Hause. In Höhe des Innoparks, hörten sie plötzlich eine Auto Hupe neben sich. Es kam von einem Panamera. „Was will der Arsch?" dachte Gottfried und dann rief jemand aus dem Auto: „Hey, ihr zwei Luschen!" Die Stimme kannten sie. Ja es war Freddy. „Was machst du denn da?" fragte Gottfried. „Wisst ihr was, ich lade euch zum Kaffee trinken ein. Da vorne beim Bäcker! Steigt ein." Sie fuhren das kurze Stück in der Edelkarosse mit und freuten sich irgendwie, Freddy wieder zu sehen. Am Eingang zum Innopark gab es rechts einen kleinen Backshop.

„Für mich bitte einen Cappuccino!" „Für mich auch!" kam es doppelt von hinten. „Noch was dazu?" fragte die nette, adrette Verkäuferin und Gottfried bestellte eine Laugenstange mit Mett und Zwiebeln, Margoo einen Eierlikör Krapfen und Freddy bestellte sich einen LKW

(Leberkäsweck) und bezahlte auch gleich alles zusammen.
„Ja, Freunde, ich werde hier im Innopark mein Büro eröffnen und auch gleich zusammen mit Gabi dort einziehen! Riesenbude und sagenhafter Ausblick über Kitzingen bis zum Schwanberg." „Okay" murmelte Gottfried, hoffentlich geht er uns dann nicht so auf den Sack, wenn er auch in Kitzingen wohnt, war der erste Gedanke von ihm.

„Ja, dann viel Erfolg beim Umzug und viele Grüße an Gabriele und weiterhin viel Erfolg, danke für das Frühstück, wir müssen los." Margoo stupste ihn in die Seite, was so viel hieß, wie, dass sie noch bleiben möchte. „Kommst du?" sagte er trocken und sie gingen hinaus. Ein kurzes „Servus Fred." und sie waren draußen. Es wehte ein kalter Wind, man merkte, dass der Winter im Anmarsch war. „Wir wollen doch noch den Hausflohmarkt für morgen herrichten."

„Ja, okay, hast ja recht!" und so gingen sie händchenhaltend in Gottfrieds Haus zurück, das ja jetzt auch ihr Zuhause war.

Bei den Amis heißt das was sie vorhatten ja „Tag Sales" und wird sogar in den Newspapers der Städte veröffentlicht, wann und wo die Hausflohmärkte stattfinden. Soweit sind wir bedauerlicherweise hier in Deutschland noch nicht! Aber egal, ran an den Speck. Erstmal im Internet die 99 Tipps für einen erfolgreichen Garagenverkauf lesen!

„Schreibst du die Hinweisschilder, wir brauchen da schon so Karton dafür, am besten Weißen mit schwarzer

Schrift." „Ich fahr mal kurz zum Ansgar und hole einen fetten Marker, sowas hat der bestimmt?!"
Ansgar ging in seinen Keller und als er wieder in seiner Halle stand, staunte Gottfried nicht schlecht! Er brachte fünf A3 Schilder mit der Aufschrift Garagenflohmarkt mit. „Nur die Pfeile müsst ihr noch basteln." sagte Ansgar. „Habt ihr Kabelbinder zum Festmachen?" „Hab ich genug."

„Was ist das denn für eine geile Schüssel, hey Jungs, kommt mal her und schaut euch das Auto von Gottfried an!" Dieser war damit beschäftigt, die Schilder in den Laderaum zu legen. „Hey Alder, abgefahrenes Teil, sieht geil aus! Schau mal, die Sitze und das Lenkrad, ich glaub`s ja nicht – Ludenleder, krasse Kiste echt sensationell!" entfuhr es dem Wortführer der Subberexberten. Gottfried stieg ein, winkte kurz und fuhr davon.

Margoo war begeistert von den Schildern.

„Weißt du was, wir fahren jetzt nach Rottendorf und geben die Bikes wieder zurück, ich hab keinen Bock auf die schweren Dinger, lieber kaufen wir uns irgendwann mal richtige Rennräder oder Mountainbikes." „Ich ziehe mir nur noch was Warmes an, dann können wir", tönte es aus dem 1. Stock.

Im ersten Moment war der Händler nicht so begeistert, aber als ihm Gottfried sagte, dass er zwei Scheine abziehen kann, war alles wieder gut. „Mal schauen, ob ich noch so viel Kohle im Tresor habe!" Er kam zurück mit 6850.-

Euro, mehr habe er nicht! Gottfried sagte nur: „Passt scho, geh mit dem Rest mit deinem Schatz mal schick essen." Das war für Margoo das Stichwort, sie habe auch Hunger, nölte sie herum.

Auf dem Rückweg nach Kitzingen bogen sie von der B8 nach Biebelried ein, um in einem Edelgasthof halt zu machen, um einen Happen einzuschmeißen. „Bin gespannt, ob sie dich mit deiner zerrissenen Hose und dem alten verwaschenen Hoodie überhaupt hineinlassen? Du hättest ruhig die neue Jeans vom Lidl anziehen können," kam es von Margoo.

Als sie durch die Eingangstür gingen, sahen sie, dass noch einige Plätze frei waren. Sie warteten, bis die Bedienung den Platz anwies. Sie setzte sie an einem Platz ganz in der Ecke. Gottfried zog einen Zehner und fragte, ob sie nicht einen Fensterplatz frei hätten? „Selbstverständlich!" sagte die Frau im mittleren Alter im hübschen Dirndl. „Da vorne rechts bitte!" Er steckte ihr den Zehner ins Dekolleté, was der Dame augenscheinlich nicht so gefiel. „Spaß muss sein!" flüsterte er Margoo ins Ohr. „Darf es eine Vorspeise oder eine Suppe sein?" fragte jetzt eine jüngere Frau. Gottfried schaute Margoo an:

„Du?" „Nein." „Ich hätte Lust auf das Châteaubriand mit Sauce Bearnaise und Pfefferjus, dazu Marktgemüse und Dauphinekartoffeln." „Okay, das gibt es aber nur für zwei Personen!" sagte die Bedienung. „Ja gut, ich bestelle das auch, hört sich super an." „Getränke?" Ja, ich nehm mal zur Feier des Tages zuerst einen schönen Schnaps von der alten Zwetschge und dann ein helles Hefeweißbier und ich nehme irgendwas Alkoholfreies, ach bringen sie mir bitte ein Radler ohne Alkohol." „Gerne, die Herrschaften."

Die Speisen wurden festlich aufgetragen und schmeckten den Beiden vorzüglich. Serviert wurde es klassisch in medium rare und war sehr schön angebraten. „Darf es noch was sein?" fragte die nette Bedienung freundlich nach dem abräumen. Gottfried winkte sie mit dem Zeigefinger zu sich runter und sagte ihr dann: „bringen sie bitte den Köchen je ein Zwetschgenwasser und schreiben sie es mir auf die Rechnung." Margoo bestellte sich einen warmen Zwetschgencrumble mit Walnuss Eis und Gottfried ein doppeltes Zwetschgenwasser und alles war gut. Margoo fing schon wieder mit dem Fusseln an, aber er war viel zu vollgefressen, um darauf zu reagieren. „Die Rechnung bitte!" „181.- Euro." Gottfried legte 200.- in die Mappe und sie standen von ihrem Platz auf. Er gab ihr den Autoschlüssel und einen Kuss. Dann fuhren sie Richtung Kitzingen, an der Ampel zur Jahnstraße sagte er: „Hier muss das erste Schild stehen und auf der anderen Seite auch. Dann weiter unten oben am Laternenmast und dann am Zaun in der Einfahrt zum Winterleitenweg. Und dann noch am Straßenschild zum Vogelspinnweg. Ich bin müde, ich glaube, ich mache einen kleinen Powernap und lege mich a weng hin."

Margo legte sich zu ihm ins Bett und fing gleich mit dem Kuscheln an und küsste ihn leidenschaftlich und fing an Gottfried auszuziehen. Margoo merkte, dass sich bei Gottfried was rührte und sie drehte ihn auf den Bauch, massierte ihm mit dem Ylang-Ylang Massageöl das sie in Bad Windheim mitgenommen hatten seinen Rücken. Dann legte sie sich nackt auf ihn und massierte mit ihren Brüsten seinen ganzen Körper und kraulte seinen Po. Sie forderte ihn auf, jetzt ihren Rücken, Po und Beine zu massieren. Sie spürte seine cojones auf ihren Rücken und mit ihren Händen streichelte sie sanft sein bestes Stück. Sie drehte sich um und er setzte sich auf ihren Bauch und massierte ihre prallen Brüste. Sie rutschte ein wenig nach unten und nahm seinen Penis in den Mund. Gottfried schmolz dahin, sie berührte mit ihren Brüsten sein steifes Glied und streifte immer wieder drüber, bis Gottfried ihre Brüste zusammendrückte und immer wieder seinen Penis hindurchgleiten ließ. Er liebte die spanische Variante des Liebesspiels! Dann legte Gottfried sich neben Margoo und fing an, sie zu fingern und Margoo rubbelte seinen Penis. Gottfried nahm sie dann von hinten in der Löffelstellung und nach einer Weile zog er Margoo auf sich drauf und knetete ihre Brüste dabei, er sah im großen Schrankspiegel Margoos Hintern, wie er wild auf ihm ritt. Dabei liefen ihr Tränen des Glücks über die Wangen, als er laut stöhnend in ihr explodierte.

Nach dem Duschen setzte sich Gottfried an den PC, um sich in einem Youtube Video über eine MFT Kamera (Micro Four Thirds) zu informieren. Die spiegellosen Kameras sollen Fotografie auf höchstem Niveau wieder einfach und komfortabel machen. Zudem sind die Kameras wesentlich leichter als sein schwerer Spiegelreflexklotz. Naja, ganz überzeugen konnte ihn der

Kamera- Influencer auf Youtube nicht. Vor allem auch, weil er dann plötzlich Werbung für seinen Instagram Account machte, bei dem er schon über 2500 Follower hätte. Diese blöden Schwanzvergleiche gefielen Gottfried sowieso nicht, in dieser Welt wird man nicht nach seinen Fähigkeiten eingeschätzt! Sondern nur noch nach der Anzahl der Follower auf dem eigenen Kanal. Da ist dann eine „Mimi Beauty Quenty" völlig hohl im Hirn, aber 6 Millionen Follower angesehener, als ein Account eines Naturfotografen mit grandiosen Landschaftsaufnahmen mit „nur" 2500 Followern. Das ist so ähnlich wie beim Laufen: „Wie ist deine Bestzeit über 10?" „41.52 !!" – „Okay" und schon ist man in der Schublade Hobbyläufer. Vor kurzen hatte er in der Mainpostille gelesen, dass nach neusten Schätzungen von Experten im Social Media Bereich, YouTube immer mehr an Bedeutung gewinnen wird und Facebook zum Beispiel an Bedeutung verliert. Für Gottfried war dies allerdings das geringste Problem, hatte er sich eh noch nie viel auf den Social-Media-Kanälen rumgetrieben, weil ihm dafür einfach die Zeit zu schade war. Und wahrscheinlich auch, weil er zu alt dafür war und die Passwörter immer vergaß.

Tag 28

Gottfried war schon um sechs Uhr auf den Beinen und fing an, Kaffee aufzubrühen. Er machte das noch nach der alten Methode, also Kaffee in der Mühle mahlen, dann in den Kaffeefilter, einen Schuss nicht mehr kochendes Wasser drüber aufquellen lassen, wichtig für eine gleichmäßige Extraktion und dann fertig aufgießen mit heißem Wasser, es sollte nicht mehr kochen. Pfanne aufsetzen, Butter, Käse, Wurst auf den Tisch, Brot in den Toaster, Eier in die Pfanne und Margoo wecken. Zeitung holen. Gechillt frühstücken. Seit neustem machte er sich hin und wieder ein kleines Müsli, bestehend aus Haferflocken, Jogurt, Macapulver und Weizenkeimen. Als Topping Himbeeren und ein paar Paranüsse. Sein Geheimrezept für eine gute Libido. Wenn es länger gehen sollte rührte er noch einen halben Teelöffel Guarana darunter.

Der Aufbau des Flohmarkts im Carport fand noch im Dunkeln statt. Sie hängten die Schilder an den Ecken auf, die sie gestern dafür vorgesehen hatten.
Dann harrten sie der Dinge, die da kommen würden. Auf einem alten Sessel kuschelte sich Margoo auf Gottfrieds Schoß, der Heizpilz machte schön warm und Beide genossen es, noch ein wenig zu Knutschen. Eigentlich machten sie den Hausflohmarkt nur so zum Alibi, dass die Nachbarn und Bekannten denken sollen, dass sie es monetär nötig hätten. Alleine das Gas für den Edelstahl-Heizpilz wird vermutlich mehr kosten, als was der

Flohmarkt einbringt! Gottfried waren auch die Einnahmen ziemlich latte. Die 500 Bücher hatte er mit einem Euro ausgezeichnet, CDs 2.- Euro, DvD 2,50 und VHS Kassetten 1.- nur die drei Star Wars Original Video Kassetten preiste er mit 50.- Euro pro Stück aus. Dazu kamen noch T-Shirts für 2.- Euro, ein Pelzmantel seiner verstorbenen Frau aus sibirischem Silberfuchs für 100.- Euro, Fahrradteile ohne Auszeichnung, einen alten Silberpokal und noch einiges mehr. Dreiviertel Neun und noch war kein Kunde da! Margoo holte zwei Tassen Kaffee.

Dann kam endlich ein alter Peugeot 504 Break angefahren, Baujahr ca. 1971, noch mit den gelben Lampen vorne. Den Mann, der aus dem alten Auto ausstieg, schätzte Gottfried um die sechzig, er hatte eine Halbglatze und trug ein rot kariertes Hemd und Jeans. „Moin, moin, was habt ihr denn Schönes?" Er nahm die alte rote Vase mit der schönen aufgemalten Lilie, die Gottfried von seiner Amme und Tagesmutter geerbt hatte in die Hand und sagte, dass sie ihm 20.- Euro wert wäre. Gottfried sagte 50.- und der Mann mit der Halbglatze nahm sie dann für 35.- mit. Okay, dachte Gottfried das Gas ist bezahlt!

Gottfried merkte, dass der Typ gezielt suchte, er war sicherlich ein Händler. „Was sollen die Bücher kosten, wenn ich sie alle nehme?" fragte er. „Fünfhundert" sagte Gottfried, der Mann lachte und Margoo und Gottfried lachten mit. „Ich sage 250!" Gottfried 480, er 300 Gottfried 470, er bot dann 410 und das war für beide okay. Margoo bot ihm nach dem Verladen einen Kaffee an.

„Ich bin Antiquar in Braunschweig und wollte heute in Sulzfeld ein paar Kisten Wein mitnehmen." Margoo wollte ihm antworten, als ein Polizeiauto den Berg hochfuhr. Es waren Polizeihauptwachtmeister Franz Hell und Polizeimeister Herbert Gebhardt, Streifenbeamte der Polizeistation Kitzingen. Sie stiegen beide aus, rückten ihre Mützen zurecht und der Dicke sagte dann: „Wer ist hier verantwortlich für den Flohmarkt?" „Ich!" sagte Gottfried "Stimmt was nicht?" „Ist der Hausflohmarkt angemeldet, haben sie eine Genehmigung zum Aufstellen der Hinweisschilder?" Gottfried sagte nochmal, dass er der Verantwortliche sei und dass man private Hausflohmärkte nicht anmelden müsste, der Antiquar aus Braunschweig sagte dann: „Meine Herren, Hinweisschilder im öffentlichen Raum dürfen aufgehängt werden, wenn diese nach der Veranstaltung auch wieder abgehängt werden. Erst dann, wenn dies nicht erfolgt ist, haben sie ihre Arbeit."

„Na, wenn das so ist, dann noch ein guts Gschäft! Wart mal!" sagte Gebhardt dann zu Hell, „Was kosten die drei Star Wars Videocassetten?" „150.-!" sagte Gottfried „Ups, das ist mir zu teuer!" „Was wäre Ihnen denn möglich?" sagte Margoo „Naja, 99 Euro." „Ja, perfekt, können wir machen!" Gebhardt strahlte und reichte den Hunderter rüber und sagte dazu: „Passt so." Die zwei stiegen wieder ein, fuhren davon und winkten sogar aus dem Auto. Der Antiquar konnte es sich nicht verkneifen und sagte: „Es gibt auch noch nette Polizisten, aber die Kassetten haben sie viel zu billig hergegeben! Wenn es die Originale aus der Zeit waren, erzielen die bei Star Wars Fans mindestens hundert Euro pro Stück." „Egal", sagte Gottfried „Hauptsache, sie sind weg! Ich habe drinnen noch bibliophile Bände. Drei Ausgaben des Kitzinger Künstlers Klaus D. Christof, „Der Grüne Pantoffel", „Die Blaue Blume" inzwischen vergriffen und „Der Gelbe Vogel", ich gebe ihnen alle drei sehr gut erhaltenen Bücher für 190.- Euro." Der Braunschweiger Antiquar schaute die drei Exemplare durch und man merkte ihm an, dass er begeistert war. „Wissen sie was, ich gebe Ihnen 200.- Euro, weil sie eine ehrliche Haut sind." „Gut, dann sind wir bei 715.- Euro, kommen sie wieder einmal vorbei, wenn sie Wein in der Gegend holen, ich habe zum Beispiel noch die komplette GEO Sammlung angefangen von der ersten Ausgabe von 1976 – 2005." „Wie bitte!? Sie haben das erste GEO Heft, das ist ja unglaublich, da muss ich wirklich nochmal vorbeikommen. Macht es gut, ihr Beiden, war mir eine Freude und Ehre zugleich mit euch geschäfte zu machen. Jetzt muss ich aber los!"

Er bezahlte und setzte sich in seinen 504 Break und weg war er. Mittlerweile war es 10 Uhr geworden und plötzlich kamen einige Leute. Der Pelzmantel für 80.-, der Silberpokal für 200.-, einige Shirts für 6.- und die Bob Marley CD Rastaman Vibration für 8.50, dann noch ein Pearl Izumi Ernie und Bert Radtrikot für 40.-. Um 12 Uhr räumten sie den Rest wieder weg und holten die Hinweisschilder, sie hatten fast 1400.- Euro eingenommen und wieder Platz im Office. Nicht schlecht!

Um 13 Uhr saßen sie wieder im Caddy und fuhren Richtung Abtswind, im Radio lief von den Delinquent

Habits - Tres Delinquentes. Gottfried hatte die Band mal in der Würzburger Posthalle gesehen, sie spielten vor nur 40 Zuhörern und für alle gab es Tequila und Gras. Nach dem Essen, das sie in einem neuen Gasthaus in dem Winzerdörfchen einnahmen, ging es auf den Sportplatz. Abtswind hatte Schweinfurt zu Gast und zum ersten Mal fotografierte auch Margoo mit, sie bekam von Gottfried die 7 D-Mark II mit dem 70-200 II, nicht zu schwer, aber die Kombi war auch kein Leichtgewicht. Das neue Reimas Jacket in dunkelrosa stand ihr gut und war ein echter Hingucker, dazu die pinkene Bommelmütze. Sehr schön. Er hatte immer noch seine alten Klamotten an. Da er überhaupt nicht eitel war, störte ihn das wenig, nur Margoo wünschte sich, dass er sich endlich auch mal was Neues kaufen würde.

Tag 29

Freddy und seine Gabriele waren in den vergangenen Tagen mit den Umzug nach Kitzingen sehr beschäftigt und nicht nur mit dem Umzug. Sie waren jetzt ein richtiges Paar und der kleine Leander freute sich, dass er jetzt noch einen Papi hatte. Zur Verlobung gab es für Gabi einen Platinring mit einem Einkaräter in der Mitte und zwei Lapis Steinen an den Seiten. 12 Riesen musste Freddy dafür hinlegen und Gabi weinte vor Glück. Ende November zogen sie in ihr neues Heim. Wild Boy Freddy wurde häuslich, was mit 49 auch okay war.

Sein Opa und seine Oma waren Flüchtlinge aus dem Sudetenland, sie kamen nach dem Krieg aus Falkenau, dem heutigen Sokolov nach Unterfranken und er wuchs in ärmlichen Verhältnissen in der Würzburger Zellerau auf. Seine Mutter ging putzen und sein Vater war Fernfahrer und kam bei einem Verkehrsunfall ums Leben. Er hatte keine Geschwister und auch sonst keine Verwandte. Seine Mutter starb an einer Lungenentzündung, als er fünf Jahre alt war, da waren seine Großeltern auch schon einige Zeit tot, seinen Großvater kannte er gar nicht, der starb kurz nach der Flucht aus dem Osten und seine Oma zwei Jahre nach seiner Geburt. So wurde er von den Behörden ins Kinderheim nach Trautberg bei Castell überstellt, wo er bis zur Schließung der Einrichtung blieb. Danach fing er eine Schlosserlehre in Heidingsfeld an, und irgendwie schaffte er es mit viel zum Teil auch krimineller Energie sein kleines Imperium aufzubauen. Er hatte jetzt vier Häuser, die sehr gut liefen, eine Security Firma und einen Nachtclub, der total angesagt war und wo bekannte DJs auflegten.

Er hatte überall Geschäftsführer eingesetzt und kümmerte sich im Moment eigentlich nur noch um den Umzug, seine Gabi und dem Erschließen neuer Geschäftsbereiche. Die Penthause Wohnung in Heidingsfeld und das Häuschen im Sterntalerweg hatte er gut vermietet und er war am Überlegen, ob er noch ein bisschen mehr in Immobilien anlegen sollte. Betongold warf zurzeit die beste Rendite ab.

Freddy stand auf seinem riesigen Balkon und schaute auf die in Dunkelheit versinkende Stadt vor ihm mit allen ihren Lichtern. Er zündete sich eine Zigarette an und dachte nach. Recht und Gerechtigkeit, was heißt das schon? War es gerecht, dass seine Kindheit so verpfuscht war und ist es Gerechtigkeit, dass es ihm jetzt so gut geht? Man muss es sich einfach nehmen. Sie hatten das Penthouse nicht zugestellt! Es war offen und hell und sie hatten viel Platz. Alles war gut. Warum drängt es mich, diesen Herbert Graf von Weichenberg ins Visier zu nehmen? Und was macht Maier zurzeit? Er rief Oleg an und erklärte ihm, dass er sich mal um den Maier kümmern sollte, was der so treibt. Es war Oleg gar nicht so recht, war er doch gerade dabei, das Haus in Enheim einzurichten. Für Freddy machte er aber alles, er hatte ihm nach seiner Ansicht auch viel zu verdanken.

Tag 30

Margoo und Gottfried hatten in den vergangenen zwei Wochen viel fotografiert und Margoo machte es immer mehr Spaß. Ich würde gerne einmal ein richtiges Model fotografieren, schwärmte sie Gottfried vor. Die Landschaftsfotografie liege ihr nicht so. Okay. Gottfried hatte sich mit Genehmigung der Kinder seines verstorbenen Nachbarn in dessen großem Wohnzimmer in der letzten Woche ein provisorisches Fotostudio eingerichtet. Blitzanlage, Dauerlicht, Nebelmaschine und Lichtformer vom Feinsten, sie haben alles direkt beim Hersteller im Gewerbegebiet Würzburg/Ost abgeholt. Alles in allen hatte Gottfried 18000.- Euro hingelegt.

Nach dem Frühstück gingen sie in den Carport, um ein wenig draußen zu fotografieren, es schien wider Erwarten ein schöner Tag zu werden, den wollten sie ausnützen. Sie wollten gerade einsteigen, als Freddy vorfuhr und aus den heruntergelassenen Seitenscheiben zu ihnen rief, ob sie nicht heute Abend vorbeikommen wollen. Er mache ein kleines Einzugsfest. „Ja, okay, wir kommen!" rief Margoo und schon war Freddy wieder weg.

Gottfried hatte sie beide heimlich zu einem Modelsharing in Hanau angemeldet. Die A3 war schön frei und so kamen sie pünktlich um 11 Uhr in Hanau beim dortigen Wilhelmsstudio an. Es war ein großzügiges Atelier mit einigen Möglichkeiten. Margoo war ganz baff, sie dachte, es geht in einen Wildpark. Das Model nannte sich Missy

Blue und war eine wunderschöne dunkelhäutige Frau mit vollen Lippen und üppigen Busen und blau gefärbten Haaren. Der Sharingleiter stellte das Licht ein und die Fotografen konnten dann ihre eigenen Posingwünsche erklären oder die Angebote, die das Model machte, annehmen. Sie verwirklichen schöne LowKey Aufnahmen und Margoo dachte permanent, ihre Bilder seien zu dunkel und irgendwie hatte sie damit auch Recht. Gottfried bat den Sharingleiter, noch einen Blitz für das Kopflicht aufzustellen. „Was für ein Amateur!" dachte er im Stillen, auch die anderen beiden Sharingteilnehmer waren vom neuen Setup begeistert. Vier Stunden knipsen und labbern macht hungrig und so fuhren sie auf dem Rückweg in Wertheim von der Autobahn ab und gingen ins Palais de Rosee zum Essen. Sie bestellten Carpaccio von der roten Garnele, Pochierter Bachsaibling mit Salzkartoffeln, Gebratener Kaninchenrücken mit Allerlei von der Karotte. Da sie fahren mussten, trank sie Mineralwasser dazu. Das Essen schmeckte Beiden sehr gut, ein Espresso danach konnte nicht schaden! Dann ging es wieder auf die A3 und sie konnten ohne Stau die Autobahn bei Biebelried verlassen. Margoo konnte es kaum erwarten, die Bilder auf dem großen Schirm zu sehen. „Tolle Frau!" sagte sie neidlos „Was schätzt du, wie alt sie war?" „Denke so 19 oder 20, älter war sie nicht. Sie stammt aus Ghana, hat sie mir gesagt und ich denke, dass auf den Aktmodelmarkt immer mehr Afrikanerinnen strömen werden", sagte Gottfried.

Er fuhr dann los und holte einen riesigen Blumenstrauß, bestehend aus gelben Rosen, blauen Disteln, orangen Germini, orangen Chrysantheme Santini, blauen Lysianthus, Limonium, Achillea, Treefarn, Panicumgras, Pistochia, Cocosblättern, Salal sowie Chiccos. Er sah klasse aus und kostete 65.- Euro, darum nahm er gleich noch einen Strauß, den aber ohne die Disteln (dafür mit 5 weißen Callas) für Margoo mit, die immer noch am PC-Bilder vom Shooting in Hanau begutachtete. Aber, als er ihr die Blumen gab, sprang sie auf vor Freude. Für Freddy hatte er einen Dreiliter Bocksbeutel, bei einem Weingut besitzenden Schulkamerad, mit einem süffigen Müller-Thurgau geholt. Um 20.30 Uhr machten sie sich auf und ließen sich mit einem Taxi in den Innopark hochfahren.

Noch im Auto schwärmte Margoo von dem Modelsharing. „Ich bin immer noch begeistert von den blau geschminkten Lippen und ihrem leicht spöttischen Lächeln." Gottfried sollte es nur recht sein, ohne zu ahnen, was das einmal für ihn bedeuten würde.

Beim Aussteigen aus dem Taxi sah Gottfried einen Lkw-Fahrer aus einem Truck aussteigen, den er gegenüber der Innopark Einfahrt abgestellt hatte. Mit fuchtelten Händen kam er angerannt und er erinnerte Gottfried an Luri, einem älteren dealenden Türken, bei dem er vor Jahrzehnten sein erstes Dope gekauft hatte. Es war ein weißer Libanese mit einem hohen THC Anteil das Gramm für 5 Mark, der dann auch seine Wirkung damals bei ihm und seinen Kumpels nicht verfehlte. Die Cannasseure der späten 70iger Jahre verstanden schon ihr Handwerk.

Der aufgebrachte Fahrer kam mit einem Zettel in der Hand angerannt. Auf dem der Empfänger seiner Ladung, die aus Solarmodulen bestand, vermerkt war. Die Firma war im Innopark angesiedelt, aber kurz vor 21 Uhr war wahrscheinlich niemand mehr dort. Gottfried bestätigte dem Fahrer des LKWs, der augenscheinlich aus Ankara gekommen war, dass er hier richtig sei und die Empfängerfirma seiner Module hier ansässig sei und er am nächsten Morgen sicherlich abladen könnte. Scheiß Spiel, dachte Gottfried, die Schwachen werden überall auf der Welt ausgenützt!

„Hallo, schön, dass ihr kommt! Gabriele kennt ihr ja schon, das ist der kleine Leander und hinten ist mein alter Geschäftsfreund der ersten Stunde, Oleg Kaminski." Mit diesen Worten begrüßte sie der stolze Freddy in seinen neuen Räumlichkeiten. Gottfried ganz Gentlemen, gab Gabriele einen Handkuss und sah dabei den schönen Brillantring. „Habt ihr Verlobung gefeiert?" Freddy zeigte ihnen die große Wohnung und die anschließenden Büroräume. Gottfried meinte nur: „Hey Freddy, da fehlen ein paar schöne großformatige Bilder an den Wänden!"
„Jetzt, wo du es sagst, stimmt!" „Bist du nicht
Fotograf?" fragte Freddy. „Ja klar, ich hätte da schon ein paar schöne Motive, was würde dir gefallen? Schöne Frauen oder Landschaften? Ich kann auch Bilder von deiner Gabi machen, ganz wie du es möchtest. Natürlich

geht auch die ganze Familie, Margoo und ich haben uns im Nachbarhaus eine schönes, nagelneues Fotostudio eingerichtet."

„Dann könntest du theoretisch ja auch unsere Frauen für die verschiedenen Häuser Webseiten fotografieren, aber jetzt lass uns erstmal zum Essen gehen." Freddy hatte einen Partyservice beauftragt, für das Essen und die Getränke zu sorgen. Freddy war kein Weinkenner und auch kein Gourmet, Freddy war in erster Linie ein cleverer Geschäftsmann ohne große Skrupel.

Vor dem Essen ging Gottfried nochmal vor die Türe und holte den Drei-Liter Bocksbeutel und überreichte ihn Freddy, der sich riesig freute.

Die Leute vom Catering servierten dann Cocktail vom Hummerkrabben mit Papaya und Ananas, Geräucherten Lachs mit Sahnemeerrettich, Gebeizten Lachs mit Senfdillsoße, Tomatenscheiben mit Mozzarella und Basilikum, Parmaschinken auf Melonenspalten, Capriccio vom Rind mit Pesto mariniert und gerösteten Pinienkernen, Filetvariationen vom Rind und Schwein mit verschiedenen Soßen und Spätzle. Es sah großartig aus und schmeckte vorzüglich Margoo spielte nach dem Essen mit dem kleinen Leander, der immer wieder von seiner Tagesmutter erzählte.

„Ja Lundi ist zurzeit sein Ein und Alles, er fühlt sich richtig wohl bei der Tagesmutter und den anderen Kindern und auch ihr Mann soll ein ganz Netter sein." erzählte Gabriele.

Oleg, Freddy und Gottfried standen auf dem langen Balkon und schauten auf die Stadt, sie rauchten irgendwelche fette Zigarren und besprachen, wie sie es mit den Frauen und den Fotos machen sollten, der Betrieb im Haus musste ja weitergehen. Gottfried erzählte ihm, dass er früher, als er Kohle brauchte, auch schon in verschiedenen Häusern in Würzburg, Darmstadt und Plauen die Frauen fotografiert hatte, das beruhigte Freddy und sie machten gleich einen festen Termin für den nächsten Dienstag aus. Freddy zog Gottfried auf die Seite, das war so eine Marotte von ihm und sagte leise, ob er auch schöne erotische Fotos von seiner Gabriele machen könnte und was das kosten würde? Gottfried erklärte ihm, dass die Bilder von Gabi am besten Margoo machen sollte. „Ich denke, da kann sie sich ungezwungener bewegen und es gibt sinnlichere Bilder, gerade wenn man mit jemand bekannt ist, dann ist es schwierig, erotische Bilder zu machen! Ja, und kosten tut sowas zwischen 300 und 500 Euro je nach Aufwand und Zeit." erklärte ihm Gottfried. Oleg brachte drei Gläser Ruinart Rosé: „Jetzt stoßen wir erst einmal an!" lachte er. „Auf deine neue Bude. Prost zusammen!" Gottfried musste daran denken, dass, wenn Freddy mitbekommen würde, dass einige Millionen Euro bei ihm zu Hause rumlägen, dass dann die Dinge anders liegen würden! Drum stellte er ihm die Frage, wie es denn mit den restlichen 200000 aussieht. Freddy wand sich, er erzählte, dass er bei den Urnenbeisetzungen von den Müllers und dem Boorhome dabei war, und dass alles so schrecklich verzwickt jetzt sei. Gottfried wies ihn daraufhin, dass das Grundstück im Steinbachtal von Maier mindestens so viel wert sei. Und er würde sich mit dem Grundstück, wenn es notariell überschrieben wäre, begnügen. Er würde drüber nachdenken, sagte Freddy und sie gingen hinein und leerten noch ein paar Pullen von der edlen Brause.

Tag 31

Als Gottfried um 8 Uhr aufwachte, hatte er überhaupt keinen schweren Kopf, das lag wohl auch an der hervorragenden Qualität des Champagner, den der Partyservice mitgeschickt hatte. Er beschloss einen Nüchtern-Marsch in die 3- Kilometer entfernte Bäckerei zu machen, um frische Brötchen und Eierringe zu holen. Früher, als er noch aktiv gelaufen ist, hat er das öfters gemacht, durch die Variabilität des Trainings konnte er seinem Körper immer intensive neue Reize geben. So machte er auch Bergaufläufe zum Schwanberg. Bis zu 10- mal ist er hoch gerannt, aber nie runter! Das ging ihm zu arg auf die Knie, seine Frau war dabei und fuhr ihn immer den Berg hinab. Trainer kannte er nicht, er hat sich immer alles selber beigebracht, ob das Radrennen, Laufen oder auch Fotografieren war.

Kaltensondheimer Straße, Taxistand, am Falterturm mit dem Schlappmaulbrunnen überfuhr ihn fast ein alter Opel in NATO-Oliv mit der Aufschrift „Niedersächsische Landesforsten", als er die Straße querte. Dann war er auch schon in der Falterstraße. Er nahm zwei Dinkelvollkornbrötchen, zwei Vollkornbrötchen, zwei Eierringe und für Margoo eine extra dicke Plunderschnecke mit Nussfüllung mit. Dann ging er denselben Weg wieder zurück. Unterwegs traf er Wito Hartmann. Einen rauhen Burschen, aber Gottfried mochte ihn. Sie plauderten ein wenig und Gottfried bestaunte seinen Hund, einen Rhodesian Ridgeback. Seine Frau brachte das Geld ins Haus, sie hatte einen Job in der Führungsebene bei einer großen Weingenossenschaft und sie war die ganze Woche unterwegs und am Wochenende musste Wito sie verwöhnen, nicht nur mit frischen Brötchen!

Margoo hatte inzwischen Kaffee gekocht und den Frühstückstisch gedeckt. Sie freute sich über die Nussschnecke. Beim Frühstück erzählte Gottfried, dass er für seine verstorbene Frau ein Dia de los Muertos Grabstein suche und eigentlich auch schon gefunden hat. Sie fand es gut, mit dem Grabstein, mal was anderes, meinte sie und räumte dabei den Tisch ab. „Hast du heute Fußball?" fragte Margoo und verzog dabei das Gesicht. „Hey, was ist los, magst du nicht mitkommen?" „Soll ich ehrlich sein?" sagte Margoo „Ein hübsches Model wäre mir lieber." „Okay, aber das heute ist ein wichtiger Auftrag für mich!" Er musste ja auch bei Margoo so tun, als ob er das Geld wirklich noch brauchte. „Also gut." stöhnte Margoo.

Sie fuhren Richtung Neustadt/Aisch und bei einem kleinen Dorfverein mit einem sehr guten Sponsor machten sie halt. Kurze Begrüßung durch den Vorstand und dem Sponsor, dann brachte Gottfried seine Stative in Stellung und spannte die zwei silbernen drei Meter große Schirme auf, solides Grundlicht ist immer gut. Zuerst Mannschaft, dann Mannschaft und Betreuer, dann Mannschaft mit Betreuer und Sponsoren, dann Mannschaft mit Sponsoren, dann

Betreuer und Sponsoren und dann jeden Spieler, Trainer und Betreuer einzeln. Als die Physiotante drankam, musste er schlucken, so eine hübsche Frau hatte er schon lange nicht mehr gesehen! Er wartete einen Augenblick und winkte Margoo heran und sagte ihr ins Ohr, dass sie die Frau einmal fragen sollte, ob sie Zeit für ein Fotoshooting hätte. Dann drückte er ab und zeigte der jungen Frau die Fotos auf dem Display der Kamera. Sie war begeistert und weil sie die letzte im Reigen des Vereinsshooting war, unterhielt sie sich angeregt mit Margoo. Gottfried ging derweil zu den Verantwortlichen des Vereins und fragte, wo sie, wie besprochen, den Laptop zum Hochladen der Dateien stehen hätten? Keiner der Verantwortlichen wusste Bescheid, drum machte Gottfried andere Vorschläge zur Datenübertragung. Er könne die Bilder auf einem USB-Stick zuschicken oder auch via WeTransfer oder in die Dropbox laden. Die Herren entschieden sich dann doch für den USB-Stick. Er verabschiedete sich und ging zum Caddy, wo Margoo und Julia bereits auf ihn warteten.

Margoo strahlte und sagte zu ihm, dass Julia gerne ein Shooting mit ihnen machen würde. „Wo wollen wir hin?" fragte Margoo. Julia sagte zu ihnen, dass sie sich hier nicht so auskenne und fragte gleichzeitig, ob sie erst zu Hause bei ihr vorbeifahren könnten, um ein paar Klamotten zu holen. „No Problem!" sagte Gottfried und sie fuhren ein Stück an der Steinach entlang zu einem einsam gelegenen Haus.

„Ich warte im Auto" sagte Gottfried „geh du nur mit rein, Margoo." Er zog sein Smartphone aus der Hosentasche und rief den dicken Steve an, der in Neustadt/Aisch, ganz in der Nähe, ein Homestudio besaß, von dem manche gewerbliche Fotografen nur träumen konnten. Eigentlich hieß der Stefan Gunterman und war Bauingenieur, aber alle sagten nur Stevie zu ihm. „Okay, dann bis gleich, denke, wir sind in 30 Minuten bei dir." „Ich freue mich, dich wieder einmal zu sehen und ich bau schon einmal das Licht auf!"

Julia und Margoo waren ganz erstaunt. Dass es zu einem Studio geht, damit hatten sie nicht gerechnet, jedenfalls Margoo nicht. Als sie ankamen, stand Stevie schon in der Tür und winkte sie herein, nach den üblichen Umarmungen und Drückerchen ging es gleich in den Keller. „Fangt ruhig schon mal an, ich bin noch beim Mittagessen und komme dann nach." Gottfried kannte ja das Studio, er war schon des Öfteren bei Stevie zu Gast gewesen. Es war alles üppig und groß eingerichtet und im Foyer hingen lauter großformatige Bilder von nackten Frauen, ein paar Männer mit durchtrainierten Sixpacks waren auch darunter. Stevie verstand sein Handwerk, es wirkte alles sehr ästhetisch. Julia schaute die Bilder an und sagte dann zu Margoo, dass sie auch mal solche Bilder haben möchte. Damit hatten sie jetzt nicht gerechnet. „Ich habe jetzt nicht so die tollen Klamotten, dass es sich groß lohnt, mit mir viele Fashionaufnahmen zu machen, ich habe meinen Bikini und ein bisschen Wäsche mitgebracht und diese Louis Vuitton Jacke habe ich mir bei meiner

Sister ausgeliehen! Besser gesagt, sie hatte sie bei ihrem letzten Besuch vergessen. Mir gefällt dieser verruchte Kragen aus schwarzem Lackleder und natürlich auch die aufgesetzten Taschen und auch die Farbe ist mega, dazu habe ich eine Uniform-Mütze und diese schwarzen Overknees hier." Gottfried und Margoo bekamen den Mund nicht mehr zu und schauten sich an. „Ist deine Schwester in der Modebranche tätig?" fragte Margoo dann und weiter „Dieses helle Rosé-Melange steht dir ganz sagenhaft." Julia sagte beim Umziehen, dass ihre Schwester Laufstegmodel ist und beim Mainmodeltopwettbewerb der Mainpostille vor 3 Jahren sozusagen in Würzburg entdeckt wurde. „Ja, ich war dann halt immer so ein wenig das Aschenbuttel in der Family und zog meine 3-jährige Ausbildung zur Physiotherapeutin durch und bin damit heuer fertig geworden. Bei den Fußballern bin ich nur dabei, weil mein Bruder dort mitspielt und ich freue mich jetzt riesig, dass ihr mich gefragt habt, ob ich ein Fotoshooting mit euch machen will und jetzt fangen wir an."

Sie lachte und sah sagenhaft schön aus. Die Lippen hatte sie in derselben Rosé-Melange geschminkt wie die Jacke, und durch die schwarzen Overknees wirkte sie noch größer, als sie war.

Sie sah einfach hinreißend in dem Outfit aus, vervollständigt wurde es noch mit einem Spitzenhöschen in derselben Farbe und glänzenden marineblauen Handschuhen. Wow, dachte sich Gottfried, was für ein

Glücksfall! Das Studio war groß und hoch genug, um Julia mit dem Licht sehr gut aussehen zu lassen. Margoo war in ihrem Element und positionierte Julia immer wieder aufs Neue zu ganz tollen Posen. Mittlerweile waren sie in den zweiten Studioraum gewechselt, wo eine riesige, rote Sofalandschaft und ein goldener Stuhl, so groß wie der Thron des türkischen Präsidenten auf sie warteten. Gottfried kam gar nicht nach, das Licht ständig neu zu justieren, bei dem Tempo, das die beiden vorlegten. Nach einer Stunde kam der dicke Stevie und als er sah, dass sie „nur" Fashion fotografierten, sagte er, dass er jetzt erst ein Verdauungsschläfchen machen würde und später nochmal vorbeischauen würde. Margoo und Gottfried und auch Julia war das nur Recht. Gottfried ging dann mal kurz zur Toilette und als er wieder kam, lag Julia völlig nackt auf dem Rücken und Margoo gab Anweisungen: "Knie anwinkeln, bitte und den Rücken ganz durchdrücken…!" „Was für ein Körper!" dachte sich Gottfried. „Sehr schön durchtrainiert, wundervolle Brüste und ein wohlgeformter Po!" Julia hatte überhaupt keine Scheu, als ob sie das schon immer gemacht hätte. Bei dem tollen Körper hatte sie auch nichts zu verbergen und das spürte sie und Gottfried und Margoo auch so langsam. Lachend sagte sie zu Gottfried, dass sie sich die Dessous geschenkt hätten. „Komm, wir gehen nochmal ins andere Studio und machen noch eine paar schöne Lowkey Aufnahmen!" Jetzt war die Zeit des Meisters gekommen und er machte Aufnahmen von Julia, wie sie es nie für möglich gehalten hätte. Eine sehr charmante Rückenansicht mit feinem Auftritt und ein sehr kokettes Styling! Irgendwann war dann war auch Schluss.

„Zieh dich wieder an, Feierabend! " sagte er nach gut zwei Stunden. „Ich habe Hunger, willst du mitkommen? Wir laden dich zum Essen ein." Gottfried legte einen 50 Euro Schein auf den Tisch und dann gingen sie leise die Treppe hinauf, um Stevie nicht aufzuwecken. Es war bereits 16 Uhr geworden und Gottfried fragte Julia, ob sie ein gutes Lokal wusste, das durchgehend warme Küche hatte. „Da kommt nur das "Amalfie" in Frage, gute neapolitanische Küche und ein sagenhaftes Rinder-Carpaccio."

Nachdem sie nach dem vorzüglichen Essen Julia abgesetzt hatten, fuhren sie gemütlich auf der B8 zurück nach Kitzingen. Am PC schauten sie sich dann die Bilder an. Über 620 Stück hatten sie alleine mit Julia gemacht und 200 mit dem Fußballklub, von Julias Bilder waren beide begeistert und Gottfried fing an, die Jpgs mit einer Auflösung von 3648x2432 in die Dropbox zu laden. Einen Shootingvertrag lud Gottfried ebenso mit hoch, wie auch eine noch zu unterschreibende Quittung für die Modelgage. Die Bilder für den Sportverein zog er mit einer Auflösung von 5472x3648 auf einen USB-Stick. Margoo passte genau auf, wie alles funktionierte und Gottfried erklärte ihr es ausführlich.

Tag 32

Freddy steckte sich seine Frühstückszigarette an, die er immer nach dem kurzen Frühstück genoss. Jetzt, seit ein paar Tagen in fester Beziehung, überlegte er kurz, wie er das in Zukunft händeln wird, dabei genoss er die frische, aber kalte Novemberluft. Es war noch dunkel, nur ab und zu sah er ein paar Lichtkegel der ankommenden Autos. Im Gedanken sah er das schöne, sympathische und vor allem ehrliche Lächeln seiner Gabriele, was ihn sehr glücklich machte. Er musste an Maier denken und dessen Mitgliedschaft in einem Firmenkonsortium, wo Protektion und Cliquenwirtschaft mit all ihren Regeln, dazu gehörten. Persönlichkeiten aus Politik und Wirtschaft, hohe Regierungsbeamte, Unternehmensführer, Pressemogule, Ärzte, Anwälte, alle hatten ihre Hände im Spiel. Macht und Geld, Herbert Graf von Weichenberg ist eine andere Hausnummer wie der durchgeknallte Steuerberater. Trotzdem wollte er es versuchen. Er wollte keine Macht, er wollte nur Geld. Bevor er sich in seinen Panamera setzte, rief er den Geschäftsführer eines seiner Häuser an und erklärte ihm, dass er einen Termin mit Gottfried Meister wegen der Aufnahmen der beschäftigten Frauen machen sollte. Dann setzte er sich hinters Steuer und gab Oleg durch, dass er gerade über Kaltensondheim, Erlach, Sommerhausen, Winterhausen ins Steinbachtal zu Maier fuhr, dann beendete er das Gespräch.

Er ging ins Haus, das Maier anscheinend nie absperrte und traf ihn beim Frühstück an. Er löffelte gerade sein Morgenmüsli in der spärlich eingerichteten Küche. Freddy war in wenigen Schritten gleich hinter ihm und packte ihn am Hals und drückte den Kopf von Maier in den Teller mit   Haferflocken-Trockenfrüchte-Bananen-Milchgemisch. „Was ist jetzt schon wieder los?", schrie Maier tief schnaufend, das Müsligemisch von den Augen wischend. Freddy lachte und sagte nur, dass er wisse, um was es geht – Schuldeneintreiben. Dann wurde er wieder philosophisch: „Die einzige Konstante im Leben ist die Enttäuschung, mein Freund und deshalb müssen wir nochmal zum Notar, um dieses Grundstück hier zu überschreiben." Sagte Freddy und schaute ihn an. Maier sprang auf und schrie irgendetwas, Freddy konnte es nicht verstehen. Er fragte sich gerade, wie tief Maier in dem Netzwerk des Betruges verstrickt war.

Er hätte besser vorher darüber nachgedacht, er spürte nur noch den harten Schlag auf den Hinterkopf und dann wurde ihm schwarz vor den Augen.

Als er wieder aufwachte saß er gefesselt auf einen Stuhl. Sein Schädel brummte und die linke Seite tat ihm weh. Nur mühsam gewöhnten sich seine Augen an das fahle Licht. Er überlegte, was passiert war und wo er wohl sei. Plötzlich öffnete sich eine Tür und ein sehr dicker Mann trat ein, er hatte eine Glatze und eine Lesebrille saß auf seiner Nase. „Das ist also der große Gangsterboss Friedrich Laue, vor dem alle zittern.... uuaahh!"

Dann lachte er ganz sonderbar und hielt sich an seinen breiten Hosenträgern fest. Das musste der Graf sein, dachte Freddy, die Beschreibung dürfte passen. Dann kam Maier zur Tür rein und ging zum gefesselten Freddy und schlug ihm mit der Faust ins Gesicht. Freddy spuckte Blut. „Scheiße, wie komme ich hier nur wieder heil raus?" dachte er. Der Graf und Maier lachten und ein dritter Schlipsträger kam in das Zimmer und sagte zu Freddy: „Wenn du hier wieder lebend rauskommen willst, unterschreibst du heute noch die Übertragungsrechte deiner ganzen Firma und deines Vermögens mit allen ausstehenden Forderungen an deine Frau Gabriela Spazierer, du bist jung genug und kannst noch einmal von vorne anfangen. Machst du es nicht, bist du ein toter Mann." Plötzlich stand seine Gabi vor ihm und sagte trocken und kalt: „Freddy nimm es nicht persönlich, irgendwie habe ich dich schon gemocht. Aber das Angebot der Firma war einfach zu gut und ich möchte in Frieden leben." Für einen Moment schien für Freddy die Welt unter zu gehen, doch er fing sich schnell und sagte nur: „Okay." Dabei zeigte er keinerlei Emotionen: "Was springt für dich dabei raus?" Sie ging zu ihm hin und sagte ganz leise: „Es wird reichen."
„Komm, gib mir noch einen Abschiedskuss!" Er schaute sie mit unschlüssigen Augen an und dachte, diese üppige Formensprache bei ihr ist einfach überwältigend, dann war sie auch schon bei ihm und gab ihm einen Kuss auf den Backen und flüsterte ganz leise: „Sie haben Leander." Das wird jetzt total kompliziert, dachte er und sagte: „Her mit dem Wisch, ich unterschreibe!" „Es wird noch ein paar

Stunden dauern, bis alles aufgesetzt ist, wir hatten das ja auch nicht so geplant, aber du lässt uns ja keine andere Wahl. Du wolltest den Krieg und wirst ihn jetzt verlieren." Maier schob Gabi zur Türe hinaus und auch der Graf, der andere Typ und auch der Bodygard oder was immer der darstellte, gingen ebenfalls zur Tür hinaus und es wurde wieder dunkel im Zimmer.

Es war ein kühler, trüber Novembertag. Es hatte geschneit und im Licht der Straßenlichter wirbelte der Schnee. Gottfried machte gerade mit seinen Albertshöfer Hundefreunden einen Spaziergang am Main. Er mochte Hunde, hatte aber aus welchen Gründen auch immer nie einen Hund gehabt. Gorbi, Sombra und Jody freuten sich, dass er wieder einmal dabei war und sprangen immer wieder an ihm hoch, vor allem die zwei Mischlingshunde, die einer der Höpper (so werden die Einwohner Albertshofens im Volksmund genannt und sie nennen sich auch selber gerne so) aus einem Hundeauffanglager auf Gran Canaria mitgebracht hatte, hatten es ihm angetan.

Dann meldete sich sein Handy mit dem Sportpalastwalzer: „Ja, bitte?" Es war einer der „Filialleiter" von Freddys Häusern, der einen Termin zum Fotografieren seiner Frauen brauchte. „Ja, wenn sie wollen, kann ich heute nach Bad Kissingen kommen und ihre Damen fotografieren!" „Augenblick, ich muss überlegen!" Nach einer Minute sagte er: „Okay, das geht in Ordnung, kennst du die Adresse? Pass auf: Waldeslust, in der Alten Schweinfurter Straße. Die Seitentüre steht offen." „Männer, die Arbeit ruft!" „Ich muss zurück!" „Arme Sau!" hörte er noch, dann war er auch schon weg.

Nach zwanzig Minuten erreichte er mit seinem Caddy sein Own house und schrieb Margoo per WhatsApp, wann sie beim Frisör fertig sei? „Warum?" „Ich fahre zum Fotografieren nach Bad Kissingen und wenn du magst, kannst du mitfahren. Es ist aber in einem Puff, das sage ich dir gleich." „Ja, macht ja nix, ist schon okay. Du kannst mich in einer halben Stunde abholen."

Margoo wartete schon auf dem Gehsteig und winkte Gottfried entgegen. Ihre Haare hatte sie einen geometrischen Schnitt verpassen lassen und dunkelblau eingefärbt. Gottfried gefielen besonders die bordeauxroten Strähnchen, die sehr gut zu der Farbe des Caddys passten. Über die A7 waren sie dann in gut einer Stunde dort. Gottfried ging ins Haus und fragte, wo er sein Set aufbauen kann. Es war ein Raum mit sehr viel Rot. Rote Lampen, Bettbezüge, Vorhänge alles Rot. Er klebte über seine Blitze transparente rote Meever Folien und machte einen Probeschuss bei dem sich Margoo auf das Bett legen musste. Insgesamt 10 Frauen kamen nach und nach zum Ablichten ins Zimmer, die meisten sprachen kein Deutsch, sie kamen aus Rumänien, Weißrussland und Westafrika. Gottfried sollte so knipsen, dass man die Gesichter nicht erkennt. Genauer gesagt: einmal in Dessous im Liegen, einmal nackt im Liegen und einmal sitzend von hinten auch nackt für die Po-fetischisten. Das Ganze war in zwei Stunden erledigt, er bekam die vereinbarten 280.- Euro und spielte die Bilder gleich auf den Laptop des Betreibers bzw. Geschäftsführers des Etablissements auf. Margoo sagte beim Hinausgehen, dass sie das alles ziemlich herabwürdigend findet. „Ja, mir gefällt das auch nicht. Prostitution ist selten schön." Dann sprang wieder der Sportpalastwalzer an.

„Ja, hier Oleg, ich brauch dei Hilfe, Freddy is wech!" Oleg klang ziemlich aufgeregt und Gottfried beruhigte ihn: „Also, was heißt wech?" Oleg erklärte ihm, dass er am Morgen von Freddy einen Anruf bekam, dass er jetzt zu Maier fährt und jetzt ihn telefonisch nicht mehr erreichen könne. „Ich probiere jetzt schon zwei Stunden!" „Okay, wir treffen uns in zwei Stunden auf dem Parkplatz der Frankenwarte und dann gehen wir zu Fuß von hinten in Maiers Haus.

Weißt du, wo die Frankenwarte ist?" „Klar, an dem Turm, oder?" „Ja, also in zwei Stunden!"

Oleg war schon da, als Gottfried ankam. „Schalte dein Handy aus!" sagte er zu Oleg. „Habe ich schon in der Zellerau ausgeschalten, so blöd bin ich auch nicht!" „Wieso, habe ich was gesagt?" „Passt schon, Dawai." sagte er und sie schlichen sich, nachdem sie 10 Minuten unterwegs waren, von hinten an das Haus von Maier. Alles dicht… Oleg machte eine flache, längliche Dose auf, holte zwei Stifte heraus und nach einer halben Minute war die Tür geöffnet. Sie schauten sich um und sahen dann die Sauerei in der Küche: umgestürzte Stühle und das verschüttete Müsli. „Wenn ich so einen Saustall sehe, bekomme ich pubertierende Pickel."

Gottfried ging zum PC im anderen Zimmer und verschob die Maus. Zum beiderseitigen Erstaunen kam eine Landkarte bei Google Maps zum Vorschein, anscheinend hatte es Maier ziemlich eilig gehabt, weil der Rechner nicht ausgeschaltet war. Auf der Karte erkannten sie ein Waldstück bei Kleinrinderfeld und ein Pin war mitten im Wald zu sehen. Von einem Steinbruch in der Nähe ging es auf einem Waldweg ungefähr zwei Kilometer in den Wald, da müsste die Stelle sein, die sie suchen mussten, um weiteres Licht ins Dunkel zu bringen. Gottfried gefiel das Ganze nicht, er wollte in nichts hineingezogen werden und sagte zu Oleg, wieso der keine anderen Leute habe, die sich Sorgen um Freddy machten? Oleg gab ihm zu verstehen, dass in den Häusern im Moment nur Hausdamen und ältere Hausmeister sind. Die Leiter sind (bis auf den in Bad Kissingen) nach Rumänien gefahren, um Frischfleisch zu holen. „Und Freddy will bestimmt nicht, dass noch jemand anderes mit hineingezogen wird!" „Aber mich kannst du mit reinziehen!" Oleg lachte und erklärte ihm, dass er nach Hause fahren sollte und er ihn um 2 Uhr heute Nacht abholen würde. Als er nach Hause kam, sah er in das sorgenvolle Gesicht von Margoo, die ihn fragte, wo er denn jetzt herkäme. Gottfried nahm sie in den Arm und ging mit ihr ins Haus und erklärte ihr alles. „Ich leg mich dann a weng hin." „Hast du vergessen, dass wir noch die Bilder von Julia sortieren und bearbeiten wollten?" „Nein, habe ich nicht, aber heute habe ich keine Zeit mehr! Ich bin das Freddy einfach schuldig!"

Tag 33

Es klingelte und Gottfried war gleich an der Tür. Er hatte einen schwarzen Hoodie angezogen und eine schwarze präparierte Strickmütze aufgesetzt. Margoo stand mit angstvollem Gesicht an der Tür und winkte kurz. Er stieg in den Land Rover von Oleg und sie fuhren schweigend los. Über Sommer- und Winterhausen waren sie in 35 Minuten am Ortseingang von Kleinrinderfeld. Es war halb drei, als sie zum Steinbruch fuhren, es war eine kalte, klare Vollmondnacht. Die Sterne strahlten am Himmel um die Wette über die leicht überzuckerte Landschaft. Der milchig weiße Mond warf sein trübes Licht auf den dichten Wald. Die Schemen der Bäume schienen bläulich angestrahlt. Alles war still, nur der Motor des Land Rovers war zu hören. Am Steinbruch bogen sie in den vermuteten Waldweg ein. Oleg fuhr langsam, der Motor war kaum noch zu hören, er hatte das Licht ausgeschaltet und über den Kopf ein Nachtsichtgerät gestülpt. Gottfried sah so gut wie nichts, langsam gewöhnten sich aber seine Augen an die Dunkelheit. Er fühlte sich wie Captain Picard auf dem Weg zur Basis der Enterprise. Nach einer halben Stunde hielt Oleg an, er sah ein Haus mit drei Autos davor, Freddys Panamera war auch dabei. Sie stiegen aus und schlichen sich zum Haus. Plötzlich zog Oleg eine Uzi Maschinenpistole aus seinem schwarzen Parka und winkte Gottfried mit dem Kopf zum Weitergehen. Das Gebäude war sowas, wie ein Jagdhaus. Es war ziemlich hell erleuchtet und mit einer großen Außenterrasse aus Holz versehen. Sie sahen einen kahl rasierten Mann auf einem gekippten Stuhl sitzen, der eine Zigarette rauchte und vor sich hin gähnte. Oleg schlich sich lautlos von der Seite an und schlug mit dem Knauf seiner Makarov auf den Kopf des Mannes. Oleg hielt ihn sodas er, lautlos auf die feuchte, kalte Erde fiel. Er fixierte ihn mit Kabelbindern, die er anscheinend immer dabeihatte, an Beine und Hände. Dann schlichen sie sich auf die Terrasse und schauten seitlich durch ein Fenster ins Haus.

Auf der Couch sahen sie einen Mann schlafen und auch im Sessel saß noch ein Schlafender, die Füße auf einem zweiten Sessel ausgestreckt. Von der undichten Regenrinne tropfte es in ungleichen Abständen in eine kleine Pfütze, es machte jedes Mal: „bltsch", wenn der Tropfen aufschlug. Gottfried rollte seine Mütze ab, so dass nur noch zwei Sehschlitze und die Mundöffnung zu sehen waren. Oleg musste grinsen und öffnete dabei leise die Terrassentür und ging in den Raum, die Uzi hatte er sich mit einem Riemen umgehängt und die Pistole eingesteckt. Dann nahm er den Zeigefinger und führte ihn an den Mund, um Gottfried zu zeigen, dass er jetzt ganz leise sein sollte. Er zog einen Plastikbeutel aus der linken Seitentasche seiner schwarzen Militärhose, entnahm ihm einen mit Chloroform getränkten Lappen und hielt ihm dem Mann im Sessel unter die Nase. Ein kurzes Schütteln und der Mann schlief bestimmt weitere fünf Stunden tief und fest, dann ging er zu Maier und machte dasselbe: ein kurzes Zucken und er schlief ebenfalls weiter. Beide fesselte er dann wieder mit Kabelbinder. Dann suchten sie weiter. Oleg flüsterte zu Gottfried, dass er im Zimmer bleiben sollte. Nach einer Weile kam er zurück und sagte zu ihm, dass oben in einem großen Bett ein dicker Mann schnarchte und Freddys Freundin in einem anderen Zimmer angekettet sei, eine Tür sei verschlossen. „Hast du den Dicken auch narkotisiert?" „Logo und auch gefesselt. Ja, ich glaube, wir gehen jetzt mal in das verschlossene Zimmer." Ziemlich schnell hatte Oleg die Tür geöffnet und sie sahen auf dem Bett den kleinen Leander liegen. „Gottfried, bleib du hier, ich mach mal Gabi los." Er hielt Gabi den Mund zu und sagte leise: „Wo ist Freddy?" Gabi schaute ihn verstört an und sagte: „Was ist denn los?" „Was soll sein, du bist hier angekettet, Freddy ist verschwunden und dein kleiner Leander liegt nebenan in einem verschlossenen Zimmer?!" „Wo ist Freddy?" „Ich glaube, er ist im Keller gefangen, sie wollen ihn heute umbringen!" „Weißt du, wer die Schlüssel für deine Ketten hat?" „Ja, der Dicke glaube ich!" Oleg verschwand im Nebenzimmer und sagte zu Gottfried, dass er bei Leander bleiben sollte, der noch immer auf dem Bett liegend vor sich hindöste. Dann schlich er sich in den Keller und suchte nach Freddy. Im hintersten Kellerabteil fand er ihn schlafend auf einem Stuhl gefesselt. Er sah übel aus, anscheinend hatte sich jemand an ihm ausgetobt. Oleg schüttelte ihn und zog aus der rechten Seitenhosentasche ein langes Messer raus und schnitt damit die Fesseln durch.

„Mein Gott, es war noch nie so schön, dich zu sehen! Wie hast du das geschafft, dass du mich gefunden hast?" „Gottfried hat mir geholfen, er ist auch hier." „Er ist hier?

Das ist ein Freak, der fürchtet sich anscheinend auch vor nichts!" „Okay, dann gehen wir mal!" sagte Oleg.

Freddy ließ sich die Schmerzen nicht anmerken.

Er sagte zu Oleg: „Einen Vorteil haben wir ja. Jetzt haben wir das ganze Pack auf einem Haufen zusammen und da müsste jetzt doch was zu machen sein. Wem wollen wir zuerst einen Finger abschneiden?" Beide lachten. „Als Erstes müssen wir den Plattkopf von draußen reinziehen!" Was sie dann auch gleich machten. „Boah, ey, ist der schwer!" „Komm, jammere nicht so rum." Sie gingen hoch und machten Gabi los, die Freddy weinend umarmte. Gottfried nahm Leander auf die Arme und ging ins Nebenzimmer, wo ihn Gabi glücklich in Empfang nahm. Freddy sagte zu Gottfried: „Danke mein Freund, du fährst jetzt besser mit Gabi und Leander, was jetzt kommt ist nichts für euch. Du hast jedenfalls was gut bei mir!" „Schon wieder?" dachte Gottfried und sagte zu Oleg: „Gib mir die Schlüssel vom Land Rover."

Die Fahrt verlief ohne Vorkommnisse und gegen fünf Uhr fuhr Gottfried in den Innopark. Von dort lief er durch das kleine Wäldchen nach Hause. Dann schmiss er die schwarze Pudelmütze mit den Sehschlitzen in den Altkleidercontainer in der Kaltensondheimer Straße. Er duschte sich heiß und legte sich zu seiner Margoo ins Bett. Er streichelte ihr zart über den Po, den sie dann an seine Hand presste. Dann drehte sie sich zu ihm um und setzte sich auf ihn. Nach einen wilden Morgen schliefen beide noch einmal tief und fest ein.

Freddy und Oleg zogen ihre vier Klienten völlig nackt aus und durchsuchten dabei ihre Klamotten nach Wertsachen, Gauner sind eben Gauner. Das Bargeld teilten sie gleich und steckten es ein, die Smartphones schalteten sie aus und schmissen sie in eine Plastiktüte. Dann ging es ans Eingemachte! Maier, der Graf und die beiden anderen hatten Freddy völlig unterschätzt, nicht wirklich geahnt, mit wem sie sich eingelassen hatten. Oleg packte Maier an den Haaren und zerrte ihn nach vorne. Freddy nahm dann Maiers Hand und hielt sie auf dem Tisch fest, Maier jammerte und schluchzte. Er konnte nichts sagen, weil sein Mund wie bei den drei Anderen zugeklebt war. Oleg sagte dann nur: „Schaut mal, was ich gefunden habe." Er setzte den dicken Nagel in die Mitte von Maier Hand, dann ein dumpfer Schlag und die Tischplatte und Maier waren eins. Maier wurde vor Schmerz ohnmächtig. „Wer ist der Nächste?" Vor Angst pisste der Graf auf den Boden. „Okay", sagte dann Freddy in dieser unwirklichen Szene, „wer möchte mir etwas sagen?" Er schaute dem Grafen tief in die Augen: „Wo ist der Tresor?" Schweigendes Zittern!! „Wo ist der Tresor, Graf?" „Ich habe hier keinen!" sagte der mit stockender Stimme. Freddy schlug ihm mit der Faust in seinen Bauch, dass das Fett nur so schwabbelte. Der Graf sank in die Knie und wimmerte heulend vor sich hin. „Wo ist der Tresor und wo ist der Schlüssel dazu, ich frage dich das jetzt das letzte Mal!" „Im Keller" hörte Freddy ganz leise. „Schneid ihn auf!" sagte er zu Oleg, der Graf fiel in Ohnmacht. Oleg schnitt die Kabelbinder auf und schüttete anschließend den Vintage Blumengießer aus Messing über den Grafen aus. Dann gingen sie in den

Keller und der Graf machte den Tresor auf. Oleg gab ihm seine Klamotten und schaute ihn an, was er machte. Nachdem die Schuhe gebunden waren, fesselte er ihm wieder mit Kabelbindern die Hände auf den Rücken. Es waren so ca. 70000 Euro im Tresor, die Freddy gleich einsteckte. Alles große Scheine. Er zählte 10000 ab und steckte sie in die andere Tasche. „Wie heißt du eigentlich?" fragte er dann den einen Typen, der gestern noch die dicke Lippe geschwungen hatte. Dickes Schweigen. Freddy merkte, dass der wohl die härteste Nuss war, die es zu knacken galt. „Schau mal auf seinen Ausweis!" sagte Freddy. „Ulf Bodenstein und du?" fragte er den Bodygard. „Frank Becker." „Okay, mach mal von allen ein Bild, damit wir das hier nicht so schnell vergessen!" sagte Freddy zu Oleg. Der dann mit seinem Smartphone einige unschöne Bilder machte.

Dann ging er hinaus zu seinem Panamera, mit dem Maier ihn und Becker hier in die einsame Waldhütte gefahren hatte und holte einen Kanister Benzin aus dem Kofferraum. Der Graf hatte einen schwarzen Passat mit getönten Scheiben an den Seiten. Das passt, dachte Freddy, wenigstens nicht so eine auffällige Karre. „Frank, komm mal her!" rief er in den Raum. „Scheiße, du bist ja noch gefesselt." Oleg nahm seinen großen Dolch und schnitt ihn los. „Zieh dich an und komme mal mit. Was verdienst du bei denen oder bist du ein Freelancer?" Frank hatte eine relativ hohe Stimme und erzählte Freddy, dass er für den Job gebucht wurde. Er war also sozusagen Beschützer von Leo Maier und war von Ulf Bodenstein engagiert worden. Ich verdiene bei so einem Job so um die 4000.- Euro, je nachdem wie lange es dauert. Hätte ja nicht gedacht, dass der worst case eintreten würde. Die haben ganz schön Schiss vor dir!" „Und du, wo stehst du jetzt? Pass auf, wir wollen dir nicht wehtun, wir haben dich nackt fotografiert und du bekommst 10000.- in bar von mir, wenn du die ganze Scheiße vergessen kannst. Einzige Bedingung: du verreist für ein paar Monate." „Ich sag gar nix und dich ich habe nie gesehen und das mit den zehn Scheinen ist natürlich okay!" „Also, du gehst jetzt rein, nimmst den Benzinkanister und weichst die Hütte ein." Maier, der Graf und Bodenstein schauten erschrocken, wie Becker das Benzin im Haus verschüttete. „So, meine Herren, wir wechseln jetzt die Location. Bodenstein und Maier: zieht euch an, wenn niemand ausflippt, passiert nix!"

Oleg hatte den Nagel herausgezogen und Maier provisorisch verbunden. Als erstes setzten sie Bodenstein in den Passat, Oleg zog oben und unten die Kabelbinder fest und aktivierte die Kindersicherung in der Tür, beim Grafen machte er dasselbe. Dann setzte er sich ins Auto. Maier steckten sie in den Kofferraum des Panamera und machten die Klappe zu. „So, Frank, komm mal mit, steck die Hütte mal an, dann lege ich noch einen Schein drauf!" Freddy zog sein Smartphone und filmte, wie Frank die Bude anzündete. Dann gingen sie zum Auto und Freddy zog 11000 Euro aus der Tasche, die sie vorher mit weiteren 60000 Euro aus dem Safe des Grafen rausgenommen hatten, und gab sie Frank. „Wenn du in zwei Monaten wieder zurück bist, bekommst du einen guten Job bei mir!" Im Auto vom Grafen versuchte Bodenstein Oleg zu ködern. „Hey, du kannst bei mir in meiner Firma Millionär werden, mach mich verdammt nochmal frei!" Oleg stieg aus dem Auto und schlug mit der Faust in Bodensteins Gesicht. Dann fuhren sie los, das brennende Jagdhaus hinter sich lassend. „Wo willst du aussteigen, Frank?" „Wenn du mich zum Bahnhof fahren kannst?" „Ja klar." Über Geroldshauen, Albertshausen und Fuchsstadt ging es nach Winterhausen. Dort bogen sie rechts ab und an einem Parkplatz kurz vor Goßmannsdorf hielt er an und sagte in Mafiamanier: „Steig aus, denk dran, ich hab dich auf dem Handy, wie du das Haus abfackelst, mach keinen Blödsinn! Schönen Urlaub, erhole dich gut!" Dann fuhren beide Fahrzeuge weiter nach Enheim und Freddy musste kurz daran denken, dass er ja heute mit Gottfried einen Termin ausgemacht hatte, um die Frauen zu fotografieren. Aber das können wir ja nachholen. Er wusste ja nicht, dass sein Mann in Bad Kissingen seine Anordnung so schnell umgesetzt hatte.

Tag 34

Es war ein sehr nebeliger Morgen und Gottfried hatte keine Lust aufzustehen. Er rutsche zu Margoo ins Bett, alles war mollig warm beim kuscheln. Er liebte sie und ihren Körper. Besonders wenn sie noch nicht ganz erwacht war, duftete sie dann immer so gut. Er mag ihren Körpergeruch und es gibt keinen schöneren Start in den Tag, besonders nach einem gemeinsamen Orgasmus, wenn er dann nochmal mit seiner Margoo im Arm eine halbe Stunde schlafen konnte. Um 9 Uhr klingelte das Telefon, es war Gabi, sie war besorgt und wollte wissen ob sie was von Freddy gehört hätten. Gottfried konnte ihr nichts sagen, weil er nichts wusste und er machte Gabi klar, dass er in nichts weiter hineingezogen werden wollte. „Ich habe ihm jetzt zweimal sozusagen das Leben gerettet, das reicht erstmal, aber mach dir keine Sorgen, es wird schon alles gut gehen." „Wer war es denn?" rief Margoo. „Die Gabi. Sie wollte wissen, ob ich was von Freddy gehört habe. Komm, es ist schon halb zehn, wir fahren zum brunchen, keine Lust Frühstück zu machen." „Okay und wohin?" „Ins Pavillon, im Gewerbegebiet, da gibt es immer super All-you-can-eat Aktionen, die bodenlose Kaffeetasse und tolle Hausmannskost." „Alles klar." Den restlichen Tag verbrachten beide damit, in Würzburg zu bummeln, Margoo bekam eine neue Brille, Fisch in der Nordsee, dann Museum am Alten Hafen und später machten sie es sich in einem Loveseat im Cineworld gemütlich. Das Wetter schlug so langsam um, beim

Rausgehen merkten sie schon die ersten Ausläufer der nächsten Kaltfront aus dem Osten. Der Bildhauer meldete sich und fragte ob er den Grabstein für seine Frau alleine aufstellen kann oder ob er dabei sein wollte.

Tag 35

Von Freddy hatten sie immer noch nichts gehört. Bei einem kleinen Frühstück las Gottfried in der Mainpostille, dass es bei Geroldshauen in einem Wochenendhaus am Wald gebrannt hatte, die
Feuerwehren aus Kleinrinderfeld und Geroldshausen konnten nicht mehr viel löschen, da das Haus bei ihrem Eintreffen schon im Vollbrand stand und sie sich darauf konzentrierten, dass das Feuer nicht auf den nahen Wald übergriff. Brandursache unbekannt. Gottfried und Margoo fuhren dann nochmal nach Würzburg um Margoos Brille bei einem Optiker in der Kaiserstraße abzuholen. Es war ein trüber, kalter, regnerischer Nachmittag. Der Dezember kündigte sich an. Gottfried, ganz Kavalier hielt Margoo die Tür auf. Sie gingen gleich zur Kasse und Margoo legte den Abholschein für ihre neue Brille vor. Hinter ihnen stellte sich ein untersetzter Mann in die Reihe, aus seinem Verband am Kopf schaute eine Glatze hervor, im Gesicht sah man deutlich zwei dicke blaue Augen, die mit Klammerpflaster fixiert waren. Einer seiner Arme war in Gips und mit dem anderen hielt er sich an einer Krücke fest. Dann erst erkannte ihn Gottfried. Es war der böse zugerichtete Graf von Weichenberg. Meine Fresse, Freddy hat sich da ganz schön ausgetobt! Margoo setzte die Brille auf und sagte zu Gottfried: „Und, wie gefällt sie dir?" „Sehr schön!" sagte er und hörte den Grafen an der Kasse sagen: „Diese Sonnenbrille bitte, was machts?" „Neun neunzig bitte." Gottfried musste schmunzeln.

Weichenberg humpelte zum Ausgang und weiter die Kaiserstraße hinunter Richtung Bahnhof. Margoo sagte nur: „Ist irgendwas?" und spannte den Regenschirm auf. In einer Bäckereifiliale gegenüber von Stadttheater bestellten sie sich dann zwei Tassen Kaffee. Am Tisch saß noch ein etwas älterer Herr, mit einer türkisfarbenen Lesebrille auf der Nase, er machte permanent mit seinem Smartphone herum. Nach den leeren Kaffeetassen zu urteilen trank er bereits seine vierte Tasse. Sie kamen ins Gespräch, er stammte aus Bosnien, genauer gesagt aus einem Vorort von Sarajewo und wartete auf seinen Sohn. „Viel Glück!" sagte Gottfried beim Gehen. Dann gingen sie zum Residenzparkplatz, stiegen in den Caddy ein und fuhren nach Kitzingen. Beim Vietnamesen in der Falterstraße aßen sie dann zu Mittag. Dann erklang wieder der Sportpalastwalzer: „Ja, bitte?" Es war Freddy! „Wollte mich nur noch einmal bei dir bedanken, es war jetzt schon das zweite Mal, dass du mir aus der Patsche geholfen hast!" „Patsche ist gut, aber passt scho." „Oleg hat mir erzählt, dass du ohne viel zu fragen gleich mitgekommen bist. DANKE, du hast was gut bei mir!" „Alles klar Freddy, und so ist alles geregelt bei dir?" „Jaja, passt alles." „Ich habe den Weichenberg beim Optiker in Würzburg gesehen, meine Fresse, sah der aus!" „Echt? Wir hatten ihn beim Zoom aus dem Wagen gekickt."

Am Nebentisch regte sich eine ältere Frau mit Rita Süßmut Frisur auf, weil Gottfried so laut telefonierte. Margoo musste laut lachen, als sie die Frau ansah und sie fragte Gottfried, wen er da beim Optiker gesehen hätte? „Zahlen, bitte!

Nein, wir möchten keinen Pflaumenwein." Zu Hause machten sie es sich gemütlich und Gottfried schlief auf dem Sofa ein.

Tag 36

Freddy nahm noch einen Zug aus der Zigarette, dann sagte er zu Oleg: „Schmeißen wir ihn rein!" Im Kofferraum des Primera hatten sie die Leiche von Maier, er hatte einfach nicht unterschreiben wollen und dann ist es einfach passiert: Oleg hielt seinen Kopf zu lange im Wasser und plötzlich war er tot. Sie hatten ihn nackt ausgezogen und mit einer schweren Eisenkette so umwickelt, dass nichts verrutschen konnte. Die Kette wog bestimmt 160 kg und sie hatten sie nachts am Albertshöfer Anglersteg abmontiert. Zusätzlich hingen sie noch schwere 5kg Gussstücke an die Kette, sodass über 210 kg Eisen an dem toten Maier hingen. Sie standen am 30 Meter tiefen Umspannwerksee bei Langenprozelten. Sie mussten vom Parkplatz nicht weit laufen. Die Schlepperei war ganz schön anstrengend und erst an der Betonkante am Rand das Beckens machten sie die Eisengewichte an der Kette fest, dann stießen sie Maier ins Wasser und hofften, dass er für eine Weile da unten bliebe. Er versank sehr schnell ins tiefe schwarze Wasser. Oleg hatte den DNA-Vernichter Untraceable dabei und wischte die Transportplastikwanne und auch den Kofferraum gründlich aus, wie er vorher auch Maier schon damit abgewaschen hatte. Es war die perfekte Dekontamination. Jetzt mussten sie sich halt an Ulf Bodenstein und den Grafen halten. Aber irgendwie würde das schon gutgehen! Oleg ließ Freddy in Kitzingen aussteigen und er selber fuhr weiter nach Polen, vielleicht auch in die Ukraine, um den

Primera billig zu verkaufen, danach wollte er in Kiew ein bisschen ausspannen.

In der südlichen Ukraine in Kashyrivka fand er auf einem großen Parkplatz, wo auch viele geklaute Autos aus Deutschland verkauft werden, sehr schnell einen Käufer. Das Nachtleben in Kiew hat sich seit einigen Jahren stark gewandelt. Immer mehr Ukrainerinnen bieten ihre Dienste als Nacktmodelle oder Prostituierte an.

Das Business boomt, auch und gerade wegen der wirtschaftlichen Krise im Lande. Oleg traf sich am Kiewer Flughafen Boryspil mit einem Iraner, ja die Globalisierung macht auch vor dem Sex Gewerbe nicht halt, um mit ihm über „sein" Haus in Enheim zu sprechen.

Tag 37

Als Gottfried mit dem Kaffee ins Schlafzimmer kam, schlief Margoo noch tief und fest. Margoo lag auf dem Rücken und war nur zum Teil mit der Bettdecke bedeckt. Ihre Beine waren ein bisschen geöffnet und der Anblick machte Gottfried richtig geil. Er stellte den Kaffee leise auf den Nachttisch, beugte sich mit dem Mund über ihr Pfläumchen und küsste dieses zärtlich. Margo stöhnt im Halbschlaf und Gottfried singt leise in ihr Ohr: „Der Kaffee ist fertig!" und beide müssen herzhaft lachen. „Komm rück mal ein Stück rein." Auf dem Tablet waren noch frische Brötchen, Eier im Glas und Erdbeermarmelade. Gottfried nahm die Fernbedienung in die Hand und schaltete N25 ein: Der Fotograf David Hamilton und Fidel Castro sind gestorben. Der Punk wird vierzig. Assads Armee wird immer grausamer und Hoeneß ist wieder Präsident beim FC Bayern. Schon schön, mit dem neuen Flachbildschirm im Schlafzimmer. Bei 2mm Dicke kann von Flachbildschirm nicht mehr die Rede sein. Der G15 von LGR liefert derzeit das beste Bild aller Fernseher. Farben sind enorm brillant und dennoch natürlich, der gewaltige Kontrast mit sauberer Durchzeichnung bis in dunkelste Ecke lässt die Bilder enorm lebendig erscheinen. So lebensnah wirkt kein anderes Fernsehbild und 4600.- waren natürlich auch ein stolzer Preis für das 195cm große Teil. Aber für was sollte er sparen, er hatte so viel Geld, dass er in seinem ganzen Leben nie ganz ausgeben kann?! „Geil ist das Teil schon!"

sagte Margoo und schmiegte sich an ihn an und biss ihm zärtlich ins Ohr. Danach duschten sie und gingen ins andere Haus, in ihr Fotostudio. Um 11 Uhr hatte sich Julia aus Neustadt/Aisch angesagt und Gottfried wollte Margoo zeigen, wie man mit dem Einsatz von Wassertropfen schöne Bodyparts hinbekommt. Aktbilder mit schönen Drops sind zeitlos schön und auch gut zu verkaufen. Dabei ist allerdings einiges zu beachten.

Pünktlich um 11 Uhr klingelte es und Julia stand vor der Tür. „Hallo, ihr zwei, wie geht es euch? Ich möchte mich nochmal ganz herzlich für die vielen schönen Bilder bedanken, die ihr mir in die Dropbox geladen habt. Ich bin immer noch happy. Was wollen wir heute machen?"

„Ich hatte mir Bodyparts mit Wassertropfen vorgestellt."

„Hört sich interessant an!" sagte Julia und Margoo schmunzelte. „Als erstes ziehst du dich aus und schmierst dich dünn mit diesem Massageöl ein, das muss dann etwas einziehen und dann nehmen wir diesen Zerstäuber für Pflanzen und besprühen dich mit Wasser." Gottfried hatte das Studio schön vorgeheizt, dass es angenehm warm war und auch das Licht Setup war bereits eingestellt. Wichtig bei solchen Aufnahmen ist es, dass beim Model keine Gänsehaut entsteht, weil es zu kalt in der Bude ist. Dann hat man nämlich keine schönen Bodyparts. Die Bilder sehen dann aus wie die Haut von einem gerupften Huhn, erklärte Gottfried. Margoo legte los und schoss Bild auf Bild: Busen, Bauch, Po und Julia genoss es förmlich. Gottfried ging in sein Büro und ließ die beiden Frauen alleine im Studio.

Margoo ging nach einer Weile in den Nebenraum und holte einen Glasdildo, der neben Fertigpizzas und Aufbackcroissants in der Gefriertruhe lag und sagte zu Julia: „Du musst jetzt sehr tapfer sein!" Sie war immer noch erschrocken, wie kalt der Dildo war! Sie fuhr damit über die prallen Brüste von Julia, die dabei leicht aufschreckte. „Wer macht denn jetzt die Bilder?" „Pssst, genieße das jetzt erst mal…" dabei schob Margoo das kalte Glas langsam in Julia hinein, die ihren Körper dabei anspannte. Als Gottfried wieder ins Studio kam, hatte sich auch Margoo schon vollkommen nackt ausgezogen und beide waren sehr miteinander beschäftigt. „Was ist denn hier los?" fragte Gottfried vorwurfsvoll, Margoo sagte nur: „Komm, mach mal Bilder von uns!" Gottfried machte fast 400 Bilder von den Beiden, die mittlerweile auf die dunkelgrüne Couch gewechselt waren.

„Was war das denn jetzt?" fragte Gottfried und Margoo lächelte ihn schüchtern an. „Ich weiß auch nicht, plötzlich hat sich das so ergeben und du hast ja bestimmt gespürt, mit wieviel Leidenschaft wir am Werk waren?! Mach dir keinen Kopf, ich liebe dich trotzdem nach wie vor, aber Sex mit einer jungen Frau ist halt doch was ganz anderes, als mit einem alternden Vorruheständler!" Bäm, das hat gesessen! „Hey, das kränkt mich jetzt, aber irgendwie hast du ja Recht. Wie soll es jetzt weiter gehen?" Margoo zuckte mit der Schulter.

„Für heute Nachmittag hat sich Gabriele angesagt und wir hatten ja gesagt, dass ich dann die Bilder machen kann!?"

„Ja klar, hatten wir ausgemacht, aber schieb ihr bitte keinen Eisdildo zwischen die Beine, ich würde sie gerne als Kundin behalten!" Margoo schmollte und ging zurück in das Haus und wollte etwas kochen. Was ihr aber nicht gelang. Keine Idee und nichts im Kühlschrank. Sie ging hinter zu Gottfried ins Office und schaute sich mit ihm die Bilder an. Beide waren sie begeistert und Gottfried sagte zu ihr, dass sie sich auch mit ihren 49 noch gut als Erotikmodel machen würde. „Danke und entschuldige bitte, was ich vorhin gesagt habe." „Aber es stimmt doch, mach dir keinen Kopf!" Es klingelte und Gabriele war an der Tür. „Hallo, macht es was, ich bin zu früh? Ich muss Leander heute früher bei der Tagesmutter abholen, weil die was vorhat!" „Nein, nein passt schon", sagte Margoo. „Was hast du denn für sexy Outfits dabei?" Sie zog einen Fummel aus der Tasche und sagte: „Hier, als erotisch-sexy Serviertochter im bauchfreien Cheerleader-Kleidchen, würde ich mich gerne für Freddy fotografieren lassen. Er mag das. Habt ihr irgendwie eine andere Location oder macht ihr die Bilder nur vor verschiedenfarbigen Hintergrundkarton?" Gottfried spitzte die Ohren, überlegte kurz und sagte dann, dass er die noch vorhandene Bar im Haus seines verstorbenen Nachbarn dafür empfehlen könnte. Es ist ein hoher Raum mit einem schillernden Kristalllüster. „Dann musst du aber doch das Licht richten?" „Kein Problem!" „Ich habe dann noch verschiedene Dessous", sagte Gabriele. „Da können wir oben das große Wasserbett dafür einsetzen und wenn du willst, kann ich auch den großen Whirlpool auf der Terrasse anheizen, dauert halt eine Stunde." „Nein, muss nicht sein, für meine sexy Kurven habe ich noch ein divenhaftes Glamourteil dabei, das an die Fifties erinnert und meine Rundungen schön in Szene setzt. Ich habe es bei einer Wiener Designerin gekauft!" Gottfried machte dann erstmal die Fenster auf, das Zimmer mit der Bar stank immer noch nach Rauch. Kann ja nicht schaden. Dann schleppte er Stative und Lampen in den ersten und auch in den zweiten Stock zu dem Wasserbett, stellte und legte Gabriele in Position und übergab den Blitz-Auslöser an Margoo, die das Wasserbett erst einmal mit frischen Bettlaken überzog und Decken und Kissen darauf drapierte, während Gabriele zu einer sexy Serviertochter im bauchfreien Cheerleader-Kleidchen mutierte. „Viel Spaß, ihr zwei", sagte Gottfried beim Weggehen.

Gottfried ging derweil spazieren, er brauchte die frische Luft und er musste an das denken, was Margoo zu ihm vor ein paar Stunden gesagt hatte. Auf dem Main fuhr ein vollgeladenes holländisches Schiff mit dem treffenden Namen „Riscant" vorbei. Bei einem Baumarkt konnte man schon Christbäume kaufen und um 17 Uhr, als er nach Hause kam. war es schon stockdunkel. Gabriele war bereits gegangen und Margoo hielt drei 100 Euro Scheine in die Luft. „Ich bin so happy mein erstes eigenes verdientes Geld, seit einem Monat. Können wir gleich mal die Bilder anschauen?" „Gleich, ich muss erst mal auf die Toilette, fahr derweil den PC hoch." Es waren schöne Bilder, die Margoo von Gabriele gemacht hatte. Sexy, voller Erotik und Esprit. „Das hier will sie als Vergrößerung in Alu Dibount in 120x90 cm." „Weißt du, was das kostet?" „Das ist ihr egal!" „Okay, dann bestelle ich es gleich bei Alu-FineArt-Print!" Gottfried bearbeitete es leicht nach, indem er die Tiefen es Bildes etwas minderte. Hundertneunundvierzig und vierzig Cent, dazu sechsneunzig Porto und Verpackung.

„In zwei Tagen wird es da sein." Gottfried schaute dann noch ein wenig Fernsehen und die aufgedrehte Margoo lieferte den USB-Stick im Innopark bei einem Gläschen Secco bei ihrer neuen Freundin Gabriele ab Und kassierte auch gleich das Geld für den Kunstdruck auf Alu Dibont.

Tag 38

Gottfried hatte schlecht geschlafen und ist um acht Uhr nochmals eingeschlafen. Margoo weckte ihn dann kurz nach zehn und schlug vor, dass sie zum Brunchen fahren sollten, weil immer noch nichts im Kühlschrank war. „Mein süßer Brummbär, wir gehen jetzt erst mal ordentlich was frühstücken, ich habe einen wahnsinnigen Hunger. Im Auto erklärte sie ihm, dass er die Bilder verkaufen kann, wenn er mag, die er von ihr und Julia gemacht hatte. Sie hat den dafür notwendigen Vertrag mit Model Release unterschrieben. Sie wollten nach Birklingen fahren und im Franziskaner am See, ein Gasthaus mit einer sehr guten Küche, zum Brunchen zu gehen. In Iphofen fuhr Gottfried erst an die Tankstelle, um den Caddy aufzutanken. Als er bezahlte, fiel ihm beim Hinausgehen ein Duft auf, den er von irgendwoher kannte: Brut Faberge! Dann schaute er in zwei hasserfüllte Augen, der Mann wollte ihn festhalten, aber Gottfried riss sich los und rannte zu seinem Caddy, Schlüssel rum und los. Er raste durch Iphofen und hatte auf der schmalen Straße zur Bildeiche hoch schon über 160 Kilometer auf dem Tacho. „Was ist denn los auf einmal?" schrie Margoo. „Halt dich fest!" im Rückspiegel sah er einen großen schwarzen BMW mit einer komischen Autonummer: auf drei Buchstaben folgten drei Zahlen. Das Auto kam schnell näher und fuhr beängstigt nahe auf. Gottfried kannte die Strecke gut, war er doch früher hier immer mit dem Rennrad unterwegs gewesen. In den zwei Kurven nahm er dem BMW über 40 Meter ab und oben gab er Vollgas, mit 190 raste er auf der schmalen kurvigen Straße davon, plötzlich hörten sie einen Schuss. Margoo schrie: „Die schießen auf uns!" „Ja verdammt, habe ich auch schon gemerkt!" Wieder ein Schuss, besser gesagt es war eine ganze Salve und die hinteren Scheiben des Caddys zerbrachen. „Duck dich ganz nach unten!" Rechts auf der Hauptstraße, auf die er einbiegen musste, sah er einen Lkw heranfahren, er drückte aufs Gas, er musste einfach vor ihm auf der Straße sein, er schaffte es gerade so! Der Fahrer des LKWs hupte und der BMW musste eine Vollbremsung hinnehmen, das verschaffte ihnen jetzt ein bisschen Zeit, aber er wusste, dass es unter Umständen nicht reichen würde, auf Dauer konnte er dem BMW nicht davonfahren. Geistesgegenwärtig hatte er einen Plan im Kopf. „Was machst du?" rief Margoo, „fahr doch!" „Mach ich doch!" Margoo war völlig hysterisch und da war die schwarze Limousine auch schon im Rückspiegel zu sehen und schon wieder ging es mit dem Geballer weiter. Sie waren jetzt kurz vor Castell im Steigerwald und der BMW war nur noch wenige hundert Meter von ihnen entfernt, Gottfried fuhr Richtung Rüdenhausen und kurz nach dem Ortausgang bog er mit vollem Tempo auf einen schmalen Betonweg, rechts weg. Er kannte den Weg, der auch zum Fußballplatz führte und wo er vor einiger Zeit das Spiel der SG Catell/Wiesenbronn gegen die Elf aus Reupeltsdorf fotografiert hatte. Er wusste, dass am Ende des Weges nach einer Rechtskurve eine schmale Zufahrt kam, die zu einem weiteren geschotterten Weg auf einen Bauernhof führte. Die Durchfahrt war von zwei großen jahrhundertealte Steinsäulen gesäumt und war so schmal, dass er mit dem Caddy gerade so durchkam und er fuhr volles Tempo, er musste volles Tempo fahren, damit der BMW, der mit Sicherheit von der Breite her nicht durch das Steintor passte, auch darin hängen blieb! Die Verfolger waren jetzt bis auf 20 Meter herangekommen und der Durchgang musste gleich nach der Kurve kommen! Dann wieder Schüsse, er drückte das Gaspedal voll durch, der Tacho zeigte über 150 Stundenkilometer, Lenkrad festhalten und durch! Links streifte er ein bisschen die Mauer und dann hörte er eine gewaltige Explosion. Der BMW fing sofort Feuer und die Insassen waren im Auto eingeklemmt. Gottfried zitterte am ganzen Körper und steuerte das Auto nach Greuth und von dort nach Abtswind, weiter nach Wiesentheid und dort auf die Autobahn. „Alles im Lot!" sagte er zu Margoo, die ihre Augen zugemacht hatte. Er dachte, sie hat einen Schock, was ja auch verständlich wäre. Bei der Tankstelle in Haidt fuhr er von der Autobahn und bog auf den kleinen Versorgungsweg ein, der durch ein Waldstück Richtung Großlangheim führte. Auf einem Nebenweg hielt er an und sagte zu Margoo: „Du kannst die Augen wieder auf machen, wir sind save!" Er beugte sich über sie und sah dann den kleinen Blutfleck auf ihrer Brust. Er schrie laut auf! Margoo war tot. Gottfried stieg verzweifelt aus dem Wagen. Was sollte er machen? Polizei ging nicht und wollte er auch nicht! Er rief Freddy an und schluchzte rum. „Was ist los?" fragte der und er erzählte ihm von der Schießerei, und was er jetzt machen sollte? „Pass auf", sagte Freddy, „komm jetzt gleich bei mir vorbei, bis dahin weiß ich, was wir machen. Ich stelle keine Fragen. Ich bin jetzt dran mit dem helfen" Im Nachhinein weiß Gottfried nicht mehr, wie er nach Kitzingen gekommen ist, so fertig war er.

Freddy hatte schon alles geregelt, als er ankam. Sie setzten Margoo in den Panamera von Freddy und er sagte zu Gottfried: „Gib mir deinen Fahrzeugschein. Oleg ist morgen aus Kiew wieder zurück und wird deinen Caddy nach Polen fahren und ihn dort verkaufen. Wir fahren nach Slangenburg in Holland. Sag jetzt nix, frag nix, ich muss telefonieren."

Er steuerte seinen Panamera Richtung Frankfurt und sprach mit einem holländischen Arzt über den Totenschein. „Ich brauche die Daten der Frau." krächzte der Angerufene. „Moment", Gottfried schnallte sich ab und kniete auf den Sitz und versuchte aus der kleinen Clutch Margoos Ausweis rauszukramen. Er war so nervös, dass ihm der Ausweis auf den Boden des Panameras fiel und er ihn durch seine Körperfülle nicht mehr aufheben konnte. „Du musst mal kurz anhalten, ich muss den Ausweis vom Boden aufheben!" Nur widerwillig hielt Freddy auf dem Seitenstreifen der A3 an und sagte: „Beeil dich." Gottfried stieg wieder ein. Als Freddy losfahren wollte, sah er ein Blaulicht im Rückspiegel und das Polizeiauto hielt hinter ihnen an. „Reiß dich jetzt am Riemen!" sagte Freddy. Er ließ die Scheibe runter und der Polizist schaute in das
Auto. „Alles in Ordnung bei ihnen? Wieso halten sie auf dem Seitenstreifen an?" Freddy sah den käseweisen

Gottfried und sagte: „Meinem Freund war schlecht und er musste sich übergeben." „Okay, kann ich mal ihre Papiere sehen?" Freddy reichte alles zum Fenster hinaus und der Polizist warf ein Auge drauf, im selben Moment kam eine Durchsage auf dem Funkgerät des Polizeiautos und der andere Polizist rief: „Komm, wir müssen weiter, Unfall bei Helmstadt!" „Okay, gute Fahrt!" sagte der Autobahnpolizist und reichte die Papiere wieder zum Fenster rein. Dann fuhren sie schweigend weiter und wechselten hinter Aschaffenburg auf die A45, Richtung Dortmund. Dem Arzt hatten sie alles durchgegeben, was wichtig war, es würde Freddy 10000 Euro kosten. Nach 4,5 Stunden waren sie in Slangenburg, es war jetzt 17.30 Uhr. Freddy kannte sich aus, anscheinend hatte er hier öfter zu tun. Gottfried war so durcheinander, ihm war alles egal. Der Arzt hatte sie direkt zum Krematorium bestellt, wo weitere 10000 Euro nötig waren, um eine schnelle Abwicklung zu ermöglichen.

Margoo wurde in einen schlichten Fichtensarg gelegt und Gottfried hatte 10 Minuten, um von seiner toten Geliebten Abschied zu nehmen. Es war so schön mit ihr gewesen, er konnte es nicht fassen, was passiert war und er war einfach fassungslos und geschockt. Nach gut zwei Stunden hatte er die warme Urne mit Margoos Asche in der Hand. Freddy schaute ihn an, als sie einstiegen und sagte: „Scheiße, mein Freund, aber das Leben geht weiter, glaube mir." Auf der weiteren Fahrt sprachen sie kein Wort mehr. Um 23 Uhr öffnete Gottfried die Tür am Panamera und Freddy half ihm beim Aussteigen. Gottfried gab ihm noch den KFZ-Brief. Dann setzte er sich auf die Couch und heulte wie ein Schloßhund. Nach geraumer Zeit schaltete er den Fernseher an. Auf dem Lokalsender TV Dodal sah er dann in einem Bericht die Bilder vom Unfall in Castell. Nach einer Verfolgungsjagd verbrannten zwei Menschen in einem Auto und es wurde nach einem dunkelroten Kleintransporter befandet.

Tag 39

Der Sonntag verlief ruhig und er bekam von Ansgar einen alten Golf als Leihwagen. Oleg war bereits mit dem Caddy unterwegs nach Kashyrivka. Er hatte niemand, mit dem er sprechen konnte. Er fuhr auf den Schwanberg und besuchte die Nachmittagsmesse des Frauenordens. Er dachte darüber nach ob er sich das Leben nehmen sollte. Aber irgendetwas hielt ihn davon ab.

Tag 40

Am Montag schlief er lange, machte sich einen starken Kaffee und las dabei die Zeitung. Natürlich war das verkohlte Auto auf der Titelseite und ein ausführlicher Polizeibericht dazu. Man ging von Rache in einem Bandenkrieg aus. Zu Mittag wieder Pizza und Rotwein. Er dachte an Margoo und musste sich übergeben. Es klingelte, es war ein Paketdienst, der das Bild für Gabriele brachte. Er musste sofort wieder heulen. „Alles hat halt seinen Preis!" dachte er im Stillen. Er rief bei Freddy an und Gabriele kam nach wenigen Minuten, sie drückte ihn. „Es tut mir so leid! Wenn du sprechen willst, kannst du mich jederzeit anrufen!"

Tag 41

In der Zeitung stand ein weiterer Polizeibericht mit einer neuen Version, dass in Castell zwei Mitglieder einer Schleuserbande nach einer wilden Verfolgungsjagd bei einem Unfall tödlich verunglückt sind. Sie waren wohl hinter einem Flüchtlingstransport her. „Wenn die wüssten!" dachte Gottfried. „Verdammte Scheiße." Er ging in den Keller und holte einen Bündel 500 Euro Scheine, rief ein Taxi und ließ sich zu einem VW Händler nach Würzburg fahren. Er holte sich einen Neuen. 2,0-l-TDI mit 110 kW in Bordeauxrot. Er legte 28000 auf den Tisch des Hauses und fuhr wieder nach Hause. Dann schaffte er den alten Golf wieder zu Ansgar und gab ihm 150.- Euro Leihgebühr. Zurück ging er zu Fuß. Er war ein gebrochener Mann, zwar schwerreich, er hatte immer noch gut 5 Millionen Euro in den Koffern, aber keine Margoo mehr. Dann raffte er sich auf und fuhr nach Sommerhausen zum Essen. Maria die dralle Bedienung sprach ihn an ob er ohne Begleitung hier sei. Gottfried erzählte ihr mit Tränen in den Augen das seine Freundin plötzlich verstorben sei. Irgendwie waren die beiden schon vertraut miteinander. Maria sagte dann zu ihm das, wenn er jemand zum Quatschen braucht dann sei sie für ihn da. „Um 14 Uhr habe ich Feierabend!" Fassungslos hörte sie dann Teile der Geschichte. Fast drei Stunden ist Gottfried bei ihr in der kleinen Mansardenwohnung am Rande von Sommerhausen geblieben.

Tag 42

Gottfried hatte sehr schlecht geschlafen, geträumt, war aufgewacht und wieder ganz tief eingeschlafen. An der Tanke holte er einen Becher Kaffee und zwei Croissant und sah die große Schlagzeile auf der Titelseite der Zeitung mit den vier Buchstaben. Mitglieder einer Deutschsyrischen Schleuserbande nach wilder Verfolgungsjagd mit der Polizei in Unterfranken tödlich verletzt. „Was für ein Schwachsinn!" Es ist kurz vor Weihnachten. Er fährt zu Ansgar und ist fast den ganzen Tag bei ihm. Er braucht jemanden zum Quatschen. Am Abend fuhr er wieder nach Sommerhausen. Die Gespräche mit Ansgar und Maria haben ihm gutgetan. Er läd Maria zu sich ein um mit ihm und Ansgar Weihnachten zu feiern.

Tag 43

Es war eisig kalt, als Linas Pučinskaitė im Ostseehafen von Klaipėda, der drittgrößten Stadt Litauens, in ein Valgykla (Schnellrestaurant) eintrat. Es war sehr schön warm und er schüttelte sich die Kälte vom Leib und bestellte sich ein würziges Baltijos (Bier) und eine Portion Cepelinai (gekochte Kartoffelklöße mit Fleisch- oder Speckfüllung in einer deftigen Buttersoße aus Speck und Zwiebeln). Er hatte noch Zeit, Jakubas Vidanava wollte erst in einer Stunde hier sein. Er ließ es sich schmecken und fragte sich, was Jakubas von ihm wollte, hatte es womöglich mit dem Tod von Anton Bluvsteinas und Waldas Aschmoneit zu tun?? Er war alt und wollte eigentlich mit der Sache nichts zu tun haben. Die Kartoffelklöße schmeckten herrlich und er bestellte sich noch ein Baltijos. Dann kam auch schon Jakubas Vidanava, er war wie sein Bruder Maxim Biathlet gewesen, aber bei weitem nicht so erfolgreich. „Libas, wie geht's dir?" „Setz dich." Jakubas zog seine schwere gefütterte Lederjacke aus und hängte sie über den Stuhl und holte sich ebenfalls ein Baltijos und brachte zwei Starka mit. Sie stießen mit den Schnapsgläsern an und der 60%ige brannte Beiden in den Kehlen. „Was willst du?" fragte Linas. „Ich will, dass du mit mir nach Deutschland fährst und den Tod von Zinaida, Maxim, Anton und Waldas rächst." „Wie willst du das machen, kennst du den Schuldigen?" fragte Linas und schlürfte an seinem Baltijos. „Ich kenne ihn nicht, ich weiß nur das Anton und Waldas ihn kurz gesehen hatten, wie sie Zinaida im

Krankenhaus besucht haben. Wie und warum weiß ich nicht!" „Also, du hast keine Spur von dem Scheißkerl, vergiss es einfach. Kann es nicht so sein, dass die Vier selber schuld waren? Bei Zinaida wundert es mich nicht, bei dem was sie so gemacht hat, sie ließ sich für Geld vögeln und du weißt es auch, es war ein Unfall und Anton und Waldas sind, so wie du mir das vor ein paar Tagen erzählt hast, auch bei einem selbstverschuldeten Unfall gestorben!" „Und was ist mit Maxim?" fragte Jakubas. „Keine Ahnung, sags du mir. Du weißt, was er getrieben hat mit seinem Dopinghandel, er wird sich abgesetzt haben und irgendwann wird er sich melden. Ich fahre auf keinen Fall nach Deutschland." „Okay, dann ziehe ich das eben alleine durch, von den Anderen will mir auch niemand helfen." „Ich verstehe dich ja, aber es ist brotlose Kunst. Sei froh, dass du lebst und das Syndikat dich versorgt. Meinst du, wenn du da so einen Alleingang machst, siehst du auch nur noch einen Euro von ihnen? Lackiere die geklauten Autos weiter um und dir geht es gut." Damit war für Linas das Gespräch beendet. Er stand auf und ging grußlos zur Tür.

Tag 44

Das Handy klingelte. „Ja, bitte?" „Hier Freddy, können wir uns kurz treffen?" „Wie treffen?" „Naja, treffen halt." „Ich komme bei dir vorbei, dauert aber eine Stunde." Gottfried ging auf den großen Balkon und schaute zum Main, es war noch nicht richtig hell geworden und er liebte die sonntägliche Ruhe. Nervös rauchte er eine Zigarette und dann setzte er sich in seinen Caddy und fuhr zu Freddy auf den Flackberg. „Hallo, was willst du?" „Ich bin zwar ein alter Gauner, aber wenn ich Schulden bei so Leuten wie dich habe, dann drückt mich doch das schlechte Gewissen. So hier sind die 300 Scheine, die ich von der Alten von Bodenstein für ihren Lover bekommen habe." „Wie, du hast ihn gar nicht umgebracht?" „Sehe ich so aus, als wäre ich ein Mörder? Oleg hat den Maier halt ein bisschen zu lang unter Wasser gehalten, dann hat sein System halt nicht mehr mitgemacht! Oleg macht sich Vorwürfe, aber okay, kann man jetzt auch nicht mehr ändern." „Scheiße!" sagte Gottfried „Aber ich bin froh, dass es ein Unfall war und kein Mord von euch. „Ich meine: Leo Maier war ein skrupelloser Gangster, den niemand vermisst, er hat viele Familien ins Unglück gestürzt." „Genau, nimm die Kohle und denk nicht mehr dran." „Sind wir dann quitt?" fragte Freddy „Naja, nach meiner Rechnung fehlen noch 60 Scheine, du kannst ja in einer ruhigen Minute mal nachrechnen."

Weihnachten

Es ist Weihnachten. Gottfried sitzt in seinem Büro. An der Haustüre klingelt es zweimal. „Wer kann das sein?" denkt er sich und schaut auf seinen Monitor der Schließanlage. Es ist ein Kurierfahrer, der ihm etwas ganz Kostbares vorbeibringt. Es ist ein Diamantring, hergestellt aus dem Kohlenstoff der Asche von Margoo, er hat ihn in der Lieblingsfarbe von ihr einfärben lassen. Er zieht ihn sich an und er passt wie angegossen. Irgendwie spürt er plötzlich eine wohlige Wärme in sich aufsteigen. Er zieht seine dicke Jacke an und geht mit seiner neuen Lebensgefährtin, dem Bulldoggen Welpen Margoo in den gefrorenen Weinbergen, nur wenige Meter von seinem Haus entfernt spazieren. Später kam Maria und zauberte ein leckeres Essen. Dazu einen guten Rotwein und es kam wie es kommen musste. Zum Glück hatte Ansgar wegen einer Erkältung abgesagt. Am Morgen des ersten Feiertages fragte er dann Maria ob sie bei ihm einziehen wolle. Maria sagt mit großer Freude ja. Sie kündigt heute ihren Job in Sommerhausen, will aber das lukrative Silvestergeschäft noch mitnehmen. Am zweiten Weihnachtsfeiertag trifft er Carl Hochstett, früher ein guter Kunde vom ihm und nachdem dieser sich nach dem Befinden Margoos erkundigt, zeigt er ihm den Ring und Carl spricht ihm sein Mitgefühl aus.

Epilog

Gottfried Meister und Maria Sternhagen ziehen dann endgültig zusammen. Sie will unbedingt bei einer dieser vielen Kochshows im Fernsehen teilnehmen und er finanziert ihr regelmäßig die Zutaten (und noch ein bisschen mehr), die sie zum Probekochen braucht. Er liebt ihr Essen über alles und sagte einmal zu ihr: „Essen ist der Sex des Alters." Sie lacht dann immer. Manchmal beugt sie sich soweit zu ihm vor, dass ihr Busen fast aus dem sehr tiefen Dekolleté-Ausschnitt fällt. „Gottfried es ist noch nicht vorbei mit der Liebe, für uns fängt es doch gerade erst an!" Gottfried kauft ihr ein schmuckes Auto und auch sonst zeigt er sich sehr großzügig. Irgendwann will er mit seiner neuen Flamme eine Karibikkreuzfahrt machen und ihr dann einen Heiratsantrag machen. Aber soweit ist es noch lange nicht.

Ansgar bekam von Gottfried eine neue Werkstatt eingerichtet, mit der er sehr viele neue solvente Kunden gewinnen konnte und mittlerweile zwei Mitarbeiter einstellte.

Julia hat sich zu einem gefragten Aktmodel mit Tagessätzen bis zu 1000.- Euro entwickelt. Sie hält immer noch Kontakt zu Gottfried, zu dem sie ab und zu auch noch gerne als Sharingmodel in sein neues Fotostudio kommt. Drei Bilder mit Margoo hängen großformatig in ihrer Wohnung.

Friedrich Laue ist glücklich mit seiner Gabriele. Sie haben sie Margoo taufen lassen. Als Taufpate hielt Gottfried die Kleine über das steinerne Becken in der Kitzinger Stadtkirche. Freddy hat insgesamt einen Gang zurück geschalten und freut sich des Lebens. Seine Geschäfte laufen gut und so eine aufregende Zeit, wie der Spätherbst im vergangenen Jahr möchte er nicht noch einmal erleben.

Jakubas Vidanava kommt nicht nach Deutschland und lackiert weiter die geklauten Autos des Syndikats in Klaipėda um.

Oleg Kaminski hat Freddy das Haus in Enheim sehr günstig abgekauft und empfängt dort regelmäßig diskret und höflich hochrangige Politiker, Sportler, Schauspieler und auch Musiker mit den hübschesten Mädchen aus Kashyrivka und Umgebung. Er freut sich über seinen gut laufenden Escort Service mit hervorragender Anbindung via Autobahn und einem Bahnhof in vier Kilometer Entfernung. Auch zum Flugplatz nach Giebelstadt sind es nur knapp 20 Kilometer. Im Moment baut er seine Verbindungen nach Nigeria, Kamerun, Togo und Ghana aus.

Ulf Bodenstein ist nach Argentinien ausgewandert und versucht sich mit mäßigem Erfolg als Rinderzüchter, hat aber permanent Stress mit der alteingesessenen Palmöl Mafia.

Kriminalhauptkommissar **Felix von Stein** genießt seine Pension und besucht ab und zu Gottfried, um mit ihm ab und an einen Joint zu rauchen und in alten Zeiten zu schwelgen. Sie denken an die Dettelbacher Diskothek „Tschu Tschu" in den frühen 70igern und dem damaligen Lebensmotto Sex, Drugs and Rock'n Roll dem sie beide zeitweise auch gefrönt haben. Ab und zu, wenn akuter Personalmangel bei der Kriminalpolizei herrscht, übernimmt er einen Fall, worüber sein Nachfolger **Arne Hatterer** sehr dankbar ist.

Polizeihauptwachtmeister Franz Hell und Polizeimeister Herbert sind mittlerweile gern gesehene Gäste bei den Modelsharings von Gottfried bei denen sie sporadisch teilnehmen. Er veranstaltet sie seit März einmal im Monat im Mainfrankenpark.

Leo Maier liegt immer noch auf dem Grund des Sindersbachsee.

Herbert Graf von Weichenberg hat es nach Thailand verschlagen, wo er an gutgläubige Touristen nichtexistierende Altersruhesitzplätze verkauft.

Die Überreste von **Maxim Vidanava** wurden erst einmal nicht mehr entdeckt. Baumaßnahmen im sozialen Wohnungsbau unter dem Motto: Neuen Wohnraum im Grünen schaffen haben das ermöglicht. Durch die neu gegründete WKG, die Neubautätigkeit, vor allem im Rahmen des sozialen Wohnungsbaus auch in entlegenen

Gebieten realisiert und in den Innenstädten den Wohnraum nach Möglichkeit verdichtet. Das „Grab" mit Maxim Vidanava wird durch eine Nivellierung des Geländes durch die BIMA unter einer zwei Meter dicken Lehmschicht für immer verschwunden sein. Erst im Jahr 2085 wird man durch Umbauarbeiten im Gelände das Skelett der Leiche finden und man wird dann von einem Mord an einen US-Militärangehörigen ausgehen, die ja auf diesem Gebiet bis 2006 den Truppenübungsplatz Nato Gate unterhielten.